Amor en la red

Amor en la red

MEREDITH WILD

- SERIE HACKER 5 -

TITANIA

Argentina • Chile • Colombia • España
Estados Unidos • México • Perú • Uruguay • Venezuela

Título original: *Hard Love – The Hacker Series: Five*
Editor original: Forever is an imprint of Grand Central Publishing – Hachette Book Group, New York
Traducción: Juan Pascual Martínez

1.ª edición Octubre 2016

ISBN: 978-84-16327-20-1
E-ISBN: 978-84-16715-20-6
Depósito legal: B-16.446-2016

Fotocomposición: Ediciones Urano, S.A.U.
Impreso por Romanyà Valls, S.A. – Verdaguer, 1 – 08786 Capellades (Barcelona)

Impreso en España – *Printed in Spain*

A mis tres pequeños milagros…

1

Dublín, Irlanda

ERICA

Atravesamos las puertas pintadas de negro de The Widow y entramos de lleno en el bullicio del pub. Las risas sonaban por encima del murmullo constante de los clientes amontonados en los pequeños reservados que se alineaban a lo largo de las paredes. Tiré de la mano de Blake y le conduje al interior de la estancia que rodeaba la vieja barra cuadrada, la pieza central de aquel lugar levantado para el alcohol y la diversión.

Al doblar una esquina, un rostro se iluminó con un gesto de reconocimiento, y apareció una sonrisa que era un reflejo de la mía.

—¡Profesor!

Solté la mano de Blake y me dirigí hacia el hombre que había conocido como el profesor Brendan Quinlan a lo largo de mis años en Harvard. Se levantó y me recibió con un fuerte abrazo. Noté en las manos la textura áspera de su suéter verde, y su cabello entrecano me cosquilleó en la mejilla.

—¡Erica! Es maravilloso volver a verte. ¿Cómo estás?

Su acento irlandés se había vuelto más pronunciado durante los meses que no nos habíamos visto.

¿Cómo podía resumirle todo lo que me había ocurrido en la vida en los meses que habían pasado desde la graduación? Aun así, en aquel mismo momento, yo me sentía…

—Estoy genial.

Sonreí de oreja a oreja y noté el calor de Blake detrás de mí, y luego su mano, que se posó suavemente en la parte baja de mi espalda.

Levanté la vista hacia el hombre que me había robado el corazón por completo desde la última vez que había visto a Brendan. Tenía el cabello castaño oscuro recortado cuidadosamente, en ocasión de nuestra reciente boda. Su torso delgado y musculoso estaba oculto bajo un suéter fino, pero los vaqueros que llevaba puestos se tensaban de un modo muy correcto en los contornos de los muslos. Tal vez era una recién casada todavía embelesada por su marido, pero no era la única que le admiraba. Blake había hecho que muchas cabezas se giraran incluso en los pocos minutos que habían pasado desde que entramos en el *pub*. Y puesto que era mío de todas las maneras que importaban, ya me daba igual quien mirara.

El profesor le tendió la mano.

—Usted debe ser el afortunado.

Él le estrechó la mano, y sus profundos ojos de color avellana se arrugaron en los bordes con una sonrisa.

—Ciertamente lo soy. Es un placer conocerle. Erica habla muy bien de usted.

—Y ella de usted. Sois toda una pareja. —Paseó la mirada entre los dos—. La experta y el magnate.

Me eché a reír y me incliné sobre Blake.

—¿Experta? No estoy segura de haber llegado a ese nivel todavía.

El profesor hizo un gesto hacia la mesa de madera desgastada, donde tomamos asiento.

—¡No lo dudes! Podría ser un buen título para un libro en cualquier caso. Voy a tener que robarlo.

Me guiñó un ojo, y el gesto me reconfortó. Había echado de menos su amistad y orientación. Antes había sido una guía en mi vida, y de repente desapareció, en cuanto me marché para tomarme un año sabático y me aventuré en el mundo laboral por primera vez. Sonreí en mi fuero interno al recordar las horas que había dedicado a repasar mi plan de negocio y a darle vueltas a las diferentes ideas, a la vez que trataba de encontrar la manera de aprobar el curso mientras me dedicaba de lleno a desarrollar mi negocio. Jamás olvidaría lo que su apoyo había significado para mí en aquel momento y la forma en que me había hecho comenzar un viaje que me supondría un desafío muy superior a lo que aspirara mi imaginación más desbocada.

Se había marchado a Irlanda casi tan pronto como Blake llegó a mi vida. Tenía sus razones, por supuesto. A pesar de estar muy centrado en los estudios de negocios en la universidad, no había dejado de perseguir un tipo muy diferente de sueño, uno del que estaba ansiosa por saber más.

—¿Cómo va la novela?

—Va de maravilla. Por aquí hay un montón de personajes en los que inspirarme. ¿No es verdad, Mary?

La camarera, una mujer de cabello rizado y negro recogido en un moño, llegó a nuestra mesa. Llevaba consigo una pinta de líquido oscuro llena hasta el borde cubierto de espuma. La dejó en la mesa y se irguió a la vez que se ponía en jarras, con las manos sobre las tiras de su pequeño delantal negro.

—¿Les está molestando? Porque puedo echarlo. No sería la primera vez, ¿verdad, Bren? —dijo a la vez que le guiñaba un ojo.

Él meneó la cabeza con una sonrisa.

—No será necesario, querida. Voy a portarme mejor que nunca.

Pedimos un par de pintas, y horas más tarde, me sentía bien por la cerveza y las risas tras escuchar las anécdotas de Brendan sobre sus amigos y sus aventuras locales. También hablamos de Harvard y revivimos la mejor parte de mis recuerdos de la universidad. Tuve buen cuidado de evitar los demás. El profesor jamás sabría nada de esas sombras, y la verdad era que esperaba que nunca supiera lo cerca que Max había estado de repetir la historia. Tal vez cuando estuviera de vuelta en Boston se enteraría de la denuncia por intento de violación que habían presentado contra su antiguo alumno, pero al menos de momento, estaba lo suficientemente lejos como para que lo más probable fuera que acabara por no enterarse de nada de nada.

Blake y Brendan estaban hablando acerca de una de las inversiones de negocio de Blake cuando Mary volvió para llevarse los vasos vacíos.

—Aquí está. Mi futura novia —murmuró Brendan, con un acento algo más pastoso de lo que lo tenía cuando llegamos.

—Oh, mira que eres…

Mary le propinó un leve golpe en el brazo, pero apenas ocultó que la había hecho sonreír.

A él se le iluminó la cara con otra sonrisa y se volvió de nuevo hacia nosotros.

—¿Queréis otra?

Eché un vistazo a la bandeja de vasos vacíos. Podríamos tomar mucho más y luego arrepentirnos. Negué con la cabeza.

—Yo no. Vosotros dos podéis seguir si queréis.

Blake se echó hacia atrás y deslizó un brazo sobre mis hombros.

—No, tenemos que volver. Se está haciendo tarde.

Brendan asintió.

—Por supuesto. Venga, id saliendo.

—Yo me encargo de la cuenta. Salid; ahora voy yo —dijo Blake.

Brendan protestó, pero Mary no hizo caso de su insistencia para pagar. Cuando por fin se dio por vencido, los dos salimos del ajetreo del pub y nos adentramos en el repiqueteo mucho más tranquilo de la calle. La gente pasaba caminando en pequeños grupos por delante de nosotros entrando y saliendo de los establecimientos de los alrededores. Una media luna brillaba sobre la calle. Los adoquines relucían como prueba de una breve llovizna que nos habíamos perdido mientras estábamos dentro.

Me metí las manos en los bolsillos y me fijé en todos los detalles de aquel nuevo lugar.

—Una noche preciosa, ¿verdad?

Brendan inspiró una profunda bocanada de aire nocturno.

—Sí que lo es. Estoy tan contenta de que nos hayamos puesto al día, profesor.

Se echó a reír entre dientes.

—¡Brendan! Te lo pido por favor, llámame Brendan. Al menos hasta que vuelvas a la universidad, y luego ya veremos cómo lo solucionamos.

Me reí.

—No es probable, pero me parece justo.

—Supongo que todo por lo que has pasado ha sido tu verdadera formación. —Su sonrisa se desvaneció un poco y su mirada vagó más allá de mí—. Siento lo de tu Max. No tenía ni idea de que sería una decepción para la causa, Erica. Había visto un rayo de esperanza en el chico… Estaba convencido de que había dejado atrás sus errores de juventud.

Bajé la mirada porque no quería que supiera qué tremenda decepción había terminado siendo realmente al final.

—No importa. Es el pasado —dije en voz baja mientras recordaba el correo electrónico que le había enviado al profesor después de enterarme de que Max y mi antigua empleada, Risa, habían robado información de la empresa y la habían utilizado para lanzar su propio negocio en la competencia. No había querido que él se sintiera culpable, sólo evitar que le mandara a Max cualquier otro estudiante desprevenido en busca de ayuda o apoyo.

Max había demostrado ser mucho más peligroso de lo que yo había creído en un principio. Tal vez si no me hubiera llegado a involucrar tanto con Blake, no habría tenido tanto interés en arruinarme de todas las maneras posibles. Pero no iba a excusar de ningún modo su comportamiento, y no quería que nadie más tuviera que pasar por lo que yo había pasado.

—Quizá te fue bien en cierto modo, por lo de conocer a Blake. Ya sabes, no hay mal que por bien no venga, como se suele decir.

—Muy cierto. Estos últimos meses han sido duros, y no habría podido superarlos sin él.

Siempre me había enorgullecido de mi independencia. Me habían dejado, herido y abandonado. Me habían subestimado y me habían echado a un lado. Nunca había creído que me entregaría tanto a otro ser humano, pero no era capaz de imaginarme superando los últimos meses del mismo modo sin Blake a mi lado. Y no podía imaginarme no pasar ningún día más sin su amor y su apoyo. Decir «sí, quiero», compartir los votos y darle mi confianza había sido más fácil después de todo lo que habíamos pasado juntos.

—¿Listos?

Blake cruzó la puerta del *pub* y se puso a mi lado, lo que eliminó por completo aquellos pensamientos y el resto de la conversación.

No me importó lo más mínimo. Me había encantado reunirme con mi viejo amigo, pero ya tenía ganas de estar de nuevo en los brazos de Blake, en un lugar tranquilo, los dos solos, sin nadie más. Después de todo, estábamos en nuestra luna de miel.

Me mordí el labio y sonreí. Mi luna de miel, con mi marido.

Me volví hacia el profesor para darle un último abrazo, y nos despedimos antes de separarnos.

Blake y yo comenzamos a pasear por el camino ya familiar de regreso a nuestro hotel a través de las calles oscuras e irregulares del centro de Dublín. Un leve aroma a lluvia y el olor persistente de las flores frescas que habían vendido en las calles pocas horas antes llenaban el aire.

Le tomé de la mano mientras admiraba los detalles de la arquitectura de los edificios que enmarcaban las viejas calles a la vez que saludábamos a los rostros de ojos brillantes con los que nos cruzábamos en la acera. Era casi medianoche, pero nuestro horario era un desastre, y yo no tenía ninguna prisa por estar en ningún lugar concreto siempre y cuando estuviéramos juntos.

Ver a mi viejo profesor otra vez había sido un regreso a una época más sencilla en mi vida. Habían sucedido tantas cosas desde aquella primera reunión en la sala de juntas de Angelcom, reunión que organizó el profesor Quinlan con el apoyo inicial de Max. Jamás me hubiera imaginado entonces que me entregaría por completo al inversor engreído que tenía sentado frente a mí… que me convertiría en su esposa. Pero allí estábamos, todo lo unidos que dos personas podían estar.

Blake tiró de mí para acercarme a su lado y me dio un suave beso en la mejilla.

—Me cae bien Brendan. Entiendo por qué se ha convertido en un amigo.

Sonreí.

—Me parece extraño llamarle amigo cuando ha sido mucho más, pero es cierto. Me animó a montar el negocio cuando tenía tantas dudas. Él es la razón por la que empecé el camino que tomé.

—Un camino que te condujo directamente a mí. —Me apretó la mano—. Qué suerte la mía.

Levanté la mirada y le besé en la mejilla mientras caminábamos. Yo también había tenido mucha suerte. No podía negarlo.

Sin embargo, a pesar de todos aquellos primeros sueños sobre hasta dónde me llevaría mi empeño empresarial, jamás me hubiera llegado a imaginar que recorrería el camino que había hecho. Con la ayuda de Alli y de Sid, había creado un negocio que había crecido y había atraído a inversores externos que se comprometieron a llevarlo al siguiente nivel. Pocos días después de firmar la venta de mi participación en la empresa, me había enterado de que Isaac Perry y la ex de Blake controlarían el negocio. Aquel devastador cambio de rumbo me había lanzado a un desplome emocional, del que todavía no me había recuperado del todo.

Pensé en el último día que había estado en la oficina de Clozpin, sin enterarme de lo que había hecho, de lo que realmente había firmado. Me tuve que recordar que ya no importaba lo que había pasado, si el negocio florecía, se hundía o se estrellaba: ya nunca podría volver atrás.

—Estás muy callada. ¿En qué estás pensando? —me preguntó Blake.

Dejé escapar un suspiro y meneé la cabeza.

—En mi empresa, supongo. A veces todavía me cuesta creer que ya no formaré parte de ella nunca más.

—No puedes dejar que eso te reconcoma —me dijo en voz baja—. Es el pasado, y tú tienes un futuro muy brillante por delante.

—La mayoría de las veces trato de no pensar en ello.

Se quedó callado un momento antes de hablar.

—Sé que todavía te duele. Y no me gusta nada que tuvieras que abandonar algo en lo que pusiste tanto de ti misma. Pero ahora eres libre. Tienes el mundo en tus manos. A pesar de todo lo que ha ocurrido, no es nada malo.

Tal vez tenía razón, pero todavía había tantos elementos desconocidos en lo que se refería a mi futuro profesional…

—Clozpin me dio un propósito en la vida. Sólo espero que los nuevos proyectos de Geoff me hagan sentir de la misma manera. Por lo menos, la mayor parte del equipo sigue ahí, así que no nos resultará tan extraño.

Gracias a que Blake me había incluido en la junta de Angelcom, había tenido la oportunidad de invertir en nuevos proyectos que podrían llenar ese vacío. Geoff Wells era programador y poseía la misma chispa empresarial que yo había tenido. Me bastaba con que, una vez las cosas quedaron claras en Clozpin, Sid, Alli y yo le viéramos el potencial suficiente como para unirnos alrededor de su idea como parte de nuestra siguiente aventura empresarial.

—Llevo invirtiendo el tiempo suficiente como para reconocer la pasión cuando la veo. La veo en Geoff, y siempre la he visto en ti. Lo vas a dar todo para lograr que esta empresa tenga éxito. Es tu carácter. Créeme. Una oportunidad que no salió de acuerdo con el plan no va a cambiar eso.

El recuerdo de esa decepción, de ese fracaso capaz de hundir un alma, me recorrió el fuero interno. Cuanto más tiempo pasaba, más podía distanciarme emocionalmente de lo que me habían hecho Isaac y Sophia. Cada vez era más capaz de ver la experiencia como lo que era, un capítulo en mi vida… una experiencia de aprendizaje que jamás olvidaría. Aunque el dolor de ser arrancada de la empresa que había significado tanto para mí ya no era tan insoportable como lo había sido en un primer momento, la herida todavía estaba sensible.

—Tal vez. No puedo evitar sentirme como si, de algún modo… hubiera fallado.

La culpa me reconcomía como un sueño desagradable que no lograra olvidar.

Blake inclinó la cabeza y me miró fijamente.

—No has fallado. Aprendiste.

Rocé la suela de las botas contra las piedras mientras paseábamos evitando su mirada.

—Yo ya he pasado por esa situación unas cuantas veces, y lo sabes. Deberías confiar en mí.

Sonreí con un gesto torcido.

—Por eso me casé contigo, por supuesto. Por tu visión para los negocios y la riqueza de tu conocimiento.

Blake enarcó una ceja.

—Y tus montañas de dinero —añadí rápidamente.

—¿Intentas decirme que no te casaste conmigo por mi asombroso atractivo? Quizá me sienta ofendido.

Apreté los labios tratando de parecer seria.

—Si tuviera que elegir lo que inclinó la balanza, diría que fueron tus excepcionales habilidades en la cama. Creo que es donde realmente sobresales.

—Pues entonces… —dijo antes de echarse a reír con una mirada chispeante—. Al menos tengo clara cuál es mi función.

Me apretó el culo con fuerza. Lo aparté entre risas mientras nos acercábamos a un artista callejero que estaba canturreando para un escaso público. Un pequeño grupo de turistas franceses se encontraba cerca, y un hombre mayor, un sintecho sucio, estaba sentado contemplándolo desde el otro lado de la calle con una leve sonrisa.

Paramos para escucharle mientras los turistas se dispersaban. La canción era triste, pero estaba cargada de amor, y cada estrofa sonaba de forma intensa y emotiva. Blake me volvió hacia él y quedamos frente a frente. Entrelazó nuestros dedos, y con su cálido aliento contra mi cabello nos llevó a un sencillo baile sin nombre. Me incliné sobre él y cerré los ojos antes de aferrarme a su cuerpo de la misma forma que me aferraba a cada momento mágico que había entre nosotros.

Tuve que esforzarme para entender la letra debido al fuerte acento del cantante, pero lo logré.

Cuando llega la desgracia, ningún hombre puede huir de ella.
Estaba cegado, nunca lo negaré.
Ahora, por las noches, cuando me voy a la cama a descansar,
los recuerdos de mi verdadero amor me recorren el pensamiento.

Otro momento pasó mientras la voz del joven se desvanecía en la noche. La canción era sombría, iluminada tan sólo por su entrega apasionada. Como gran parte de la vida, el dolor dependía de ti. Había convertido algo triste en algo hermoso.

Suspiré y me acomodé en el pecho de Blake. De su cuerpo emanaba un calor reconfortante. Los latidos de su corazón eran un recordatorio constante de su apoyo, de su amor, una fuerza que me había salvado, que me había cambiado y que me había curado de una manera que nunca hubiera creído posible. Me levantó la barbilla, y el brillo en sus ojos hizo juego con la pasión que sentía en mi corazón. Separó sus voluptuosos labios, pero dudó, y un instante sin palabras se cruzó entre nosotros.

—Voy a mostrarte a todo el mundo, Erica.

—No me puedo imaginar disfrutar un minuto de vida sin ti —le susurré.

Blake detuvo nuestra lenta danza y me pasó la punta de un dedo sobre los labios, con un rostro serio de repente que amenazó con quitarme el siguiente aliento.

—Y voy a hacer que te enamores de mí una y otra vez. Cada mañana y cada noche. En todas las ciudades y en la orilla de todos los océanos. Voy a recordarte por qué eres mía y por qué siempre he sido tuyo.

Inspiré de forma entrecortada y sentí su promesa hasta el fondo de mi alma. Tragué saliva y logré recuperar la voz.

—Creo que vas por el camino correcto.

Me incliné hacia él hasta que nuestros labios se unieron. Al principio, el beso fue suave y lento, pero ganó profundidad y me arrancó cualquier pensamiento que no tuviera que ver con su sabor y su tacto.

Nos separamos un poco cuando una voz ronca nos interrumpió.

—Vete a hacerle el amor, muchacho, antes de que cambie totalmente de idea.

Detrás de nosotros, el hombre que se había montado su alojamiento para pasar la noche en la entrada de una tienda de lujo nos ofreció una sonrisa imperfecta, y acompañó sus palabras llenas de sabiduría con un amistoso trago a su pequeña botella de licor.

Sonreí, y Blake, por la mirada intensa de sus ojos, pareció que aceptaba de inmediato el comentario del desconocido.

—Eso pienso hacer —murmuró, y su tono de voz mostró a la vez suavidad y una deliciosa amenaza.

Sentí un cosquilleo por toda la piel y él me tomó la boca de nuevo con un beso que prometía mucho más.

2
BLAKE

*M*e senté solo en la oscuridad, incapaz de acallar mis pensamientos. En el exterior, el agua lamía los pilares que sostenían de forma segura nuestro bungaló de lujo por encima del océano cristalino. La luna iluminaba el horizonte y las olas rodaban en franjas desiguales hacia nosotros. A continuación, el choque inevitable del mar salado contra la costa. Era tan capaz de detener ese movimiento como de detener el tiempo.

El ritmo sosegado del sonido debería haberme calmado, pero no estaba nada calmado, nada somnoliento. Las horas se habían convertido en días y, de alguna manera, los días se habían fundido juntos hasta convertirse en semanas. No habíamos desperdiciado ni un solo momento, pero no podía esquivar la inquietante sensación que me golpeaba las entrañas cada vez que pensaba en el final de la luna de miel. En nuestras ajetreadas vidas un mes era una eternidad. Pero, por alguna razón, un mes no era suficiente, y ya me lamentaba al pensar que la vida en Boston nos reclamaría de nuevo en cuestión de días.

Habíamos aterrizado en Malé hacía una semana, y casi al instante había sentido el cambio. Tal vez porque ambos lo habíamos visto venir. Tal vez porque no había nada más que paz en la isla. No había ciudades bulliciosas ni amigos con los que quedar. No había grandes paisajes, nada excesivo que comprar. Tan sólo nuestros cuerpos y un silencio tranquilo entre nosotros con el trasfondo de aquel hermoso lugar. El silencio era natural, cómodo, pero también ponderado por la realidad de la vuelta a casa que ninguno de los dos estaba dispuesto a afrontar.

Solté un suspiro cansado y alargué el brazo hacia el portátil, incapaz de librarme de una sensación de inquietud. La pantalla iluminó la noche casi totalmente negra que me rodeaba. A medida que disminuían los días de la luna de miel que nos quedaban, mis pensamientos vagaban más y más lejos de la vida sencilla de la que habíamos disfrutado allí. Cada vez más se centraban entorno a la vida a la que íbamos a volver.

Erica dormía en el dormitorio, y yo esperaba que fuera profundamente. Había estado inquieta toda la noche. No estaba seguro de si mi inquietud tenía el mismo efecto en ella, o si la misma clase de ansiedad nos acosaba a los dos.

Nos habíamos prometido el uno al otro que íbamos a desconectar y, sin embargo, allí estaba yo, incapaz de hacer caso omiso de la realidad que suponía que ambos teníamos enemigos, y de que mi responsabilidad más importante como marido era protegerla. Mantenerla a salvo mientras navegábamos en medio del otro lado del mundo era una cosa. Mantenerla a salvo cuando volviéramos a casa era otra.

Yo quería ser el que luchara por ella, por su seguridad y su felicidad. Erica era joven, pero había sobrevivido a más de lo que nadie debería tener que hacerlo. Quizás había tratado de mantener siempre la voz cantante entre nosotros, pero nunca he dudado de su fuerza ni por un momento. Aun así, había prometido protegerla siempre.

Leí por encima el correo electrónico e hice caso omiso del impulso de comenzar la limpieza de la lista de tareas que debía hacer y que se habían acumulado a lo largo de las semanas anteriores. La lista era demasiado larga como para pensar siquiera en ella a esas horas. No, el trabajo tendría que esperar.

Abrí otra pestaña para ver la prensa. Habíamos oído fragmentos de noticias del mundo en los diversos lugares por los que habíamos pasado, de París a Ciudad del Cabo, pero no nos habíamos enterado de nada acerca de Boston. En ese momento, delante de mí, tenía la ya familiar primera plana del *The Globe*, y el titular proclamaba que Daniel Fitzgerald había ganado la elección al cargo de gobernador de Massachusetts. Una victoria aplastante.

—Capullo —murmuré antes de pinchar en el enlace para leer más.

Odiaba a aquel individuo. Odiaba que fuera de un modo literal la única familia que tenía Erica, y que, a pesar de ello, no hubiese llevado nada más que terror a su vida. Si necesitaba protegerse de alguien, era de él. Había intentado con todas mis fuerzas callarme lo que pensaba, porque no quería ver el dolor en los ojos de mi mujer cada vez que salía a relucir el tema de Daniel, pero estaba convencido de que lo que la destrozaba en esos momentos no eran tanto mis palabras, como los años de abandono y todas las formas en las que le había fallado más de una vez.

No me importaba lo que dijera Erica, o lo que no dijera, no estaba dispuesto a dejar que se interpusiera entre nosotros otra vez, y me iba a asegurar de que se mantuviera lejos de nuestras vidas.

El artículo se refería a los juicios de los meses anteriores a las elecciones, a la trágica muerte de su hijastro Mark, el tipo que había violado a Erica hacía años, algo que sólo un puñado de personas sabía. Luego estaba el descubrimiento público de Erica, su hija biológica e ilegítima, y, por último, el tiroteo…

Cerré los ojos y el estómago se me revolvió cuando reviví el recuerdo del cuerpo ensangrentado de Erica en mis brazos. Me mantuve fuerte por ella en aquel momento, durante esos pocos minutos aterradores en los que pensé que sería la última vez que estaríamos juntos.

Ella lo era todo para mí. Todo. Una especie de desolación me recorrió por completo cuando cerró los ojos y su calor comenzó a desvanecerse. Pensé que la había perdido. Me había quedado abrazado a ella negándome a marcharme mientras me estremecían la rabia y la desesperación. Todo mi ser contuvo el impulso de gritar, de buscar a Daniel en mitad de la calle y de vengarme de él.

Daniel había matado al hombre que había disparado contra Erica, pero jamás podría protegerla. Lo único que haría sería causarle más dolor, más de toda aquella angustia que ella había intentado esconderme con valentía. Había fantaseado con un millar de maneras en las que podría arruinar a ese hombre, pero sabía qué era lo mejor. Dejé a un lado todos esos planes, con la confianza de que un hombre como él era más que capaz de arruinarse a sí mismo si se le daba el tiempo suficiente.

Milagrosamente, Erica había sobrevivido. Cuando quedó inconsciente, sentí que mi corazón dejaba de latir. Vivía y respiraba, pero existí sólo en el borde de la supervivencia hasta que los médicos me prometieron que iba a ponerse bien. Y en aquel momento, en la habitación del hospital, cuando abrió los ojos de nuevo, el calor me inundó otra vez el corazón. Una nueva calidez me llenó las venas, y el mundo se convirtió en un lugar en el que podría vivir de nuevo. Ella estaba conmigo. A salvo, conmigo, mía. Pero ya nunca sería lo mismo.

En ese momento no sabía qué otra cosa podría perderse. Abrí los ojos. Abrí las manos, que había tenido cerradas con fuerza, y traté de no pensar en lo que sus heridas nos podían negar.

Cerré el portátil de golpe y me incliné hacia delante, a la vez que me llevaba las manos a la cabeza y me mesaba los cabellos. Joder, cinco minutos en Internet y ya se me había ido la cabeza, perdido en un mar de pensamientos fúnebres. Me llenó el resentimiento de lo que habíamos perdido y el persistente temor a lo que todavía teníamos que enfrentarnos.

Un segundo más tarde, los pasos silenciosos de Erica sonaron sobre el frío suelo de mármol de nuestro bungaló. Me volví hacia el sonido. La luz de la luna proporcionaba la claridad suficiente como para ver el contorno de su cuerpo en la oscuridad.

—Hola.

Se detuvo a mi lado, y su mirada interrogante se posó sobre el ordenador portátil que tenía delante de mí.

—¿Qué haces levantada? —le pregunté.

—Pensé que no ibas a trabajar hasta que volviéramos.

—No estaba trabajando. —La tomé de la mano y le acaricié los nudillos con el pulgar—. Te lo prometo.

Noté la tibieza de su piel, casi caliente al tacto. No era sorprendente en el clima templado de las Maldivas, pero no di por sentado que ése fuera el motivo.

—¿Estás bien?

Ella respondió con un silencioso gesto de asentimiento.

—¿Otro sueño?

—Estoy bien —murmuró.

La forma en que bajó la voz me hizo pensar. La tensión se me enroscó de nuevo en las entrañas, donde albergaba enraizado el resentimiento contra las personas que le habían arrebatado la paz de muchas de sus noches. Quise instintivamente tirar de ella hacia mí, salvarla de esos demonios. Sin embargo, a pesar de que los terrores nocturnos se habían desvanecido considerablemente a lo largo de las semanas anteriores, todavía podía confundirme con el peor de ellos. Antes de que pudiera preguntarle nada, se apartó, rompiendo nuestra conexión.

—Voy a nadar un poco. Vuelvo enseguida.

Mientras se alejaba, se quitó la amplia camiseta que se le pegaba en algunos puntos de su torso húmedo. Se detuvo en el borde de la piscina infinita que parecía fundirse desde nuestro espacio con el océano que se extendía sin fin más allá. Dejó caer las bragas al suelo. La tenue luz de la luna resaltó las curvas de su cuerpo. El cabello ondulado y rubio que le llegaba hasta la mitad de la espalda se quedó flotando mientras descendía por el agua antes de sumergirse por completo y desaparecer de la vista.

Una oleada de lujuria me recorrió el cuerpo, pero algo mucho más profundo se apoderó de mi corazón.

Me levanté y la seguí hasta quedar en el borde de la piscina. Se puso de pie en el centro del agua, con el pelo echado hacia atrás y los pechos apenas cubiertos por el agua poco profunda. Ansié tocarla, cada centímetro de su espléndida figura. La había poseído en numerosas ocasiones, pero, por alguna razón, nunca era suficiente para saciar el ansia que sentía todos los días por ella.

—¿Te importa si me baño también?

Apenas fui capaz de ocultar en mi tono de voz la sugerencia de que en realidad quería más de lo que estaba pidiendo.

Ella sonrió.

—Por supuesto que no.

Me desnudé y entré en el agua, que estaba justo lo suficientemente fría como para ser refrescante. Caminé hacia ella y me detuve antes de que nos tocáramos. Estábamos a pocos centímetros de distancia. La deseaba con desesperación. Quería arrastrarla hasta ponerla pegada a mí y demostrarle exactamente cuánto. Pero esperé y contuve la impaciencia.

Después de un largo momento, alargó una mano hacia mí. Sus dedos se deslizaron suavemente subiendo por mi torso. Le tomé la mano con delicadeza y se la sostuve contra mi corazón, que palpitaba debajo de las costillas. Cada dolor agridulce, cada ráfaga de amor que sentía en él le pertenecía a ella.

Abrió un poco los labios y un solo paso eliminó la pequeña distancia entre nosotros. Incapaz de contenerme más, me pegué a ella y la deslicé contra mí. El agua se onduló a nuestro alrededor. Le subí un brazo para que me tomara del cuello y ella repitió el movimiento con el otro hasta unir las manos detrás de mi nuca, lo que nos acercó todavía más. Noté el calor que irradiaba de su cuerpo, y dejé escapar el aliento: no me había dado cuenta de que lo estaba conteniendo.

—Erica —murmuré antes de atrapar sus labios en un beso lento.

Mi esposa. La belleza de veintidós años de edad que se había apoderado de mi vida y que había hecho que todo lo demás se desvaneciera en el fondo. Yo quería darle todo, y si no podía, tenía que darle lo suficiente como para compensar lo que todos los demás le habían quitado.

Lo había jurado, una promesa silenciosa que hice cuando le puse el anillo en el dedo y la hice mía para siempre. Yo quería darle el consuelo que yo sólo encontraba cuando hacíamos el amor.

Cada momento significaba más que el anterior.

Todos mis pensamientos giraron alrededor del enloquecido amor que sentía por ella, canalizados hacia la suave fusión de nuestras bocas. Ella soltó un gemido y me mordisqueó el labio, lo que envió una oleada de sangre hacia mi entrepierna. Me retiré un poco para recuperar el aliento, pero me atrajo de nuevo hacia ella. Gruñí y me apreté contra ella con firmeza. La quería ya, en ese mismo lugar. Pero algo me detuvo.

Le acaricié la mejilla y la miré a los ojos, nublados en ese momento por el deseo. Busqué una respuesta a una pregunta que todavía no había sido capaz de hacerle. No quería ver el dolor allí, en las profundidades de color azul pálido que hacían juego con el océano que nos rodeaba.

Una pequeña mueca de dolor me arrugó la frente.

—¿Qué pasa?

—Mi hermosa esposa… —Le pasé el pulgar por los labios—. Quiero hacerte una pregunta, y quiero que me digas la verdad.

—Dime.

—Erica… —Me callé un momento, porque las palabras se me atascaron durante unos segundos en la garganta—. ¿De verdad quieres tener un hijo?

Se quedó inmóvil y trató de bajar la mirada, pero no se lo permití. La agarré con firmeza de la barbilla y levanté su mirada hacia la mía.

—Dímelo —le susurré—. Quiero saber si eso es lo que realmente quieres.

Ella tragó saliva y bajó las manos hasta mi pecho.

—Quiero compartir todas las experiencias posibles contigo, Blake.

—Yo también quiero eso.

—No sé si estamos listos, pero…

—Pero… ¿qué? —le pregunté procurando mantener la voz firme y objetiva. No quería que supiera que el corazón me tronaba por la impaciencia ante su confesión.

Inspiró profundamente.

—Tengo miedo de que si esperamos… nunca lleguemos a tener una oportunidad. —Se mordisqueó el labio—. Es muy pronto. Tal vez demasiado pronto. No sé si es algo que quieras en este momento. Y además… No quiero decepcionarte.

Le agarré la mano y se la apreté con suavidad.

—Eso es imposible. Lo sabes muy bien, ¿verdad?

Me miró un instante a los ojos, con un atisbo de sonrisa en sus labios.

Mientras tanto, un centenar de pensamientos inconexos me recorrieron la mente a toda velocidad. Durante muchos años, había reducido mi visión del mundo al trabajo. Luego, mi relación con Erica cambió la forma en la que lo veía todo. Ampliar esa visión todavía más para dar cabida a la posibilidad de ser padre era algo nuevo. No era desagradable, pero sí inquietante a su propia manera. La cuestión de tener hijos no era algo de lo que había tenido que preocuparme hasta que las circunstancias pusieron en peligro esa posibilidad. Entonces, de repente, la respuesta contundente en mi cabeza fue «¡Sí!» Quería darle un bebé a Erica. Quería verla crecer y ponerse redonda con nuestro hijo dentro. Quería esa experiencia, a pesar de lo emocionante y aterradora que parecía.

Todo era incierto ya. Cuándo, cómo, si… Lo peor de todo era que gran parte de todo aquello estaba más allá de mi control.

Era capaz de abrirme camino en algunos de los sistemas informáticos más sofisticados del mundo, pero no tenía ningún control sobre la ciencia de su cuerpo y el daño que había sufrido allí, y todavía no habíamos descubierto las consecuencias de todo aquello.

Si la perspectiva de tener un hijo con Erica era algo nuevo, algo que aturdía un poco, no ser capaz de garantizar que ella pudiera tener esa experiencia cambiaba por completo la situación. Tenía el dinero, la influencia y la tecnología al alcance de la mano. Había trabajado mucho para conseguir todo eso y, en muchos sentidos, daba por sentado el nivel de control sobre mi mundo que conllevaba todo aquello. Tenía a la mujer que amaba en mis brazos y, a pesar de todo, estábamos a merced del azar y del capricho de la naturaleza.

El hecho me frustraba y me envalentonaba a la vez. Haría todo lo que fuera posible para acercarnos más todavía. Contra viento y marea, resolvería cada problema, cumpliría cada deseo y satisfaría cualquier necesidad que tuviera. La abracé con un poco más de fuerza, y el fervor de mi admisión silenciosa causó estragos en mis emociones.

—Si esto es lo que quieres, es lo que yo quiero. Y estoy listo si tú crees que lo estás.

Una pequeña sonrisa se deslizó sobre sus labios.

—Nunca vamos a estar listos. Creo que sólo tenemos que estar lo suficientemente locos como para intentarlo.

La miré fijamente a los ojos.

—Créeme, lo he intentado.

Se le aceleró la respiración, y un escalofrío se abrió camino a través de mi piel. No se lo había dicho antes, pero lo había intentado con todas mis fuerzas desde que había sanado lo suficiente como para poseerla de nuevo. Erica no había vuelto a tomar la píldora, y yo había estado dentro de ella todas las noches. La había follado más profundamente y con más fuerza que nunca, con la secreta esperanza de que ello le daría lo que ambos temíamos que jamás tendríamos.

Tenernos el uno al otro sería más que suficiente. Nunca había necesitado a otra persona, sólo a ella en mi cama, en mis brazos, todos los días de nuestras vidas. Pero eso era lo que ella quería, y en el fondo, yo también lo quería. Esto sería más, mucho más de lo que realmente podía comprender en este momento.

En sus ojos brilló la esperanza, lo que ocultó la tristeza que había visto allí antes.

—¿Cómo puedes tener tanta fe, después de todo lo que hemos pasado?

Negué con la cabeza.

—No lo sé. Tengo la sensación de que si lo queremos lo suficiente, sucederá. O tal vez simplemente se trata de que no estoy acostumbrado a aceptar un no por respuesta.

Superado por todas las cosas a las que no podía encontrarle todo el sentido, la sostuve con fuerza contra mí y la besé otra vez, en esta ocasión más profundamente. La suave presión de su cuerpo era la más dulce de las torturas. El beso se volvió más ansioso, y nuestras lenguas se enredaron. Su gusto aumentó mis ganas. Sus caderas se rozaron contra mi cuerpo, y me empalmé. Quise poseerla en ese mismo momento, hundirme en lo más profundo de su ser, una y otra vez.

Se me escapó un gemido y le levanté las piernas para que me rodeara. Se aferró a mí con fuerza mientras salíamos de la piscina, yo con ella a cuestas.

Deslizó las yemas de sus dedos sobre mi cuero cabelludo y apretó los muslos con fuerza alrededor de mi cintura, con lo que se apoderó por completo de todos mis sentidos, como ya había hecho tantas otras veces. Tuve que abrir los ojos entre sus besos para encontrar el camino de vuelta a la cabaña que estaba al lado de la piscina. La acosté sobre la sábana blanca que cubría la cama, y ella tiró de mí.

ERICA

Los dedos me temblaron sobre los hombros de Blake. Por la piel y por los mechones de cabello le corrían hilillos de agua que luego caían sobre mí. Detrás de él, el cielo nocturno era una sábana sin fin de color azul oscuro. Las estrellas brillaban a través del tejido que envolvía la cabaña.

Unos momentos antes, estaba luchando por escapar de mi subconsciente, rodeada de escenas que había revivido demasiadas veces. En ese instante, estaba en los brazos de Blake, sana y completa, y la magnitud de lo que habíamos compartido unos minutos antes me había dejado sin aliento. ¿Podría ser real?

No estaba convencida de que lo que acababa de pedirme no fuera un sueño. Yo había pensado en ello, por supuesto. Cada vez que hacíamos el amor existía esa posibilidad, pero jamás me había imaginado que él también deseara un bebé, que estuviera tratando de…

Le rodeé por completo enredando nuestras extremidades al mismo tiempo que una oleada de ansia me recorría por completo. Tomó mi boca entre gemidos. Noté el amor de nuestro beso, dulce en la lengua mientras me atormentaba con pequeños lametones deliciosos. Su cuerpo se mantuvo firme contra el mío, con cada músculo flexionado y tenso mientras nos movíamos el uno contra el otro. ¿Habría existido otro momento en el que lo amara más que en ese preciso instante? No fui capaz de recordarlo. Noté que el corazón se me hinchaba contra las paredes del pecho e inundaba mis venas con un poderoso chorro de emoción.

—Te quiero —le dije sin aliento cuando nos separamos—. Dios, te deseo tanto en este momento.

Me dejó un rastro de besos a lo largo de la mandíbula, del cuello, hasta llegar al punto tierno debajo de la oreja. Me lo chupó y mordisqueó, lo que envió una oleada de escalofríos por toda mi piel.

—Erica —susurró contra mi cuello—. Quiero darte un bebé esta noche.

Aquella dulce afirmación me dejó sin respiración y sin las palabras que quería decir a continuación. Mis dudas. Mis miedos. Los había eliminado por completo. Había hecho que parecieran pequeños y sin importancia ante lo que él quería, lo que los dos queríamos.

—Yo también lo quiero —le respondí en voz baja.

Me acarició la mejilla con una mano todavía húmeda y me inmovilizó con su mirada. La luz de la luna brillaba en las gotas que le cubrían la piel.

—Sé que tienes miedo.

No quería admitir todos esos pensamientos no expresados, pero tenía razón. Sólo asentí, sin querer verbalizarlos. No esa noche.

—Yo también. Si vamos a intentar… si realmente vamos a hacer esto, tengo que verlo en tus ojos. Cuando te haga el amor, necesito que lo creas.

—Quiero esto, Blake. —Me tembló la voz, y mi corazón se encogió por la emoción—. Hazme el amor… Por favor.

Le pasé las manos sobre los duros músculos de su pecho y sus abdominales tensos. Su erección palpitaba contra mí, caliente y exigente. La agarré y le acaricié la carne suave hasta la punta. Siseó entre dientes y se deslizó entre las yemas de los dedos con un empuje lento.

Estaba ya muy húmeda, cosa evidente cuando se movió para deslizar su erección entre mis pliegues. Blake repitió el movimiento, lo que me provocó sacudidas de placer sobre el clítoris hasta que ya no pude soportarlo más. Giré las caderas con la esperanza de que el movimiento lo guiara dentro de mí. Se agarró la erección y jugó con la punta contra mi abertura. Me mordí los labios para ahogar un gemido de frustración. A él le gustaba hacerme sufrir. Luego se centró en el lugar íntimo donde nos uníamos y entró en mí presionando lentamente.

—Dios, qué hermosa eres.

Me agarró de una rodilla para mantenerme bien abierta mientras empujaba. Jadeé en busca de aire. La sensación de que me llenaba, de mi cuerpo que se abría bajo el suyo, me derretía cada vez que lo hacíamos. Le hinqué las uñas en el antebrazo, en una súplica silenciosa para que me reclamara más profundamente.

—Ver mi polla deslizarse dentro de ti… casi es demasiado. Me dan ganas de perder el control cada vez que lo contemplo.

Me arqueé contra él.

—Te quiero muy dentro de mí.

Me acarició los pechos con las manos, gimió y me cubrió el cuerpo con el calor de su propio cuerpo. El vello de su pecho me cosquilleó en los pezones, que estaban duros e hipersensibles. Me dio un beso a la vez que empujaba profundamente, y luego me ofreció exactamente lo que le había pedido, como lo había hecho todas las noches desde que me había convertido en su esposa.

Nunca había sentido que todo era tan perfecto como debía ser.

Hundí la cabeza en las almohadas que tenía detrás y tiré de él hacia mí. Quería que estuviéramos todo lo cerca que fuera posible. No se oyó nada más que el sonido de las olas y el de mis gritos mientras me hacía el amor. Cerré los ojos con fuerza, esperando a que la oleada de sensaciones se apoderara de mí.

—Erica… Mírame.

Abrí los ojos y la cara del único hombre que había amado llenó mi campo de visión. Abrió los labios en una respiración entrecortada. Cada músculo se flexionó por el esfuerzo. La visión era embriagadora… hermosa.

Éramos demasiado humanos, con el vasto océano que nos rodeaba y la pequeña isla en la que habitábamos. Dos pequeños corazones palpitantes en el mundo y, sin embargo, lo que buscábamos nos parecía enorme. Lo que queríamos y lo que se podría crear entre nosotros, una chispa de vida, tan pequeña y frágil, era demasiado difícil de comprender plenamente. El corazón me palpitó con fuerza en el pecho con el peso de lo que estábamos tratando de hacer.

Una tremenda energía irradió entre nosotros, aumentada cuando él cerró una mano con fuerza sobre mi cadera y con la otra agarró de forma posesiva una de las mías. Su mirada me mantuvo inmovilizada, demasiado intensa como para romper la conexión, aunque me estaba deshaciendo cada vez más con cada segundo que pasaba. Poseída por su poderosa mirada y la feroz forma en la que me tomaba, me aferré a él de todos los modos que pude. Como un hilo cada vez más tenso, mi cuerpo se dirigió hacia la liberación.

—No hay nada a lo que haya querido más que a ti. No hay nada en toda mi vida que me haya poseído como lo haces tú —me dijo.

—Soy tuya.

—Para siempre —me contestó con voz ronca y me besó con fuerza suficiente como para hacerme un moratón en los labios. Me rodeó las caderas con un brazo para aprovechar su peso y cambiar el ángulo de sus embestidas.

—¡Blake!

Su nombre fue una súplica en mis labios, una especie de alabanza desesperada por el modo tan perfecto que lo sentía dentro de mí.

Su expresión se debilitó. Una vulnerabilidad casi dolorosa le recorrió sus magníficos rasgos cuando nos acercó al cielo que encontrábamos el uno en el otro.

—Ahora, cielo. Déjate ir. Suéltate, sólo para mí.

Y de repente, el hilo se rompió. Estaba increíblemente dentro. En mi corazón. En mi cuerpo. Con los labios chocando, con la piel en llamas, con los cuerpos convertidos en uno solo, nos corrimos juntos. Juntos nos desplomamos en ese lugar perfecto y aterrizamos con seguridad en los brazos del otro. La sensación me recorrió y vibró entre nosotros hasta que los dos nos quedamos quietos.

Permanecimos tumbados y enredados el uno en el otro, con el aire que nos rodeaba perfectamente tibio. El rumor de las olas contra la orilla fue el único sonido aparte de nuestros jadeos.

Blake cerró los ojos y exhaló profundamente.

—Dios, cómo te amo.

Suspiré y me entregué por completo a la cálida comodidad ingrávida de estar en sus brazos. Paseé los dedos sobre su piel, sobre sus anchos hombros, mientras recordaba lo que acaba de ocurrir entre nosotros.

Esa noche había sido diferente. Esa noche habíamos compartido algo que no podía nombrar. La esperanza, o tal vez la fe. Alargamos la mano en busca de un sueño que sólo podríamos lograr juntos, y creímos que, de alguna manera, podría hacerse realidad.

Una oleada de emociones me golpeó, tal vez con más fuerza de lo que normalmente lo haría en aquel estado poscoital vulnerable. Cerré los ojos para calmar el escozor que sentía detrás de los párpados. Inspiré profundamente y reduje mis caricias.

—Debería ir a lavarme —dije rápidamente, con la esperanza de tener un par de minutos para reponerme. No quería arruinar ese momento con mis lágrimas.

—No —me respondió él, con su cuerpo todavía acomodado encima de mí, dentro de mí—. Tenemos que dejar que mis pequeños chicos hagan su trabajo ahí dentro. Quédate quieta un rato.

Me reí en voz baja mientras trataba de no pensar en la posibilidad de que se tratara de una causa perdida. Le aparté el pelo de la cara. Sus preciosos ojos brillaron bajo la luna.

Meneé la cabeza.

—Estás decidido, ¿verdad?

Sonrió mientras me besaba tiernamente y entrelazó nuestros dedos.

—Erica, no tienes ni idea.

—Ah, pues yo creo que sí.

Me arqueé contra él, muy consciente de lo decidido que podía llegar a ser. Tan decidido que, desde que lo había conocido, mis noches eran largas, y las mañanas siempre llegaban demasiado pronto.

Soltó un pequeño gemido y su mirada se oscureció de nuevo.

—Me la estás poniendo dura otra vez.

Arrastré los dedos de los pies por sus pantorrillas hasta que mis talones tocaron la parte posterior de sus fuertes muslos. Levanté las caderas y lo metí otra vez dentro de mí totalmente. Su erección no había bajado en absoluto desde que se había corrido. Respondió a mi movimiento con un pequeño empujón por su parte, una clara demostración de su deseo persistente. Me apreté a su alrededor y disfruté de la deliciosa fricción que acababa de probar hacía tan poco.

—Pues vamos a intentarlo de nuevo —murmuré.

3

ERICA

La luna de miel había sido una auténtica escapada. Una hermosa escapada llena de lujo. Después, la vida real nos llamó de vuelta a casa.

Una semana más tarde, bronceados por el sol y recuperados de la última etapa de nuestro viaje en una isla que estábamos empezando a sentir como nuestra, aterrizamos en Boston.

Unas delgadas nubes grises oscurecían el sol y nos recibió la amenaza del inminente invierno. Me estremecí cuando una ráfaga de aire frío azotó la pista. Un recordatorio del inevitable paso del tiempo.

Cuando Blake y yo desembarcamos, vi un Escalade negro estacionado a lo lejos. Nos acercamos, y un hombre alto y corpulento rodeó el vehículo. Vestido completamente de negro, era una figura intimidante, pero una que yo conocía bien.

—¡Clay! —Me puse de puntillas para abrazar al hombretón que había convertido en su trabajo la tarea de protegernos a lo largo de los meses anteriores—. Te hemos echado de menos.

Esbozó una tímida sonrisa.

—¿Qué tal fue el viaje?

—Increíble, pero estamos contentos de volver a casa.

Después de todo, el paraíso no podía durar para siempre.

—Es bueno tenerles de vuelta. —Miró a Blake—. ¿A casa?

Él asintió una vez.

—A casa.

Clay nos condujo hacia el norte y dejó el horizonte urbano de la ciudad a nuestra espalda. La autopista dio paso a las carreteras de un solo carril que se curvaron a lo largo de la costa a través de ciudades más pequeñas. Me fijé en todo. En el flujo constante de tráfico, en las señales familiares, en las hileras de casas en la playa con vistas al mar azul profundo. Todo aquello me hacía sentir en casa, pero de alguna manera, también ajena. Incluso el destino, una casa que todavía teníamos que convertir en nuestro hogar, me parecía extraño después de tanto tiempo fuera.

Aquí y allá todavía se veían carteles de la campaña electoral a lo largo de los jardines y patios por los que pasábamos. En algunos se leía el nombre y el lema electoral de Fitzgerald. Daniel era probablemente la última persona a la que quería saludar en mi primer día de vuelta, pero estaba por todas partes. A medida que nuestra nueva realidad se imponía, los recuerdos me inundaron en una oleada que no deseaba.

Después de muchos años sin saber quién era mi verdadero padre, había encontrado una vieja fotografía de Daniel con mi madre. Todavía recordaba mi ansiedad por llegar a él. Estaba llena de una mezcla de miedo y de esperanza mientras le contaba sentada frente a su escritorio quién era mi madre. A pesar de lo atemorizadora que había sido la experiencia, conocer de verdad al hombre que había detrás del traje caro, de los despachos en grandes torres de oficinas y de la maquinaria política que impulsaba su campaña había demostrado ser mucho más aterrador. Y, sin embargo, el miedo no era lo único que sentía cuando veía su nombre y recordaba su rostro.

También había un sentimiento de enorme decepción, y debajo de eso, la ira. Después de todos aquellos años, me esperaba más. Me esperaba mucho más. Se me formó un nudo en la garganta y, de repente, quise destrozar todos los carteles de cada jardín por el que pasábamos.

Blake alargó un brazo a través del espacio que nos separaba y me tomó de la mano.

—¿En qué estás pensando?

Me quedé mirando fijamente hacia delante.

—En nada.

Nada de lo que quisiera hablar. No odiaba a Daniel, no tanto como quizá debería odiarlo. Pero sabía que Blake sí que le odiaba. Entendería mi rabia, pero verlo compadecerse de mí no me ayudaría a encontrar la paz.

—Ganó, ya lo sabes —murmuró.

Daniel había ganado. Le di un par de vueltas a la noticia en la cabeza imaginándome toda la celebración y la gloria, las serpentinas y los gestos de patriotismo, y el falso orgullo. Y luego pensé en la oscuridad bajo las celebraciones, donde se escondían todas las cosas que había hecho para asegurarse la victoria.

No estaba segura de cómo me sentía al respecto. ¿Qué podía decir realmente? ¿Eso era bueno? ¿Era muy malo?

Blake y yo nos quedamos callados el resto del camino mientras yo pensaba en si debía celebrar o lamentar la victoria de Daniel.

Clay dejó nuestro equipaje en el vestíbulo, y una rápida conversación con Blake garantizó que volvería a recogernos por la mañana para llevarnos al trabajo. Arrastramos los pies hasta el dormitorio, donde rápidamente nos desplomamos.

Me desperté con la luz del cielo matutino y una cama vacía. Según la nota que vi en la almohada, Blake había salido a trabajar temprano. Gemí y pensé en dormir un rato más, pero la idea de ponerme al día con Alli y el resto de la gente en la nueva oficina hizo que me pusiera en marcha. Me tomé mi tiempo para prepararme, y puse las noticias para obligarme a salir de la cama, donde podría haber dormido perfectamente otras ocho horas más. Me serví un café, y me quedé quieta al oír el nombre de Daniel. El locutor informaba de un resumen de las elecciones que se habían celebrado la semana anterior.

A pesar de que no había hablado con él desde hacía meses, había aparecido en mis pensamientos frecuentemente. Habíamos tomado caminos separados en la vida. Bueno, él había decidido alejarse de mi vida. ¿Piadosamente? Quizás. A veces me preguntaba qué diría si tratara de ponerme en contacto de nuevo con él. ¿Insistiría en mantener las distancias?

Puesto que había ganado las elecciones para el cargo de gobernador, tal vez no diría nada en absoluto. Ganar esas elecciones era todo en lo que había estado trabajando desde antes de que amara a mi madre. Estaba segura de que cualquier clase de importancia que yo hubiera tenido en su vida, se había desvanecido por completo en el fondo de todos aquellos acontecimientos.

Apagué el televisor, decidida a no prestarle más atención al asunto. A pesar de un serio desfase horario por el viaje y de la tristeza que sentía por el final de nuestra maravillosa luna de miel, estaba impaciente por lanzarme al trabajo, algo que no había sido capaz de hacer desde que vendí la empresa.

La cafeína me hizo efecto, y me lo tomé como la señal de que había que empezar. Clay me llevó a la ciudad y me dejó en el Mocha, la cafetería que tanto había frecuentado en mi antigua oficina. No había vuelto desde que la anterior novia de Blake, Sophia, había despedido a Alli y yo había renunciado, pero no podía mantenerme alejada para siempre. Recorrí las aceras con la mirada esperando ver a Sophia en cualquier momento, pero no reconocí ningún rostro.

Dentro, sin embargo, vi inmediatamente a Simone. Mientras ella servía una mesa cercana, me di cuenta de que mi lugar de siempre estaba vacío, y me senté allí. Mi móvil sonó mientras esperaba y leí un mensaje de Marie en el que me daba la bienvenida a casa. Le contesté y le propuse varios planes para ponernos al día la semana siguiente. Sabía que querría enterarse de todo acerca de la luna de miel y estaba impaciente por contárselo. La había echado de menos más de lo que se imaginaba.

Simone se me acercó, con los ojos muy abiertos.

—Mierda, ¿quién eres y qué haces en mi cafetería?

Me eché a reír.

—Vine a por mi dosis de cafeína. Y a verte, por supuesto.

—Muy bien. —Se sentó conmigo deslizándose sobre la banqueta opuesta—. Bueno, ¿qué hay de nuevo? No te he visto desde la boda.

—Nada todavía, en realidad. Hoy simplemente vengo a ponerme al día en el trabajo. ¿Y tú qué?

—Aquí es lo de siempre —me contestó señalando con un gesto hacia la bulliciosa cafetería.

—¿Cómo son los nuevos vecinos?

No pude evitar preguntarlo, ya que el Mocha estaba a unos pocos pasos de la oficina de Clozpin, pero me preparé para una respuesta que me haría daño. Buena o mala, cualquier noticia sería como echar sal en la herida.

Simone se encogió de hombros.

—Por lo que he visto, el gran jefe, Perry, sólo se pasa un par de veces al mes. No he visto a la chica en ningún momento. Contrataron a algunos programadores nuevos. Pero no puedo quejarme de eso. Se han convertido en excelentes clientes dependientes de la cafeína.

—Supongo entonces que todavía están en marcha y funcionando.

No quería que aquello me afectara, pero no fui capaz de ocultar la desgana en mi tono de voz.

—Eso parece. Me alegro de que James no se quedara. Es mucho más feliz trabajando con el viejo equipo.

James había sido el último en abandonar el barco después del cambio en la propiedad. La última noticia que había oído era que Clozpin había sufrido un ataque informático y que la información que se había filtrado sobre Isaac y Sophia podría significar el fin de la empresa. Al parecer se habían recuperado y habían seguido adelante. Tal vez había llegado el momento de que yo hiciera lo mismo.

—¿Qué es esto? —le pregunté a Simone señalando el corazón nuevo y maravillosamente tatuado que llevaba dibujado en tinta negra en la parte interior del antebrazo.

—Oh, sólo un pequeño tatuaje que me hecho hace poco.

Tocó uno de los detalles ornamentales que se curvaban alrededor del ojo de una cerradura negra en el centro del corazón.

—Es muy bonito. El nivel de detalle es increíble.

Se ruborizó.

—Fue James quien lo diseñó. Es un artista increíble. Él también tiene uno. Una llave.

Abrí la boca, sorprendida por el significado inconfundible de aquellos dos símbolos.

—Vaya. Eso es permanente, ya lo sabes.

Ella se echó a reír.

—Bueno, se supone que así debe ser. Esa es más o menos la idea.

—Me alegro mucho por los dos.

Después de todo lo que había pasado con James, me sentía enormemente agradecida de que él y Simone hubieran encontrado algo firme, sólido, algo que esperaba que los hiciera tan profundamente felices como Blake me hacía a mí.

La mirada se le ablandó mientras paseaba la punta del dedo sobre el diseño.

—Sinceramente, no tenía ni idea de si podríamos tener un futuro cuando empezamos a salir, pero este hombre se me ha metido tanto en el corazón, que si algo nos separa alguna vez, me gustaría tener este recuerdo de todos modos.

—Tiene suerte de tenerte, Simone.

Ella lanzó un suspiro, y sonó exactamente a cómo se sentía: perdidamente enamorada.

—Ha pasado por mucho. Tanto que probablemente nunca te lo dijo, Erica. Pero nunca he conocido a un hombre en mi vida que me abriera todo su corazón de la forma que él lo ha hecho. Es como si… cuando dejamos de tontear con eso de ser amigos y nos dedicamos a darle a nuestra relación una oportunidad, como si nada pudiera interponerse ya entre nosotros. No hay juegos, no hay gilipolleces. Sólo nosotros.

Tragué saliva para aliviar el nudo que se me había formado en la garganta.

—Para, que me vas a hacer llorar. Ya basta.

Ella me sonrió a la vez que parpadeaba para evitar lo que también parecían ser el comienzo de unas lágrimas de felicidad. Luego se bajó del taburete y rodeó la mesa para abrazarme.

—Te he echado de menos —le dije.

Aquellas palabras amenazaron con hacer saltar de verdad las compuertas de las lágrimas. Me había encantado mi escapada con Blake, pero también había echado de menos a mis amigos, más de lo que creía hasta este momento.

Ella me dio un apretón.

—Yo también. A ti y todos tus puñeteros dramas.

Me reí mientras se apartaba.

—Lo siento.

—No te preocupes. Le otorgas cierto interés a mi vida por otro lado tediosa y llena de café y cruasanes. Pero nada de recibir más disparos y cosas parecidas, ¿de acuerdo? Digamos que te necesito viva. El negocio se resiente cuando no estás cerca para satisfacer tus hábitos.

Me froté los dedos debajo de los ojos y me limpié cualquier humedad remanente resultante de mi pequeño bajón.

—Haré lo que pueda.

Me acarició el brazo con la mano.

—Más te vale. Muy bien. Tengo que volver al trabajo.

—Yo también. Hay un montón de cosas que debo poner al día.

—Seguro. Oye, hazme un favor. Dale a James una palmada en el culo mientras estás allí. Dile que es de mi parte.

Puse los ojos en blanco y sonreí.

—Eso te lo dejo a ti, Simone.

Ella se echó a reír y se despidió con un gesto de la mano.

Recorrí a pie las pocas manzanas que llevaban hasta la nueva oficina en el edificio que Blake y yo compartíamos. Subí las escaleras hasta el segundo piso y me detuve unos segundos delante de la puerta de cristal esmerilado en la que se veía el cartel «E. Landon, Inc.» Sonreí en mi fuero interno.

La señora Erica Landon. Disfrutaba de cómo sonaba. Había aceptado el apellido de Blake sin objeciones, pero profesionalmente él no había hecho ningún intento de poner mis proyectos bajo el marco de su compañía. Y en un momento en el que estaba perdiendo rápidamente la esperanza, había dispuesto el espacio de oficina que me permitiría trabajar en nuevos proyectos para llenar el vacío.

Decidida a mantener el pasado en el pasado y a entregarme a aquel nuevo capítulo de mi vida, abrí la puerta de la oficina. En el interior, el equipo, una mezcla de nuevos y antiguos, trabajaba en sus respectivos escritorios.

Alli chilló con fuerza cuando me vio.

—¡Ya has vuelto! —Corrió hacia mí y me abrazó con fuerza—. ¡Y tan bronceada!

Me reí cuando nos separamos.

—Una semana en una isla es lo que tiene.

—Estoy loca de celos. Pero ¿qué haces aquí? Pensé que antes te tomarías un par de días para instalarte.

Me encogí de hombros.

—No podía esperar.

Geoff y Sid me llamaron por señas desde sus mesas.

—¿Cómo va todo? ¿Qué me he perdido? —les pregunté.

Los ojos de Geoff se iluminaron.

—Un montón. ¿Por dónde quieres empezar?

—Por donde quieras. Ponme al día rapidito.

Una sensación de vértigo me recorrió, un ansia conocida de hablar el idioma de los negocios y la tecnología, y de verme rodeada del aluvión de detalles propios de un proyecto innovador.

Sid se puso en pie y se apoyó en su escritorio.

—Tenemos dos nuevas aplicaciones que puedes poner a prueba.

—Genial.

—Eh, tú, desconocida.

Una voz profunda resonó detrás de mí. James apareció por la puerta. Llevaba el cabello rizado casi negro completamente despeinado, lo que hacía juego con su larga camiseta negra y los pantalones vaqueros. Se inclinó y me dio un beso en la mejilla.

—Me alegro de que hayas decidido volver.

—Bueno, no podía quedarme fuera para siempre. De todos modos, no tengo muy claro qué podría hacer sin que vosotros me mantengáis ocupada.

—Te sienta bien ser feliz —me dijo y me tocó la punta de la nariz en un gesto de broma.

Sus profundos ojos azules parecieron clavarse justo en mi alma, de la misma forma que siempre. Mi amistad con James se había transformado en algo mucho más significativo que cualquier cosa que pudiera haber esperado cuando lo contraté para formar parte del equipo original de Clozpin. Nuestro romance, que apenas se podía llamar así, había sido breve y algo equivocado, pero me sentía agradecida de no haber perdido la conexión que nos había llevado hasta allí, para empezar.

—Gracias —le contesté dándole un pequeño empujón—. Igualmente.

Se pasó la mano por el pelo, lo que dejó al descubierto la parte inferior de su antebrazo y el tatuaje reciente que hacía juego a la perfección con el dibujo de Simone: una llave de aspecto antiguo, diseñada en blanco y negro.

—Bonito tatuaje.

Me guiñó un ojo.

—Gracias. —Su media sonrisa ladeada se convirtió en una amplia sonrisa de oreja a oreja. Señaló con un gesto de la cabeza hacia la parte posterior de la oficina—. Venga, vamos a reunirnos en tu elegante despacho. Nos moríamos de ganas de entrar de una vez.

—Por supuesto.

Los cinco pasamos el resto de la mañana repasando los avances que se habían realizado. Geoff, el cerebro que había detrás de la empresa de tecnología portátil que había decidido financiar hacía meses, me llevó a través de las últimas compilaciones. Lo cierto era que el equipo había cubierto mucho terreno en mi ausencia, pero había que cubrir varios vacíos y llevar a cabo ciertas mejoras antes de que pudiéramos lanzar las aplicaciones al mercado. Pasaron las horas, y me perdí en los detalles.

Cuando paramos para el almuerzo, me paseé por la oficina, el lugar en el que todavía no había tenido la oportunidad de establecerme todavía. Sin embargo, por primera vez desde que había regresado, me sentí como si aquello fuera realmente lo que estaba destinada a hacer. A pesar de todo lo que me había sucedido y que había estado a punto de hacerme perder el norte, estaba tan dispuesta como siempre a sumergirme de nuevo en el trabajo y volver a intentarlo.

—¿Contenta de estar de vuelta?

Me volví en la silla y vi a Alli apoyada en el marco de la puerta.

—Lo estoy —admití.

—Pues nosotros estamos más que contentos de tenerte de vuelta. La familia también, por supuesto. Catherine y Greg están preparando una cena de bienvenida para vosotros esta noche.

—Qué encantadores.

Alli torció la boca un momento mientras con el dedo se retorcía un mechón de cabello castaño y liso.

—¿Qué te pasa? Parece que quieras decirme algo.

—Bueno, habrá alguien más a la mesa esta noche.

—Oh. ¿Y quién es?

Alli se dejó caer en la silla frente a mi escritorio y bajó la voz.

—¿Recuerdas aquel camarero buenorro del club, el que mandaste de nuevo a Sophia con aquellas horribles bebidas?

—Apenas.

El paso del tiempo, junto al estado ligeramente ebrio de esa noche, habían hecho que los detalles fueran confusos. Sin embargo, sí que recordaba claramente la breve aparición de Sophia en mi noche de despedida de soltera.

—Es la nueva pareja de Fiona.

Enarqué las cejas.

—Vaya. ¿Él?

—Creo que llevan saliendo cierto tiempo, pero ahora ella quiere presentárselo a la familia.

—Eso es un gran paso.

Teniendo en cuenta que no había conocido en persona a ninguno de los novios de Fiona, no podía imaginarme cómo recibirían a su nueva pareja. Por otra parte, su familia había sido más que acogedora y amable conmigo.

—Lo sé. Estoy impaciente por ver cómo sale todo.

Me recosté en la silla.

—Tengo la sensación de que me he perdido mucho.

—Es lo que pasa inevitablemente cuando te marchas del país durante semanas y no lees ninguno de tus correos electrónicos.

—Está claro. Tardaré un mes en rebuscar y en clasificarlo todo. Pero aunque tarde todo ese tiempo, seguro que habrá valido la pena.

Mis pensamientos saltaron directamente a una serie de increíbles recuerdos que Blake y yo habíamos compartido en nuestro viaje. Una parte de mí quería contarle a Alli nuestra discusión sobre el asunto del bebé, pero todavía no estaba completamente lista para compartir todas mis esperanzas y temores en torno a ese tema. El tiempo lo diría, y no importaba lo que pasara: sabía que ella estaría allí para apoyarme cuando lo necesitara.

—Tal vez me puedas contar lo más destacado durante el almuerzo.

—Claro.

Alli se puso a juguetear con el dobladillo de su camisa.

—¿Qué pasa?

—Bueno…

—Alli…

—Es que acabas de volver. No quiero bombardearte con…

—He venido a trabajar preparada para ser bombardeada. Dispara ya.

La mirada de sus ojos castaños se apagó ligeramente.

—Se trata de Max.

Esperé a que continuara.

—Ya ha salido la sentencia… por su ataque.

—Ah.

Había declarado hacía meses, y con todo lo que había ocurrido desde el momento en el que me atacó, me había olvidado completamente del juicio. Dije lo que tenía que decir y ya sólo podía esperar que se hiciera justicia.

—¿Y bien? ¿Qué han decidido?

—Lo han declarado culpable.

—Vaya. Nunca fui consciente de lo bien que me sentaría oír esas palabras.

El alivio se apoderó de mí, pero esa sensación de tranquilidad se mezcló rápidamente con los otros cientos de emociones que relacionaba con Max y lo que me había hecho. La ira y el malestar ante el hecho de que tantas personas en nuestro mundo supieran la situación comprometida en la que me había metido. Incluso un mínimo sentimiento de culpa, ya que ahora él se enfrentaba a la justicia debido a mi cooperación. Su vida cambiaría para siempre sólo por eso. Y, sin embargo, me recordé a mí misma que yo no había hecho absolutamente nada para instigar su ataque. Él me había drogado y me había arrinconado. Si Blake no hubiera intervenido, podría haberme violado. Y a pesar de que no lo había hecho, yo creo que lo habría intentado.

—Le han condenado a dos años y medio.

Noté un nudo en la garganta y cerré los ojos. Mi cuerpo pareció reaccionar a la noticia antes de que mi cabeza tuviera la oportunidad de comprender realmente lo ocurrido. Tardé un minuto entero en recuperar la voz.

—Eso es la mitad de la pena máxima.

—Lo sé —dijo en voz baja.

Asentí lentamente y organicé los papeles que tenía sobre el escritorio, que ya estaban cuidadosamente ordenados.

—Bueno, pues ahí tienes a la justicia.

—Por lo menos van a encerrarlo. Aunque no sea el tiempo que se merece.

Max iba a perder su libertad, al menos, durante un tiempo. Quería celebrar esa pequeña victoria, pero una parte de mí no lograba confiar en que fuera suficiente para expiar lo que había hecho.

BLAKE

—¡Ay, no sabéis lo que os he echado de menos!

Mi madre dio una palmada y se me acercó para darme un abrazo. Me incliné para acomodarme a su corta estatura. Cualquiera que la viera recibirme así pensaría que acababa de volver de la guerra, pero nunca la podría culpar por quererme demasiado. Esa era su forma de ser, y cuando centró su atención en Erica, me sentí muy agradecido. Las dos mujeres se balancearon de un lado a otro un poco mientras se abrazaban, y cualquier posible arrepentimiento de última hora que pudiera haber tenido por comprarnos la casa de nuestros sueños a poca distancia de la de mis padres desapareció por completo.

Erica se merecía una familia, y no se me ocurría ninguna mejor que la mía. No siempre los había apreciado como se lo merecían, pero aquello estaba cambiando rápidamente con mi mujer en mi vida.

Mi madre nos miró el uno al otro, y luego de arriba abajo, en lo que fue una evaluación completa.

—Erica, se te ve mejor que nunca. De verdad. Todos esos viajes deben haber sido buenos para tu alma.

Erica me miró.

—Yo creo que lo han sido.

Entonces sonrió, lo que le arrugó las esquinas de los ojos. Era una mujer atractiva, llena de una especie de energía contagiosa, y más todavía con mi padre a su lado. Él se reunió con nosotros con su delantal preferido puesto. Llevaba el título de chef de la casa con orgullo desde que se jubiló. Yo solía ver a mis padres y dar por sentada su forma relajada de vivir juntos, pero en ese momento vi una versión familiar de nosotros, de Erica y de mí. Vi la eternidad con una mujer junto a la que quería envejecer.

Papá me dio una palmada en el brazo y abrazó a Erica.

—¿Cómo están los tortolitos?

—Estamos muy bien, papá.

Él señaló con un gesto de la cabeza en dirección al comedor, donde mi hermana, Fiona, estaba sentada al lado de un desconocido.

—Has vuelto justo a tiempo de conocer al nuevo chico.

—¡Ah, sí! Tienes que conocer a Parker.

Un segundo más tarde, Catherine tiraba de nosotros hacia el comedor para presentarnos al aparente invitado de honor.

Este se puso en pie.

—Blake, encantado de conocerte.

—Igualmente.

Nos dimos la mano, y Erica y yo nos sentamos frente a la pareja. Evalué al individuo cuyo brazo rodeaba el respaldo de la silla de mi hermana. Parker parecía tener mi edad, tal vez era un poco más joven. Llevaba el cabello rubio oscuro cortado a la moda. Iba vestido de un modo informal, con unos vaqueros y una camisa de manga larga. No parecía una ropa especialmente cara, pero estaba claro que había pasado una cantidad adecuada de tiempo cuidando su aspecto.

Fiona y él entrelazaron las manos mientras mi madre servía el famoso rollo de carne casero de mi padre. Hubiera estado un poco más entusias-

mado con la idea de una comida casera y la posibilidad de ponerme al día
con todo el mundo, pero no pude evitar distraerme con Parker. Se volvió
y le murmuró algo al oído a Fiona. Ella sonrió y se apoyó en él.

Carraspeé con fuerza, interrumpiendo su momento.

—¿Y cómo os conocisteis?

Fiona abrió mucho los ojos. La pregunta había sonado menos delicada de lo que había pretendido, pero estaba ansioso por saber más acerca
de aquel desconocido que era lo bastante importante para ella como para
presentarlo a la familia. También esperaba que dejara de acariciarla en la
mesa.

—Bueno... —comenzó a decir.

—Nos conocimos en la despedida de soltera de tu esposa —dijo Parker sin apartar los ojos de Fiona.

—¿De verdad?

No me había gustado mucho la idea de que Erica saliera por la ciudad con el vestido ajustado y demasiado corto que llevaba esa noche, e
ingenuamente no había considerado la posibilidad de que nadie aborda-
se a Fiona. Apreté la mandíbula, un reflejo ante la imagen no deseada de
que Parker o cualquier otro entablara contacto físico con ella después de
que hubiera estado bebiendo.

—Estaba trabajando de camarero, y consiguió mi número antes de
que me fuera —me explicó Fiona con su voz dulce y despreocupada.

Me relajé un poco, ya que sus palabras eliminaron la visión que mi
mente había conjurado. Fiona era ante todo mi hermana, pero también había sido una buena socia en los negocios, siempre centrada y
directa cuando se trataba de mis propiedades. No estaba acostumbrado a verla distraída, y aunque yo siempre la había protegido como
hermano mayor, no me había dado demasiadas oportunidades de
ejercer como tal. Quizá porque nuestro hermano Heath había reque-
rido tanta atención durante demasiado tiempo. De repente, su nuevo
amor estaba sentado ante mí, no tan incómodo como yo quería que
estuviera teniendo en cuenta que muy probablemente se estaba fo-
llando a mi hermana.

—Entonces, ¿te dedicas a eso? ¿A trabajar de camarero?

Nunca he sido elitista, pero por alguna razón no pude resistirme a la
idea de bajarle un poco los humos.

—Blake... —me dijo Fiona en voz baja.

—Estoy haciendo un posgrado —añadió él mientras me miraba con calma—. Servir copas me ayuda a llegar a final de mes. Mis padres no me pueden pagar el máster, así que me lo financio yo.

Mi padre intervino en ese momento.

—Eso es muy loable, Parker. No hay nada como ser el dueño de tus propios éxitos. Conocemos bien lo que es el trabajo duro, ¿verdad, Blake?

—Yo seguro que sí —le contesté—. No puedo hablar por Heath, por supuesto.

Heath me sonrió y me hizo un gesto ofensivo, que por suerte nuestra madre no vio. Nos echamos a reír, y la tensión quedó rota por el momento. Papá había dejado claro lo que pensaba. Mi riqueza había cambiado nuestras circunstancias, pero yo procedía de una familia de clase trabajadora. Tal vez debería darle a Parker el beneficio de la duda, pero no hasta que no supiera más acerca de él.

—Erica, ¿nos puedes contar lo del nuevo proyecto en el que estáis trabajando? —le preguntó mi madre—. A Greg y a mí nos gustaría escucharos hablar de eso.

Al parecer, yo era el único interesado en poner a prueba al chico nuevo, así que dejé que Erica y Alli se apoderaran de la conversación y hablaran de su trabajo.

Mientras cenábamos, Parker charló un poco con mis padres y con los demás. Si mi interrogatorio lo había incomodado, no mostró señal alguna de ello. Erica, sentada a mi lado, apenas había probado la comida. En ese momento, arrastraba el tenedor entre las patatas.

—¿Estás bien, cielo?

Me miró con una pequeña sonrisa.

—Estoy bien. Creo que simplemente me siento agotada. Ha sido un largo primer día de vuelta.

Sus palabras me recordaron mi propio cansancio. Nos habíamos lanzado a trabajar en cuanto llegamos, y me estaba arrepintiendo de ello en esos momentos.

—¿Quieres ir a descansar?

Exhaló con fuerza y con los ojos cerrados.

—Creo que sí. Lo siento, Greg. La cena ha estado increíble. ¿Puedo llevarme un poco a casa?

Mi madre se levantó de la silla.

—¡Por supuesto! Deja que te prepare un plato.

Erica se levantó para marcharse, y yo me levanté con ella.

—Te acompaño a casa —le dije.

—No tienes que hacerlo.

Le coloqué un mechón de pelo detrás de la oreja rozando su mejilla con el dorso de los dedos.

—Me sentiría mejor si lo hiciera.

Ella me puso una mano en el pecho y sonrió.

—Estoy bien. Disfruta del rato con tu familia. Nos vemos cuando regreses. No tienes que darte prisa.

Puse una mano sobre la de ella y rocé con las yemas de los dedos las bandas de diamantes de su anillo del dedo anular. Mierda. No la había visto en todo el día, y compartirla con mi familia esa noche no era lo mismo. Me había convertido en un adicto a tenerla toda para mí. A pesar de lo mucho que había relegado los asuntos de trabajo a lo largo del mes anterior, en algunos momentos de ese mismo día había considerado la posibilidad de marcharme de nuevo con ella tan pronto como fuera posible.

Cedí.

—Está bien, pero llámame si necesitas algo.

—Estaré bien.

Me dio un beso en los labios y se marchó.

Terminamos la cena, y mientras mis padres se ocupaban de guardar las sobras, Heath, Parker, y yo nos quedamos sentados a la mesa.

—Bueno, ¿cómo te trata la vida de casado? —me preguntó Heath mientras se reclinaba sobre su silla.

—Muy bien.

Alargué la mano hacia la cerveza para llevarme la botella a los labios. Del mes anterior guardaba el recuerdo de algunos de los mejores días de mi vida, y estaba impaciente por tener muchos más.

—Joder, todavía no me puedo creer que estés casado.

Levanté la mano y examiné la banda de platino delgada que había elegido.

—Pues créetelo.

Parker se aclaró la garganta.

—¿Qué hay de ti, Heath? ¿Estáis tú y Alli pensando en encadenaros ya?

Heath alzó las cejas y soltó una breve risa.

—No estoy muy seguro de que eso sea asunto tuyo de momento.

Parker se encogió de hombros.

—Sólo era curiosidad. Soy el nuevo aquí. Me refiero a que cuando uno encuentra a la persona adecuada…

Miró más allá de nosotros, hacia donde Alli y Fiona estaban sentadas charlando juntas en la sala de estar.

Me erguí en mi asiento, y los músculos se estremecieron bajo las mangas, preparándome para darle a Parker una buena paliza.

—Sales con mi hermana desde hace un mes.

Tomó un trago de su cerveza.

—Más bien casi tres, pero ¿quién lleva la cuenta?

Heath meneó la cabeza con una risa.

—No se puede discutir con eso, Blake. A Erica le colocaste un anillo después de unos pocos meses.

—Ella es diferente —murmuré.

Parker arqueó una ceja.

—¿Ah, sí?

—Ella no tiene ningún hermano mayor, por ejemplo —le dije, y la amenaza en la voz fue inconfundible.

Él frunció los labios mientras asentía.

—Me parece justo. ¿Tienes algunos aros por los que quieras que salte? ¿Tengo que pasarte mi estado de la cuenta bancaria o algo así?

Sonreí. Él no tenía ni idea, pero sabría más de su vida en pocas horas de lo que jamás conocería cualquiera que quisiera contratarlo. El estado de su cuenta bancaria sería el menor de los desafíos. Negué con la cabeza.

—No es necesario. Cuando tenga algún problema contigo, lo sabrás. Mientras tanto, sé bueno con ella. Muy, muy bueno. Lo más probable es que no nos diga que le has roto el corazón, pero me encargaré de averiguarlo si lo haces.

—¿Y qué te hace pensar que le voy a romper el corazón?

—Conseguir el número de teléfono de las chicas en una discoteca no es una gran referencia.

Se reclinó relajadamente en su silla.

—¿Por qué tengo la sensación de que, para ti, voy a ser culpable hasta que se demuestre lo contrario?

La actitud tranquila de Parker me recordó mucho a la mía. No estaba seguro de si me gustaba eso de él, o de si Fiona debía salir corriendo de inmediato. Aun así, iba a lanzarme a rebuscar hasta la última pizca de información que pudiera sobre él.

—¡El postre, chicos! —avisó mi madre desde la cocina.

—Gracias a Dios —murmuró Heath.

Sonreí por dentro, muy consciente del desinterés general de Heath en meterse en conflictos. A él sólo le iba la diversión. Tendría mejor suerte sacándole información a Parker mientras tomaban una copa y jugaban una partida de billar. Por desgracia, Parker probablemente le sacaría más información a Heath, conseguiría un aliado, y luego serían dos los cráneos que tendría que partir. Así era mi vida como hijo mayor, algo que había terminado por aceptar.

Soporté un aluvión de preguntas de Alli sobre el viaje mientras tomábamos el postre, pero en cuanto tuve la primera oportunidad, me despedí y me marché. El cielo ya se había oscurecido del todo. Erica probablemente estaría durmiendo, pero no quería estar lejos de ella más tiempo del imprescindible. Habíamos pasado juntos casi todos los minutos del último mes, y aunque antes de la luna de miel había anhelado su presencia, después de esta me había vuelto francamente dependiente de ella.

Entré en silencio en nuestro dormitorio. La lámpara de la mesilla de noche iluminaba su rostro con un cálido resplandor; estaba en paz y dormía plácidamente. Mi madre tenía razón. Erica se veía mejor, mil veces mejor, que cuando nos marchamos. Ella no parecía darle jamás mucha importancia a su belleza, pero eso no hacía que disminuyera. Verla me dejó sin aliento. En momentos como aquél, donde únicamente llevaba puesta una de mis camisetas, era una diosa, creada sólo para mí. Su pecho se movía con una respiración constante y acompasada. Quise tocarla, besarla hasta dejarla sin aliento, y hacerla mía.

En vez de eso, apagué la luz y salí de la habitación sin hacer ruido.

4

ERICA

Removí los huevos y las tostadas con el tenedor, igual de agotada que la noche anterior. Quise achacar a la diferencia horaria la falta de un sueño reparador, pero mis pensamientos habían sido un caos todo el día y probablemente los había llevado en la cabeza a lo largo de toda la noche.

Quería hablar con Blake sobre la sentencia de Max, pero una parte de mí todavía estaba esforzándose por aceptarla. Con todo el dinero y la influencia que tenía la familia Pope, debería sentirme agradecida de que acabara en la cárcel aunque sólo fuera por poco tiempo. A los hombres como él generalmente sólo les daban un tirón de orejas por hacer lo que les daba la gana con una chica guapa poco dispuesta a complacerlos. Y con Mark no había sido diferente. Un joven privilegiado que había eludido las consecuencias de sus actos durante años.

Max también había crecido rodeado de lujos, con una familia de éxito apoyándole. Sin embargo, ahora, durante dos años, pasaría todos los días entre rejas en compañía de delincuentes. ¿El odio que sentía contra Blake y contra mí aumentaría durante ese tiempo? ¿O cambiaría y se volvería mejor persona? Era demasiado como para comprenderlo del todo.

Blake estaba de pie y en silencio delante de la cafetera, con la taza en la mano, mientras el recipiente se llenaba.

—Impaciente, ¿verdad?

Hizo un sonido ininteligible y se frotó la frente.

—¿Te has quedado despierto hasta tarde?

—Hasta más tarde de lo que me esperaba.

No estaba dispuesto a esperar más tiempo, así que se llenó la taza y colocó el recipiente de nuevo en el soporte con un chisporroteo.

—¿Te estuviste poniendo al día con Heath?

Se volvió hacia mí, con los ojos cansados.

—No, otra cosa.

—¿Qué te pareció Parker? Casi lo sometes a un tercer grado.

Suspiró y se pasó una mano por el cabello revuelto.

—Sí. No lo sé. Algo en él me inquietó, o eso supongo. Pero no he encontrado nada acerca de él.

Fruncí el ceño.

—¿Qué quieres decir?

Antes de que me pudiera responder, unos fuertes golpes en la puerta me sobresaltaron.

—Ya voy yo.

Dejó la taza en la mesa y se acercó a la puerta. Al otro lado del umbral había un hombre vestido con un traje marrón.

—¿Blake Landon?

Blake se mantuvo frente al desconocido con las piernas separadas y en postura defensiva.

—Soy yo. ¿Quién coño eres?

El hombre entrecerró los ojos mirándolo fijamente, y el estómago se me encogió de nervios. La insolencia de Blake no tenía límites a veces.

—Soy el agente Evans, del FBI. —Abrió la cartera para mostrar su identificación—. ¿Puedo entrar?

—No, pero me puede decir para qué coño ha venido.

—Blake —le susurré.

No me hizo caso y miró al hombre con cierto desdén, como hacía a menudo cuando se trataba de gente a la que no le importaba caer mal.

—He venido para hablar de los resultados tan curiosos de la elección del gobernador de Massachusetts.

—¿Y qué tiene que ver el FBI con eso?

El detective se quedó callado un momento, con una sonrisa tensa tirando de sus labios.

—Cuando los resultados indican que se han manipulado las máquinas de votar, se convierte en asunto del FBI. Le agradeceríamos su cooperación.

La mandíbula de Blake se contrajo, lo que le provocó un tic en los músculos. Miró fijamente al individuo durante un momento, y el estómago se me subió a la garganta amenazando con echar la escasa cantidad de desayuno que había logrado tomar esa mañana.

El individuo paseó la mirada entre nosotros.

—¿Les importa si entro?

Blake no respondió, pero se apartó de la puerta lo suficiente como para que el otro hombre entrara. Evans parecía tener unos cuarenta años. Era más alto que yo, pero bajo comparado con Blake. Mantuvo los ojos entrecerrados en una expresión astuta mientras examinaba nuestro futuro hogar todavía pendiente de decoración.

—¿Quiere tomar un café?

Entrelacé los dedos, incapaz de ocultar la ansiedad que me provocaba su presencia. ¿Manipulación de votos? ¿En qué demonios se había metido ahora Daniel?

Evans me ofreció una sonrisa que hizo poco por aliviarme los nervios.

—Me encantaría. ¿Usted es Erica Hathaway?

—Erica Landon —le corrigió Blake—. Es mi esposa.

—Ah, vale. Enhorabuena.

—¿Podemos dejarnos de mierdas? ¿Por qué está aquí?

Evans se metió las manos en los bolsillos en un gesto despreocupado.

—¿Hay alguna razón por la que esté siendo tan hostil, señor Landon? Sólo he venido a hacerle unas cuantas preguntas.

—No he tenido lo que se dice una experiencia increíblemente positiva con el FBI.

—Estoy al corriente de ello —dijo Evans en un tono de voz bajo pero lleno de significado.

Blake ladeó la cabeza.

—¿Lo está?

—No habría venido si no fuera así, y creo que lo sabe.

Él dejó escapar un suspiro.

—Y para eso sirve guardar sellados los ficheros.

—Su reputación le precede.

—Lo único que sé es que está en mi casa, y todavía no me ha dado una buena razón para ello.

—¿Le importa si me siento?

Una vez más, Blake no respondió, y Evans se dirigió al sofá. Le llevé el café y me senté en el borde de la silla adyacente.

Tomó un sorbo de la taza y me miró.

—Tengo entendido que acaba de regresar de su luna de miel. Supongo que está enterada de los resultados de las elecciones.

—Fitzgerald ganó… de forma aplastante —le contesté.

—Así es.

—¿Por qué le resulta tan curioso el resultado? —quise saber.

—Bueno… hasta unas pocas horas antes de que los colegios electorales cerraran, iba perdiendo.

—Eso no es tan raro —comentó Blake.

—Fue entonces cuando sus votos en varios distritos superaron el número de votantes registrados en esas áreas y decantaron la elección a su favor.

—¿Por qué iba a hacerlo?

Las palabras me salieron solas, ya que mi incredulidad había borrado cualquier filtro que debería haber tenido ante ese individuo que claramente no estaba en mi casa para hacer amigos.

Evans apartó su mirada pétrea de Blake y me miró con expresión más amable.

—Eso es lo que estamos tratando de averiguar. Lo que está claro es que si Fitzgerald está detrás de esto, sin duda tuvo ayuda. Ayuda de expertos.

Miró a Blake, y la expresión en sus ojos comunicó algo que tal vez sólo él y Blake sabían. Sin duda tenía que ver con los rumores que decían que él era un pirata informático. Se había metido en problemas hacía ya algunos años. Pero ¿por qué le acusaba de eso Evans? ¿Acaso creía que Blake había ayudado a Daniel a montar aquel fraude electoral?

Se me revolvió el estómago. Me agarré al borde del cojín del sofá mientras me ponía pálida.

—¿Está bien, señora Landon? No tiene buen aspecto.

Me puse en pie débilmente.

—Estoy bien.

—Debería irse —dijo Blake mientras daba un rápido paso hacia Evans.

Evans se levantó en respuesta.

—Por supuesto. Pero usted se viene conmigo. Señora Landon, usted también.

—Y una mierda. Ya puede dejarla fuera de esto —le replicó Blake con la ira aumentando en su mirada.

Evans dio un paso hacia él.

—Señor Landon, es sospechoso de amañar las elecciones del gobernador para favorecer al padre no reconocido de su esposa. Tenemos preguntas, y nos gustaría que cooperase.

«Oh, Dios mío, no.» Me quedé sin respiración. La bilis me subió por la garganta. Aquello no estaba sucediendo. Aquello no podía estar sucediendo…

—¿Por qué?

—Tiene un móvil para hacerlo. Tiene los recursos para sacar el plan adelante. Y, por último, pero no menos importante, tiene la capacidad para hacerlo.

Blake se cruzó de brazos sobre el pecho.

—Va a necesitar más que eso para detenerme.

—Y lo más probable es que lo encontremos. Tenemos una orden de registro para su oficina en el centro. Ahora mismo estarán confiscando todas sus máquinas.

—Pero qué… —soltó Blake, y dio un paso amenazador hacia Evans.

El agente se llevó una mano bajo la chaqueta, al lugar donde tendría enfundada su arma. Me moví rápidamente y me interpuse entre ambos.

—Blake, por favor. Vamos a ir a hablar con ellos y a aclarar esto.

Le apoyé una mano en el pecho. Noté que el corazón le atronaba. Una intensa energía salía de él.

Evans pasó a nuestro lado y se dirigió hacia la puerta.

—Vamos a hacer esto por las buenas. Son sólo preguntas. Acabaremos lo antes posible.

ERICA

*E*speré mucho tiempo en la sala de interrogatorios, con la mirada fija en el metal pulido y frío de la mesa. Yo también me sentía fría. Desde la punta de los dedos de la mano bajando hasta los dedos de los pies, pero no era por eso por lo que me sentía tan insensible. El pánico inicial había desaparecido de camino a la ciudad, y una niebla se había apoderado de mis pensamientos, haciendo que todo fuera lento y surrealista. ¿Cómo podía estar pasando aquello?

Una sensación de malestar creció en mi interior. Si los federales vinculaban a Blake con el fraude en la votación… Ni siquiera podía imaginármelo. Aquello no era un leve problema con la ley como cuando le había dado la paliza a Max. Era posible que se enfrentara a una condena de verdad por algo que no había hecho. Me sostuve la cabeza entre las manos.

Se abrió la puerta y por ella entró el detective Carmody, un hombre cuyo rostro me hubiera gustado no conocer. La cerró y dejó fuera todos los ruidos de la oficina. No era atractivo, pero tampoco estaba mal. Sus ojos mostraban una expresión de cansancio.

Sentó su cuerpo delgado en la silla que había frente a mí.

—Erica. Nos volvemos a ver.

La primera vez que hablamos fue para interrogarme sobre la muerte de Mark. El caso ya estaba cerrado, pero fue uno de los primeros en enterarse de que era hija ilegítima de Daniel, algo de lo que yo no le había informado voluntariamente en aquel momento. Ya sabía mucho más de mí de lo que yo querría.

—¿Sabe por qué estamos aquí?

—Blake no lo hizo.

Mientras lo decía, ansiaba que fuera verdad. Conocía a Blake. Él no me haría algo así.

Carmody respondió con una sonrisa casi comprensiva.

—¿Cómo puede saberlo?

—Sólo lo sé. Nunca haría algo que pudiera hacerme daño, y destruyendo las posibilidades de ganar de Daniel me haría daño.

—Según esa lógica, asegurándose de que Daniel ganara las elecciones le estaría haciendo un servicio.

—Es obvio que manipularon las elecciones. ¿A quién le puede servir eso?

Carmody se echó hacia atrás en su silla y se quedó callado un momento.

—¿Hasta qué punto conoce a su marido, Erica?

—Mucho mejor que usted.

Él asintió con la cabeza, con una leve sonrisa casi asomada a sus labios.

—Tiene un pasado, ya lo sabe.

—¿Quiere decir que le están señalando por algo que hizo cuando era un chaval?

Se inclinó hacia mí.

—¿Landon le ha hablado alguna vez de acceder a información de manera ilegal?

Antes de que pudiera decirle que se metiera esa pregunta por donde le cupiera, un hombre de mediana edad abrió la puerta y entró en la habitación. Llevaba el cabello casi negro peinado hacia atrás de forma evidente, a juego con un sencillo traje de color negro también. Tenía la piel pálida, casi transparente, en marcado contraste con su traje y el cabello. Me observó con una mirada impasible antes volverse hacia Carmody.

—Soy Dean Gove, el abogado de Blake. Se suponía que debía esperar hasta que llegara antes de empezar a interrogarla.

—Sólo estábamos charlando —le respondió Carmody con un tono de voz despreocupado. Se puso en pie—. Soy el detective Carmody.

Los dos hombres se dieron la mano. Gove frunció el ceño.

—¿Pertenece a la policía de Boston? Tenía entendido que esto era un asunto del FBI.

—Parece que hay algunas dudas respecto a quién tiene la jurisdicción en todo esto. Es evidente que se han incumplido las leyes estatales, así que, por ahora, todos estamos buscando respuestas.

Menudo frente unido presentaban. Sólo podía tener la esperanza de que cualquier grieta entre su departamento y el propio Evans nos favoreciera.

Sin molestarse en efectuar ninguna otra presentación más allá de una breve inclinación de cabeza, Gove se sentó a mi lado y sacó un cuaderno y un bolígrafo de aspecto caro.

—Muy bien. Díganos por qué estamos aquí.

Carmody mantuvo su atención centrada en mí.

—Vamos a empezar por la campaña de Daniel Fitzgerald. Su jefe de campaña me confirmó que estuvo involucrada de manera intermitente durante los últimos meses. ¿Es cierto?

Esa sensación de malestar me invadió de nuevo. El maldito Daniel.

—Sí, es verdad.

—¿Puede dar más detalles al respecto?

—Tenía que atender mi propia empresa, así que realmente no tuve tiempo para invertir todos mis esfuerzos en su campaña cuando me pidió que lo hiciera. Accedí a hablar cuando fuera necesario con su equipo de marketing para aumentar su alcance social.

—No habían mantenido contacto hasta este año, ¿verdad?

Cerré los ojos un momento.

—Sí.

—¿Por qué participar en su campaña si casi no lo conocía?

Buena pregunta. A Blake también le gustaría saber la respuesta.

—Es mi padre. Cuando descubrí que lo era, quise ayudarle.

Echó un vistazo a sus notas y garabateó algo.

—Bueno. Así que usted ayudó con la socialización de su nombre. ¿Algo más?

—No.

—¿Qué hay de Blake? Tiene más recursos que usted. ¿Cómo se involucró?

Le miré con gesto de cansancio. Sabía lo que estaba haciendo, y ya estaba más que harta.

—No estaba involucrado en absoluto. Ni siquiera quería que me involucrara yo.

Carmody enarcó una ceja.

—Vaya. ¿Y por qué no?

Gove se aclaró la garganta.

—Creo que nos estamos saliendo del tema. Quedémonos con los hechos. Los sentimientos del señor Landon respecto a su participación en la campaña no tienen lugar en este interrogatorio.

—No estoy muy seguro al respecto.

—Pues entonces, se lo puede preguntar a él. Erica, no es necesario que responda a esa pregunta. Prosiga, detective.

Carmody escribió más en su cuaderno.

—¿Participó en el trabajo de campaña que llevó al día de la elección?

—Acabo de volver de mi luna de miel. Hemos estado fuera del país durante un mes, así que no.

—¿Qué hay de Blake? ¿En qué estaba trabajando?

«En nada» era la respuesta que tenía en la punta de la lengua. Él no me haría eso. No me hubiera hecho algo así.

—En nada que yo sepa. Estuvimos de acuerdo en desconectarnos por completo y retomar el trabajo cuando regresáramos a casa.

—¿Está segura de eso?

¿Estaba segura? No.

—Estoy segura —le mentí—. Estuvimos juntos todo el día y todos los días. Si hubiera estado trabajando en algo, lo habría sabido.

Carmody se me quedó mirando. Tenía los ojos de un color extraño, de un azul oscuro con motas de ámbar alrededor del iris. El corazón se me aceleró. No sabía lo que todo aquello podía significar, pero al menos, para el FBI, indicaba la culpabilidad de Blake. Algo dentro de mí me dijo que Carmody sabía que le estaba mintiendo. Pero yo mentiría durante todo el día por Blake si eso lo mantenía fuera de peligro. No había nada que no hiciese por él.

—¿Cuándo fue la última vez que habló con su padre?

—Hará cosa de un par de meses.

—¿Alguna razón para esa interrupción en su comunicación?

Solté un suspiro. Nunca me sentiría cómoda hablando de mi relación con Daniel con las autoridades después de lo que había hecho. Y esta situación no era diferente.

—Él no quería verme más.

¿Por qué?

Cerré los ojos y recordé la última vez que habíamos hablado.

«Tú eres mi hija. Mi única hija. Te quiero. Pero ya es hora de que me vaya.»

El corazón se me rompió cuando me dijo aquellas palabras. El mismo tipo de dolor vacío me abrasó en ese momento, igual que entonces. Era un dolor que había mantenido bajo la superficie, creyendo que no merecía oxígeno. Pero todo lo que rodeaba a su rechazo aún me dolía.

—Después de que me dispararan… pensó que sería mejor que se mantuviera alejado de mí.

—Él le disparó al hombre que la intentó matar.

Asentí.

—Lo sé.

—¿Cómo le hace sentir eso?

Gove se aclaró la garganta.

—¿Es esto todo lo que tiene, Carmody? No hemos venido aquí para hablar de los sentimientos de Erica respecto a su padre.

Carmody por fin se volvió para dirigirse a Gove.

—A mí me parece relevante.

—Podría serlo si tuviera alguna prueba contra mis clientes, algo que al parecer no tiene. —Gove guardó su cuaderno y se levantó—. ¿Dónde está el señor Landon ahora mismo?

—Está hablando con el agente Evans.

Gove le miró fijamente.

—Si todo esto no ha sido más que una estratagema para que se quedara a solas con el FBI, voy a acabar con usted.

Carmody hizo una mueca.

—No estoy trabajando con Evans.

Gove maldijo entre dientes.

—Esto es un puto circo. Lléveme hasta Landon, y vamos a terminar ya.

La mandíbula del detective se tensó y se frotó la incipiente barba de su mandíbula.

—De acuerdo. Puede irse, Erica.

Me puse de pie, no menos entumecida de lo que lo estaba unos momentos antes. La niebla tan sólo se había espesado. Me estaba hundiendo bajo el peso de todo lo que se había dicho. Gove me tomó del codo y me llevó fuera de la estancia, a través de unos cuantos pasillos, hasta que llegamos al concurrido vestíbulo de la comisaría de policía.

—Puedo esperar aquí —le dije.

—Debería irse a casa. Blake me dijo que Clay la llevaría. Yo lo acompañaré a él tan pronto como acabemos aquí.

Miré más allá de él, como si pudiera ver a Blake en cualquier momento. No quería estar allí, pero tampoco quería dejarlo en aquel lugar.

—Prefiero esperar.

La mirada de Gove se suavizó.

—Esto podría llevar bastante tiempo, Erica. Él quiere que se vaya a casa.

El alma se me cayó a los pies.

—También le da órdenes a usted, ¿verdad?

Se echó a reír en voz baja.

—Por lo que me paga, tiene todo el derecho a hacerlo.

—Le va a salir barato si puede sacarlo de este lío.

—Para eso estoy aquí. No se preocupe, ¿de acuerdo? Nosotros nos encargaremos de esto.

Señaló con un gesto de la cabeza hacia las puertas automáticas que se abrían y cerraban ante mí, con lo que dejaban pasar ráfagas de aire fresco al vestíbulo.

—Está bien, pero, por favor, que me llame tan pronto como le sea posible.

—Le daré el mensaje. No vamos a estar aquí ni un minuto más del necesario, pero tengo que volver allí antes de que traten de sacarle información con algún truco.

Me dirigí de mala gana hacia las puertas. Vi el Escalade negro al final del bloque. Clay me llevaría de vuelta a casa, donde esperaría y me preguntaría qué pasaba. Quería más respuestas de las que tenía, y no conseguiría saber nada más hasta que soltaran a Blake.

Saqué el teléfono, busqué entre mis contactos, y marqué el número de Daniel. No habíamos hablado desde hacía mucho tiempo, pero si alguien podía aclararme algo de aquella situación de mierda era él. Después de un minuto, el tono de llamada cambió a su correo de voz. Colgué y le envié un texto breve, con la esperanza de que, de algún modo, él me ayudara a conocer un poco más la verdad.

E: Tenemos que hablar. Por favor, llámame.

Que Daniel hubiera montado algún amaño para inclinar los votos a su favor, después de todo lo que había hecho para intentar ganar, no me sorprendería. La pérdida de su hijastro le había ganado las simpatías de los votantes, una ventaja de la que había sido muy consciente cuando había acabado con Mark, así que le creía capaz de hacer cualquier cosa.

Pero si Daniel no había sido... ¿Quién lo había hecho? Estaba claro que la policía pensaba que ya tenían al culpable.

Unos segundos después, mi teléfono sonó con un mensaje de texto.

D: No llames. No mandes mensajes. Mantente apartada de todo esto.

Maldije en voz baja. Había visto mi llamada y no había cogido el teléfono. Qué cabrón.

E: El FBI está hablando con Blake. Necesito respuestas.

Cuando no me respondió, una sensación de verdadera desesperación se apoderó de mí. De repente, más que nada, necesité la seguridad que Blake me daría de que íbamos a encontrar la solución para aquel problema, aunque ahora él ocupara el lugar central de la situación, y no tenía ni idea de cuánto tiempo le mantendrían retenido.

Ya había comenzado a caminar hacia Clay cuando oí mi nombre. Algo en la voz masculina que lo pronunció me provocó un escalofrío por la espalda. Di media vuelta y se me encogió el corazón.

Estábamos cara a cara, a centímetros de distancia. No a metros, que era lo que la orden de alejamiento había dictado después de que me atacara. A aquella distancia tan corta, Max tenía un aspecto demacrado. Llevaba el cabello rubio, generalmente bien cortado, totalmente sucio y descuidado, con una barba de varios días. Siempre había mostrado una imagen pulcra, así que estaba peor de lo que lo había visto nunca.

Una mezcla enfermiza de pánico y repulsión se extendió por todo mi cuerpo. ¿Qué estaba haciendo allí? La pregunta se me quedó atascada en la garganta y no llegó a salirme de los labios. Tragué saliva y di un paso vacilante hacia atrás.

—Se supone que estás en…

—El juez me dio un poco de tiempo para arreglar mis asuntos. Hoy entro en la cárcel. —Meneó la cabeza en un gesto negativo, y en sus labios apareció una sonrisa llena de amargura—. ¿Te lo imaginas, Erica? ¿Que tu libertad dependa de una cuenta atrás; cada vez menos a cada minuto que pasa?

La adrenalina se me disparó. Estábamos en la calle, pero eso no hizo que me sintiera más segura. Los labios me temblaban cuando por fin recuperé la voz.

—Tengo una orden de alejamiento contra ti. No puedes estar aquí —insistí, rezando para que se diera la vuelta y se marchara.

Dio un paso hacia mí, acortando de nuevo la distancia entre nosotros.

—Eso no importará dentro de poco.

Di otro paso hacia atrás con la sangre retumbándome en los oídos.

—Me tengo que ir.

Tenía que largarme de allí, y con rapidez.

—Espera —dijo, y me agarró del brazo para evitar que me fuera.

Jadeé en busca de aire mientras el miedo me recorría las venas.

—¡Suéltame!

Hizo una mueca y apretó con más fuerza, lo que me tensó dolorosamente la piel.

—Te va a destrozar. A ti y a todos vosotros —me dijo con los dientes apretados.

Giré sobre mí misma para apartarme y me tambaleé hacia atrás y casi me caigo al suelo. Recuperé el equilibrio cuando me soltó. Me alejé unos cuantos pasos, y él se quedó inmóvil, con la mirada carente de toda emoción.

—Te va a destrozar la vida… como me la destrozó a mí.

Había algo definitivo y desesperado en su tono de voz.

De repente, Clay estaba entre nosotros tapando la figura de Max con su ancho cuerpo.

—Señor, apártese.

—Sólo estábamos hablando.

—No voy a tener más remedio que apartarle físicamente si no empieza a caminar en la otra dirección en este mismo momento.

—No volverá a verme jamás. Créame.

Clay se mantuvo firme y Max se dio la vuelta. Con las manos metidas en los bolsillos, los ojos pegados al suelo, subió las escaleras de la comisaría y desapareció en el edificio del que yo acababa de salir.

—¿Se encuentra bien? —me preguntó Clay volviéndose hacia mí.

—Estoy bien… Estoy bien.

Pero aparte de los violentos temblores que me recorrían el cuerpo, por alguna razón estaba inmovilizada, incapaz de dar los pasos necesarios para llegar al coche que me llevaría a casa.

—¿Señora Landon?

La mirada de Clay se llenó de preocupación, y los ojos se me llenaron de un torrente de lágrimas que no tardaron en bajarme por las mejillas. Sin pensar, alargué los brazos hacia él. Me sentí como una niña que abrazara un muñeco de peluche de tamaño gigante. Los grandes brazos de Clay me envolvieron con un abrazo que parecía demasiado suave para su fuerza. Enterré la cara en su camiseta y sollocé. Él siseó varias veces para tranquilizarme y, tras unos instantes, recuperé el aliento.

—Lo siento —dije, y me limpié las lágrimas débilmente.

—Está bien. Está alterada.

—Yo… Supongo que no esperaba volver a casa y encontrarme todo esto.

—Entiendo.

Solté una respiración irregular. Si había alguien que lo pudiera entender, tal vez fuera Clay. Le pagaban para estar alerta, para protegernos de
todos aquellos que trataran de hacernos daño. Tal vez podría comprender una fracción de lo que ahora sentía.

—Gracias, Clay. Por todo.

—No tiene que darme las gracias por hacer mi trabajo.

—Lo sé, pero quiero hacerlo.

Me apoyó la palma de la mano en el hombro.

—Vamos a llevarla a casa.

—Quiero esperar a Blake.

Cómo deseaba que lo soltaran de una vez. Odiaba saber que estaba
en ese edificio, y que tenía que alejarme de él en ese momento.

—No tardará en volver a casa. Y yo me quedaré allí mientras alguno
de los dos me necesite.

Me mantuve firme, nada dispuesta a marcharme. Su semblante era
serio.

—Debería descansar, Erica.

Oírle decir mi nombre casi me provocó una nueva oleada de lágrimas. Transcurrió otro minuto y me hundí de hombros.

—Está bien —dije por fin, y dejé que me llevara a casa.

5

BLAKE

*H*acía frío en la sala de interrogatorios, iluminada por la intensa luz de los tubos fluorescentes. No había nada del interior diseñado para hacer que una persona se sintiera cómoda, sin embargo, yo estaba totalmente lejos de buscar alguna clase de comodidad, a menos que fuera eliminando físicamente la expresión de suficiencia que mostraba el rostro de Evans. Me había disgustado desde el mismo momento que lo vi. El instinto me advirtió de inmediato que sólo me iba a causar problemas. En raras ocasiones me había fallado el instinto, y ya llevaba varias horas dándome problemas.

Dean Gove, mi abogado y, a todos los efectos, mi amigo de toda la vida, se sentó a mi lado, con un aspecto aburrido e inquieto a la vez. Todavía no habíamos tenido la oportunidad de hablar en privado, pero no había ocurrido nada sustancial desde que había entrado en la sala. A petición de Evans, había detallado el calendario de la luna de miel y los demás viajes. No tenía nada que esconder al respecto. Hablamos de nuestros negocios, tanto del mío como del de Erica. Eso fue bastante sencillo. Hablamos de mi relación con Fitzgerald, que limité cuidadosamente para omitir la larga lista de delitos que sabía que había cometido, el no menos importante de los cuales era el de homicidio. Lo único que Evans sabía con certeza era que Daniel era el padre biológico de mi mujer, aunque sin duda sospechaba que había más aparte de eso. Tenía la esperanza de que no tardaría en dirigir la conversación hacia el tema de las elecciones, y los detalles del asunto explicarían por qué estábamos teniendo aquella conversación allí.

Después de un breve descanso, Evans volvió con dos vasos de plástico de café y un sobre de papel de color manila bajo el brazo. Puso una taza delante de mí. Por puro aburrimiento, lo acepté. El líquido oscuro estaba hirviendo y sabía como si hubiera estado en el quemador durante horas. Lo dejé de nuevo en la mesa con una mueca.

—Este no es su primer roce con el delito de fraude informático, ¿verdad, Blake?

Dean se inclinó.

—No responda a eso.

«Y una mierda iba a hacerlo.» Miré a los pequeños ojos de Evans. Él ya conocía mi pasado, de eso tenía pocas dudas.

Me habían detenido por piratería informática cuando era un adolescente. Por aquel entonces, cuando los federales me arrestaron, cooperé con ellos. Retiraron la denuncia y los registros de la detención quedaron sellados y guardados porque era menor de edad. Los rumores persistieron, sin embargo, especialmente cuando un año más tarde creé el programa informático bancario más sofisticado del mercado, gracias a mi amplia experiencia en poner en peligro lo que ya estaba allí en ese momento.

Fuera lo que fuera lo que Evans sabía, seguro que tenía que ver con el deseo del FBI de volver a la carga y atraparme de una vez. Yo había conseguido mantener mi libertad, mientras que otros habían perdido mucho más. Aun así, se suponía que no debía saber nada de eso y, desde luego, yo no iba a decírselo.

—A la mierda —le contesté.

Se echó a reír a la vez que meneaba la cabeza. Giró la carpeta que había sobre la mesa delante de él. Me picó la curiosidad, pero la carpeta no podía contener ninguna prueba de verdad contra mí. Me estaba provocando.

—Vamos a intentar esto de nuevo. Usted escribió el primer programa creado para Banksoft, ¿verdad?

Hice una pausa.

—Sí.

—Corríjame si me equivoco, pero tenía lo que se podría llamar un «conocimiento especializado» de programación informática bancaria en ese momento, ¿no es así?

El capullo era persistente, pero yo estaba dispuesto a apostar a que sólo había una persona en la habitación que tenía un coeficiente intelectual de genio.

—Vaya al grano.

—Curiosamente, hay un código compartido entre ciertos tipos de programación bancaria y los programas que se utilizan para hacer funcionar las máquinas para votar.

—Lo sé muy bien.

Cualquier programador que se preciara lo sabría. Evans estaba disfrutando evidentemente de aquella incursión en la jerga técnica, pero a mí me estaba aburriendo con rapidez y albergaba la esperanza de que fuera de una vez al puto grano.

Me sonrió.

—Estoy seguro de que lo sabe.

Tuve que esforzarme para no cerrar los puños debajo de la mesa.

—Blake, estudiamos los archivos binarios que se han instalado en las máquinas para votar, y hemos encontrado algo interesante. La rutina de cifrado utilizada es la misma que se diseñó hace diez años... para Banksoft.

Eso sin duda explicaba por qué estaba allí.

—Muéstreme el resto de la rutina —dije en un tono de voz controlado.

Tamborileó con los dedos en el sobre, bajando la vista hacia él.

—Nuestro equipo ya la ha revisado cuidadosamente.

Apreté los dientes y noté la contracción de la mandíbula cuando lo hice. Algo de los últimos minutos se había convertido en una situación demasiado familiar. Alguien había hecho unas suposiciones, había lanzado unas acusaciones, y un grupo de hombres trajeados intentaba por todos los medios arrinconarme en una esquina. El miedo me encogió el estómago. Pero ya no era un simple chaval, y no iba a dejarme intimidar para meterme en una mala situación, sobre todo por algo de lo que no había formado parte.

Evans hizo girar la carpeta de forma metódica y esperó, como si pensara que me iba a derrumbar en cualquier momento.

Me incliné hacia delante, cada vez más cabreado al ver que estaba reteniendo información que podía aclarar toda aquella situación.

—Escúcheme. Es un milagro que su equipo haya sido capaz de identificar el cifrado y de hacerlo coincidir con mi código. Déjeme ver el resto de la rutina, y les mostraré lo que no encuentran.

Evans mostró los dientes con una mueca desdeñosa.

—Eso sí que sería conveniente.

—Para los dos, por lo que parece.

Reprimí un gruñido. Tenía ganas de retorcerle el cuello a aquel tipo.

—¿Y qué tal si me dice quién modificó las máquinas?

Me eché hacia atrás y solté una breve risa.

—¿Quién le ayudó?

—No tengo ni puta idea de lo que me está preguntando ahora mismo.

La expresión de Evans se hizo menos burlona y se volvió más seria.

—Es bastante sencillo. Si no lo hizo usted, ¿quién lo hizo?

Tenía unas cuantas ideas al respecto. Alguien que había hecho un trabajo descuidado y que tenía ganas de vengarse. Alguien a quien le encantaría saber que estaba sentado allí, en un interrogatorio del FBI. Pero aun así, no podía estar seguro del todo.

No se me podía atribuir el mérito de los resultados falseados de las elecciones, pero no siempre había sido tan inocente. Y Evans no era el único que lo sabía.

Había sido un adolescente problemático, sin un objetivo fijo en la vida, enojado, y demasiado intelectual para mi propio bien. Cuando me uní al grupo de piratas informáticos M89, los escasos miembros en sus filas habían causado estragos en pequeños sitios web con un impacto mínimo. Brian Cooper era el líder del grupo, y juntos se nos ocurrió un plan en el que yo pondría la experiencia necesaria para ejecutarlo. Un grupo de ejecutivos de Wall Street estaban tratando de arruinar a los delatores que amenazaban con exponer su esquema Ponzi de estafa. Fue una breve noticia en la prensa, enterrada bajo cientos de otras noticias de injusticias en el mundo, y juntos habíamos decidido hacer algo al respecto… algo grande.

El código que escribí en última instancia vaciaría las cuentas bancarias de esos ejecutivos y financiaría nuestro grupo para hacer más, para castigar a las personas que se merecían perder todo lo que habían robado. Pero unas semanas antes de que estuviéramos listos para actuar, el plan cambió. Brian quiso ampliar la red y utilizar el código para sacar pequeñas cantidades de otras cuentas, de unas cuentas a nombre de esas personas que no habían hecho nada malo aparte de poner en manos de esos ejecutivos su dinero de la jubilación.

Yo era joven y me sentía inclinado hacia una clase equivocada de justicia, pero lo que Brian quería no era justicia. Me negué a seguir adelante con aquello, así que nos separamos. Cuando Brian soltó el código, los federales nos pillaron a los dos. Estaba tremendamente asustado, así que les dije la verdad, y cuando se centraron en Brian en busca de respuestas, no duró mucho tiempo. Se suicidó pocos días después de ser detenido, y yo me pasé muchas horas desde entonces preguntándome si podría haberlo evitado de alguna manera.

Trevor era el hermano pequeño de Brian. Como Brian, se había convertido en un delincuente aficionado, impulsado más por un sentimiento de venganza que por su propia habilidad. Había dedicado su vida a intentar destrozar la mía porque me culpaba de la muerte de Brian. Todos sus montajes dirigidos a joderme los negocios, o los de Erica, habían aumentado de nivel con el tiempo, pero aquello podía estar incluso más allá de su alcance.

—Muéstreme el código, Evans, y probablemente lo podré averiguar.

Se quedó callado un momento y finalmente se puso en pie. La silla chirrió a lo largo del suelo de cemento.

—Le tenemos pillado, Blake. De un modo u otro, va a caer. Usted sabrá cómo quiere llevar esto. Avíseme cuando quiera hablar.

—Si tuvieran algo contra mí, ya estaría esposado.

—Usted es una de las pocas personas con acceso al código fuente original.

—Banksoft tiene más de diez mil empleados. Estoy seguro de que algunos de ellos también tienen acceso. ¿Por qué no empiezan por ahí?

Se inclinó hacia delante y apoyó las manos en la mesa.

—Porque no tienen un motivo. Han amañado unas elecciones justo en su casa, un amaño que le garantiza a su suegro el puesto de gobernador. Todas las pistas apuntan a usted, un pirata informático conocido.

—Supuesto pirata —le aclaré—. Y está pasando por alto un pequeño detalle. No estaba en el puto país cuando sucedió.

—Tiene a todo un equipo trabajando para usted, formado por usted, al que paga para que cumplan sus órdenes. No me sorprendería que un hombre con sus medios decidiera no tratar un asunto de esta naturaleza en persona.

Estaba completamente equivocado en eso. Si lo hubiera hecho, sin duda me habría encargado del asunto personalmente. Pero no lo había hecho, y que pusieran la atención en cualquiera de las personas que trabajaban para mí no hizo más que aumentar mi creciente irritación.

—Si está tan convencido de que estoy detrás de todo esto, demués-
trelo. Abra ese sobrecito que tiene ahí y veámoslo.

Recogió el sobre y se irguió.

—Tranquilo, pienso demostrar más allá de toda sombra de duda que
usted está detrás de esto.

Dean se puso en pie a mi lado.

—Parece que no tiene nada todavía, así que creo que aquí ya hemos
terminado.

*E*l regreso a casa desde la comisaría fue largo, pero de alguna manera no
lo suficiente. No había carretera alguna que me permitiera ordenar los
pensamientos que me acuciaban por todo el cerebro. Dean me llevó a
casa en silencio. No tenía ganas de hablar después de pasar varias horas
de interrogatorio.

Mi primera impresión del agente Evans había resultado ser acertada.
Era un individuo despreciable, y engreído de los pies a la cabeza. Creía
que una placa brillante y un traje barato le otorgaban autoridad. Utiliza-
ba cualquier información que poseyera con una fanfarronería repugnante, y su único poder real se basaba en una burocracia ineficiente y en una
pizca de información a la que ni siquiera debería tener acceso. Ya me
había declarado culpable antes de cruzar la puerta de mi casa.

Recordé a otros individuos como él, que se habían presentado casi en
manada para intimidarme a mí y a los demás miembros del grupo M89.
Lo que me exigían en esta ocasión era que les suministrara una mentira
que me condenaría. Había tenido que recurrir hasta la última gota de la
fuerza de voluntad que poseía para no darle una respuesta que le cerrara
físicamente la boca.

Si no fuera por las garantías de Dean y el hecho de que confiaba en
él más de lo que confiaba en casi todo el mundo, habría mandado a
Evans a la mierda, habría vuelto a casa con Erica, y habría esperado a que
mi nombre quedara limpio por sí solo.

—Querrán hablar con tu familia mañana para establecer una línea
temporal respecto a tu coartada.

Dean interrumpió mi diatriba interna mientras miraba por la venta-
nilla. Habían involucrado a Erica y, ahora, el resto de mi familia se vería
sometida a aquella puñetera persecución.

—Cooperarán.

—Ya me lo esperaba. Estoy más preocupado por lo que los federales van a encontrar en los ordenadores de la oficina.

Me quedé mirando al hombre que tenía a mi lado. Era mayor que yo, pero tenía un aspecto juvenil. Era algo que casi resultaba enternecedor, hasta que uno se enteraba de primera mano lo sagaz que podía llegar a ser.

—¿Ha llegado el momento de que confiese?

Soltó una breve risotada.

—Podría ser un buen momento para ello, porque así estaría preparado para cualquier cosa que pudieran lanzarnos como acusación. Me hubiera gustado poder hablar contigo antes de que Evans se te echara encima, pero lo hiciste muy bien en el interrogatorio. Sin embargo, está claro que no tienen nada contra ti, lo que es prometedor. Pero él parece decidido a inculparte.

—No van a encontrar nada. Siempre he sido muy cuidadoso.

Nunca lo habíamos hablado largo y tendido, pero Dean me entendió. Yo incluso le había ayudado a resolver algunos casos difíciles al conseguir una serie de archivos a los que él nunca habría podido acceder, legalmente, al menos. Le pagaba bien, pero también estaba en deuda conmigo. Pasara lo que pasara, sabía que no dormiría hasta que resolviera el problema. Eso sí que lo sabía.

—No van a buscar sólo una conexión con el asunto de las máquinas para votar, Blake. Buscarán cualquier cosa. Cualquier caso de irregularidades por el que te puedan acusar. ¿Lo entiendes?

Cerré un puño sobre el regazo. Puto FBI. A pesar de que en ocasiones había sido creativo en mi modo de buscar y encontrar datos, jamás creí que volvería a tener que enfrentarme a ellos. Así no.

—Creo que van a encontrar lo que tengan que encontrar.

Dean frenó hasta detener el coche detrás del Escalade, que ya estaba aparcado en el camino de acceso a la casa.

—Necesito saber si van a encontrar algo de lo que tengamos que preocuparnos.

—Soy cuidadoso, Dean, ¿vale? Llevo haciendo esto toda la vida, y sé cómo cubrir mi rastro. Lo que encuentren serán gilipolleces. Fácil de contrarrestar.

—Espero que tengas razón, porque si encuentran la más mínima evidencia de una prueba, van a convertirlo en mucho más de lo que te podrías esperar.

Apreté con fuerza la mandíbula. Aquello podía convertirse en un lío de mierda... ¿y por qué? Porque había alguien que quería que Daniel ganara o lo perdiera absolutamente todo con aquello.

—¿Y qué dice Fitzgerald de todo esto? —le pregunté.

—Pronto lo averiguaré. Supongo que también habrá tenido un largo día en la comisaría. Mañana tengo previsto conseguir más información de su parte y así calibrar su posición. ¿Crees que intentará implicarte?

—Si eso le salvara el culo, lo haría.

Me hubiera gustado pensar que no lo haría por amor a Erica, pero aquel hombre no tenía alma. No podía dar nada por sentado.

—Supongo que mañana lo sabremos. Nos vemos en mi oficina a primera hora y empezaremos a resolverlo todo.

Suspiré y salí del coche, ansioso por tomar un soplo de aire fresco. Había pasado varias horas metido en aquella jaula con una dieta constante de café más bien malo. Estaba nervioso y necesitaba alejarme de todo aquello. Antes de cerrar la puerta, Dean me llamó.

—¿Blake?

Me incliné y miré en el interior del coche.

—¿Qué?

—No pierdas el sueño por esto, ¿vale? Ya sabes como soy. Sólo estoy tratando de ser exhaustivo. Lo resolveremos.

6

BLAKE

En el interior el silencio sólo quedaba roto por el ruido sordo de las olas rompiendo contra el malecón. Se acercaba una tormenta. En el piso de arriba encontré a Erica durmiendo en nuestra cama. Entré en el cuarto de baño contiguo y me di una ducha, ansioso por quitarme de la piel el día más mierdoso que recordaba recientemente.

Una vez bajo el agua, traté de seguir el consejo de Dean y olvidarme de todo, al menos por esta noche. Pero no hubo manera. Las preguntas de Evans y su puta cara condescendiente me llenaron los pensamientos. Por la cabeza se me pasaron todos y cada uno de los planes de contingencia. Repetí mentalmente cada ataque informático que había ejecutado y que pudiera llevarles a mí. Sin duda, una parte de mí daba por sentado que yo era lo suficientemente bueno como para que nunca me volvieran a atrapar. Pero allí estaba... bajo el escrutinio de las autoridades... de nuevo.

Los federales habían venido a por mí y a por Brian Cooper hacía muchos años, y para cuando todo acabó, él se había quitado la vida. La nuestra había sido una amistad que había terminado mal, y el día de su muerte, todo cambió. Yo cambié.

Cuando el FBI me dejó marchar en aquel entonces, no sentí alivio. Sólo culpabilidad, frustración y, finalmente, una determinación renovada. No había renunciado a la piratería, pero había jurado que nunca me atraparían de nuevo. Y también había jurado que nadie correría la misma suerte que Brian por mi culpa. Cuando actuaba, actuaba solo, y en lo que se refería a mi empresa, todo mi equipo trabajaba de forma legal, sin excepciones.

Mi reputación ya estaba perjudicada, así que consideraba que yo estaba en un nivel diferente. Algunos podrían llamarlo hacer trampas, pero no me parecía mal eludir los sistemas que la sociedad establecía para mantener la verdad más allá del alcance de los demás. No era culpa mía que las personas que construían los sistemas no fueran lo suficientemente inteligentes como para evitar su vulnerabilidad.

Cuando conocí a Michael Pope, aceptó esa filosofía y le dio un objetivo. Vio la oportunidad que suponía alguien con mis habilidades particulares, habilidades que podría aprovechar. No me importaba su dinero, y él lo sabía. No tenía ningún interés en pasarme la vida creando programas para las grandes compañías, pero él me hizo comprender que hacerlo una vez, del modo correcto, me daría la libertad… la clase de libertad que tanto ansiaba. De repente, de la nada, mi libertad estaba en peligro de nuevo. Y yo tenía muchísimo más que perder.

Me sequé y volví al dormitorio. No iba a conseguir dormir de ninguna de las maneras, pero al ver a Erica acurrucada en la cama recordé que incluso unos pocos segundos a su lado me podrían relajar. Me deslicé en silencio detrás de ella y aspiré su aroma. Una mezcla de champú y su olor natural. No estaba seguro de qué era lo que tenía su olor, pero en cuanto me entraba en los pulmones, se me relajaban los músculos. La abracé para acercármela, ansioso por conseguir un poco más de esa magia que sólo ella podía ejercer sobre mí. Gimió en voz baja, un sonido que fue directamente a mi entrepierna.

Se volvió hacia mí con ojos cansados.

—Blake.

Su voz sonó ronca por el sueño. Estaba tendida de espaldas, vestida sólo con una camiseta negra sin mangas y un par de bragas de encaje negro que quise quitarle con los dientes.

—Has vuelto —añadió a la vez que deslizaba una mano hacia mi pecho desnudo. Me dio un beso suave en los labios.

—He vuelto.

—¿Va todo bien? ¿Qué ha pasado? —me preguntó, con los ojos más abiertos, más alerta.

La preocupación en su voz era evidente, y a pesar de que quería calmar mis propios miedos, los de ella quería destruirlos por completo.

—Todo va bien. Vuelve a dormir, cielo. Mejor hablamos mañana.

Le acaricié los brazos desnudos, pero no logré pasar por alto sus curvas. Dios, qué hermosa era. Más que eso: era mi salvación.

—Te he echado de menos —me susurró.

Ella me guió hacia sus labios, a lo que me entregué encantado. Quería dejarla descansar, pero mi cuerpo no iba a permitirlo. Tampoco es que ella me lo estuviera poniendo fácil, porque deslizó la punta de su lengua sedosa sobre mi labio inferior antes de morderme suavemente. Gemí y tomé su boca en un beso largo y apasionado, y canalicé todas las frustraciones del día en nuestra unión.

«Mierda.» Estaba empalmado como una piedra contra ella. No había forma alguna de ocultar lo mucho que la ansiaba. Levantó una pierna por encima de mi cadera, arqueándose hacia mí, lo que transformó mi ansia en una necesidad pura y dura.

—Erica… No voy a ser capaz de parar si sigues haciendo eso.

—Es que no quiero que pares… —murmuró.

Bajé poco a poco la mano hacia su entrepierna y coloqué la palma con firmeza y formando un hueco, como si estuviera a punto de agarrar una bandera que le dijera al mundo que era mía, y que el cielo cálido bajo mi palma también era mío. Ella gimió y levantó el cuerpo hacia mi mano.

La moví más allá de la barrera de sus bragas y me sumergí en su calor húmedo. Gemí y le besé el cuello inhalando el aroma de su piel. Era una fragancia que el cielo había creado sólo para mí. Resistí el impulso de pasarle la lengua por todo el cuerpo en ese mismo instante, un recorrido que había realizado muchas veces, y cada vez más deliciosa que la anterior.

Retiré la mano y chupé su sabor en la punta de cada dedo. La deseaba más de lo que ella nunca sería consciente. Se me aceleró el corazón y mi mente desvarió con todas las cosas tortuosas que podría hacerle. Si su olor me embrujaba, el sabor de su cuerpo, la suavidad de su piel salada, la miel entre sus muslos, eso me convertía directamente en un salvaje.

Esa noche no podía hacerle el amor. Esa noche debía poseerla a mi manera.

Abrió los labios mientras se agarraba a mí y me acariciaba y nos acercaba más. Me acoplé a ella y añadí mi peso a la presión del muslo entre sus piernas. Entonces gimió.

Probé sus labios, chupando y mordisqueando.

—No puedo ser suave. Esta noche no.

Era una advertencia, y una promesa.

Su mirada parpadeó al fijarse en la mía, con una comprensión silenciosa en la oscuridad.

—Entonces no lo seas. —Se relajó debajo de mí—. Te he estado esperando…

Eso era todo lo que necesitaba. La silencié con otro beso feroz, uno capaz de absorberlo todo, todos los gustos y las necesidades. Era tan increíblemente dulce. La línea de su torso se movía como una ola contra mí, inflamándome la piel allá donde me tocaba. Ella me amaba, ya lo sabía, pero nunca me cansaba de todas las pruebas que me dejaban claro que no importaba dónde tenía la mente, con muy pocas excepciones, su cuerpo quería lo que yo quería. Sólo podía esperar que esa noche fuera capaz de no cruzar esa fina línea y darnos lo que ambos tanto necesitábamos.

Soltó un pequeño sonido de protesta cuando por fin me aparté.

—Ven aquí —le dije, de pie junto a la cama, con las piernas separadas, con todos los músculos tensos. La polla me palpitaba ansiosa por las caricias que no tardaría en estar exigiendo.

Se deslizó a través de las sábanas y se puso en pie delante de mí sin decir nada, a un dedo de distancia, tan cerca que sentí su calor y el olor de su excitación. Encontré el borde de su camiseta y la fui levantando poco a poco, prolongando el momento hasta que la vi por completo. Arrojé la prenda a un lado y dejé de tocarla, un acto que ya era una pequeña tortura en sí mismo. Se balanceó hacia mí, pero la agarré de las muñecas y la mantuve apartada.

Algo se apoderó de mí en ese momento: una sensación de seguridad tranquila que no disminuyó el feroz anhelo que me recorría las venas, tan sólo lo calmó. La promesa de controlar su placer, de aumentarlo hasta el último segundo, dejó libre al animal dentro de mí que quería devorar cada centímetro de la carne del cuerpo que tenía delante.

—Fuera las bragas. Y luego, te quiero de rodillas —le dije con un tono de voz seco e implacable.

Un instante después, noté que su calor aumentaba. Su respiración se volvió jadeante. Sentí la aceleración de los latidos de su corazón tamborileando en las muñecas por las que la tenía sujeta. Sin decir una palabra, se soltó suavemente de mis manos y deslizó hacia abajo las bragas. Después se puso de rodillas y levantó la mirada, con los ojos cargados de fuego. La lujuria me recorrió, y la descarga de deseo que salió disparada directamente hacia mi polla amenazó todo lo que tenía planeado. Me aparté para sacar algunos objetos de un cajón cercano. Regresé, me puse en cuclillas frente a ella y le uní las muñecas con un par de esposas de cuero que ella ya conocía bien.

—Recuerdas tu palabra de seguridad.

Tragó saliva.

—Sí.

Siempre que mencionaba la palabra de seguridad, tenía la sensación de que aquello le provocaba en igual medida ansiedad y tranquilidad. Me imaginaba que la luchadora que llevaba dentro nunca querría tener que usarla. La ironía era que de nosotros dos, yo era el único que había tenido que utilizarla.

Me puse en pie con la impaciencia recorriéndome por completo. La visión de Erica atada delante de mí, mirándome desde abajo, era casi más de lo que podía soportar. Bajé una mano hacia ella y le acaricié el labio inferior para luego seguir por la curva de su mejilla y su mandíbula, hasta que le pasé los dedos por el cabello. Soltó un jadeo cuando le tiré con firmeza del pelo, y sus ojos se pusieron líquidos. Me agarré la polla con la otra mano y la acaricié desde la base hasta la punta.

—Quiero saborearte… por favor.

Se lamió los labios mientras me hablaba.

Cerró y abrió las manos en su regazo. Su miedo, al parecer, se había transformado en deseo, y disfrutaba de ese cambio en cada ocasión. La sangre me llenó la polla. Los muslos se me tensaron por tener que contenerme de nuevo. Inspiré profundamente para tranquilizarme, con la esperanza de evitar perder toda mi determinación y correrme en el mismo instante en que sus dulces labios me rodearan el miembro. Rocé la punta de la polla contra sus labios.

—Lentamente —le ordené.

Iba a alargar aquello hasta que los dos estuviéramos enloquecidos por la necesidad de follar.

Ella suspiró, un sonido lleno de alivio y de ganas, y se levantó sobre los talones. Chasqueó la lengua suavemente sobre la punta y reclamó lo que era suyo poco a poco, centímetro a centímetro. Hubiera cerrado los ojos, pero no quería perderme ni un segundo de su sumisión. Me maldije interiormente por el ritmo lento que le había exigido. Mi instinto en ese momento era controlarla, cerrar las manos en su pelo y moverla contra mí en una serie de impulsos firmes que me llevarían al límite. Pero luché contra él, aflojé mi agarre y dejé que ella marcara el ritmo, uno que poco a poco me fue volviendo loco mientras desaparecía en el interior cálido y acogedor de su boca.

«Mierda.» Si era posible mostrar ternura de esa manera, ella lo lograba, con cada tormentoso roce de su lengua. Luego me llevó hasta el fondo de su garganta, una pausa brusca para la delicada envoltura de mi polla en su boca. La sensación fue electrizante, vertiginosa, y provocó un encendido cambio en mi propia necesidad, la necesidad de algo más allá de la ternura. Incapaz de aguantar más, la agarré con más fuerza del pelo, la incliné hacia arriba y le abrí más la boca para poder empujar. Ella gimió y entré más profundamente, más rápidamente, hasta que estuve cerca de correrme. Demasiado cerca para lo que quería esa noche.

Ese día no se borraría de esa manera. La simple liberación sólo me dejaría con más ganas. Quería destrozarla y dejar que su pequeño cuerpo firme me destrozara a mí. Tal vez en algún lugar de aquella puñetera danza pudiéramos encontrar algo de paz y un sueño tranquilo toda la noche. Necesitaba llevarla más allá del límite… conmigo… juntos.

Me retiré de su boca. Le brillaban los labios, gruesos e hinchados. Tenía la mirada nublada y los párpados medio cerrados. De repente, me sentí perdido. Perdido en la perfección de la mujer que tenía delante de mí. Ella lo era todo para mí. En ese momento, un nuevo e inoportuno pensamiento comenzó a atormentarme.

«Dios… ¿y si encuentran una manera de apartarme de ella?»

«No. Joder, no.»

—Ponte de pie —le ordené suavemente.

Se levantó y la llevé hasta la pata a los pies de la cama.

—Levanta los brazos… más.

La ayudé y enganché el pequeño trozo de la correa de cuero entre sus muñecas a una pieza oculta escondida en la parte superior de la pata de la cama disfrazada de decoración. Nos encontramos cara a cara, a un aliento de distancia. Se puso de puntillas, y su cuerpo se estiró de un modo hermoso delante de mí. Cerré la palma de la mano para ajustarla a la amplia curva de su pecho. Bajé por la caja torácica, por encima de la cadera, hasta llegar a su muslo, admirándola, ansiándola.

—Es como si alguien hubiera tallado tu cuerpo a partir de mis sueños. Estos… —Bajé la cabeza y tomé uno de sus pezones entre los labios, moviendo la punta dura de color de rosa con mi lengua. La solté con un leve chasquido—. Estos son maravillosos.

Con un suspiro entrecortado, se inclinó hacia el beso íntimo todo lo que le permitió su atadura. Tomé más y chupé con más fuerza, masajeando el otro pezón hasta que sus suspiros se convirtieron en gemidos. El gancho que la ataba por encima repiqueteó. Mi pequeña luchadora... Me encantaba que se revolviera. Casi tanto como me gustaba dominarla. Le rodeé la cintura con el brazo y la atraje hacia mí con fuerza. Le mordisqueé un pezón mientras le retorcía el otro con las yemas de los dedos.

Dejó escapar un pequeño grito y presionó las caderas hacia delante. El gemido torturado que siguió fue una mezcla embriagadora. Placer y dolor. Le daría de ambos esa noche.

—Ahora voy a castigarte, cariño.

Abrió mucho los ojos, y su respiración se aceleró de nuevo. Su ansiedad se reveló en un enrojecimiento de sus mejillas.

—No porque te lo merezcas.

Hice una pausa preguntándome cómo podría explicárselo, aquel juego entre nosotros y lo que significaba para mí. La hice girar hacia la cama, tomé la venda que había sacado antes, y se la coloqué sobre los ojos.

—No puedo explicarte por qué, excepto que lo necesito.

—Blake, está bien...

Se mordió el labio tembloroso. El corazón se me aceleró al verlo. Mi regalo más dulce, siempre tan dispuesta a aceptar esa oscuridad que había dentro de mí, a brillar hasta que se convirtiera en algo diferente, en algo que era sólo nuestro. Le solté el labio con el pulgar y cubrí la boca con mis labios tomando su siguiente aliento para mí.

—¿Cómo he podido vivir sin ti? —susurré pegado a ella.

—Blake...

Su voz sonó trémula.

Apreté los ojos con fuerza, agradecido de que ella no pudiera ver el dolor que me embargaba en ese momento. Joder, estaba perdiendo el control. Con esa rapidez había llevado al dominante que había en mí a hincar la rodilla. Su voluntad, su amor.

Tragué saliva con dificultad retrocediendo antes de tomarla en ese mismo momento. La hice girar para que quedara de cara al poste y tiré con fuerza de ella hacia mí. Levantó el culo y lo frotó contra mi polla. El más pequeño de los roces hizo que me volviera loco por ella. Ahogué un gemido y volví al cajón. Tenía que tomar decisiones, y no estaba precisamente en el mejor estado para hacerlo. Impulsivamente, agarré un látigo. Las colas eran largas y moderadamente pesadas, un objeto diseñado para darle la presión que había sufrido antes, que nunca había sido especialmente ligera. No habíamos jugado con ése todavía, pero sabía que podía soportarlo.

De pie detrás de ella, admiré el cuerpo que se retorcía ante mí, atado y lleno de deseo por el placer que iba a darle.

Blandí una vez el látigo, y las colas le dieron en los muslos y el culo. La siguiente fue sobre los hombros y la parte superior de la espalda.

Aspiró entre dientes y se estremeció. Los músculos de sus hombros se tensaron antes de relajarse de nuevo. Esperé, como si hiciera una pregunta en silencio.

Unas leves líneas rosadas se formaron en su piel en los puntos donde le habían alcanzado las colas. Repetí el movimiento. Una figura en forma de ocho surgió del moderado contacto, a través de sus hombros, culo y muslos.

Se estremeció de nuevo, y luego gimió en voz baja. Casi fui capaz de ver la adrenalina deslizándose a través de sus venas, a las endorfinas hacerse cargo, consiguiendo que aquello fuera mucho más que dolor.

Por alguna clase de milagro a ella le gustaba tanto tomar como a mí me encantaba dar. Quería sentirme culpable por hacerla sentir de esa manera, pero ella me había rogado que lo hiciera. Me había exigido que la llevara a los lugares más sucios, más oscuros de mi mente, y yo no había sido lo suficientemente fuerte como para decirle que no.

Con un movimiento de la muñeca, el látigo hizo contacto de nuevo. Adelante y atrás, arriba y abajo, y con cuidado de evitar la mitad de su torso, la pinté con el tono de rosa más hermoso.

Sus pequeños gritos y jadeos se convirtieron en gemidos. Poco a poco renunció a la lucha. Abrió los puños y dejó descansar la cabeza en su brazo. Mi deseo se hizo casi insoportable. La cabeza me zumbaba con él. Mi polla lo ansiaba.

Dejé que el mango de cuero se me escapara de la mano y me acerqué a ella rodeándole el pecho con el brazo por detrás. Tembló cuando la toqué, con la piel resbaladiza por el sudor. Noté la energía que desprendía en oleadas. Estaba al límite, exactamente donde la quería.

—¿Estás todavía conmigo, cielo?

—Puedo seguir —dijo con una voz cargada de emoción y adrenalina. La hice callar.

—No, cariño. Ya has tenido suficiente. Estabas tan hermosa... tan dispuesta. No soy capaz de decirte...

Las palabras se me atascaron en la garganta. Apoyé la frente contra su hombro, y el calor de su piel castigada hizo juego con el calor abrasador de mi cuerpo.

—Déjame enseñarte lo que significas para mí.

—Bésame. Tócame —me suplicó.

Pasé por encima de su hombro siguiendo las marcas de color rosa con la boca. Luego bajé por la espalda, sobre las curvas redondeadas de su culo sin dejar de darle besos en la suave piel. Era un millar de diminutas disculpas por la satisfacción que me había provocado ponerla a prueba de esa manera. Me levanté y me dirigí a su cuello para darle unos suaves lametones contra su pulso acelerado.

—Te quiero, Erica. Lo eres todo. Maldita sea, me deshago por ti.

Ella gimoteó, y al ponerse de repente de puntillas provocó más roce entre nosotros. Deslicé la mano por su torso hasta el vértice entre sus muslos. Ella gritó y se estremeció. Estaba empapada, y muy cerca ya.

Me retiré y la giré lentamente hacia mí. Tenía la piel enrojecida tanto por la excitación como por el castigo. Resistí el impulso de besarla por todas partes, de sentir cada centímetro de su energía bajo los labios. Así era exactamente como necesitábamos estar.

Tiró débilmente de las esposas.

—No puedo verte.

Apreté la mandíbula, porque ya me sentía más vulnerable de lo que quería.

—Esta noche no. Quiero que me sientas, y estás a punto de sentirme por completo. Ahora, rodéame con las piernas.

La agarré por la rodilla para ayudarla. El rápido movimiento la abrió de piernas, lo que reveló la humedad de su excitación resbaladiza que caía por la parte interior del muslo.

—Dios.

La visión de aquello me arrebató la última pizca de control que me quedaba. Si no hubiera estado tan preparada, me habría preocupado llevarla a empujones hasta el orgasmo que tanto ansiábamos los dos en ese momento. Tomé la otra pierna y me la coloqué alrededor de la cintura. Alivié la tensión de sus brazos todavía estirados hacia arriba y me coloqué en su interior sólo con la punta.

Gruñí y perdí la última pizca de contención. Entonces la ensarté uniéndonos de repente y por completo. Su cuerpo no ofreció ninguna resistencia, como si siempre hubiéramos estado destinados a estar de ese modo.

—¡Blake!

El chillido que salió de sus labios me hizo pedazos. El calor me recorrió la columna cuando sus paredes interiores se apretaron envolviéndome. La tremenda necesidad de follar se apoderó de mí, y el instinto me impulsó a entrar en una rápida sucesión de embestidas. Sus gritos llegaron sin trabas, sin contención, entre jadeos sin aliento. Yo estaba desquiciado. Nada podía reducir el ritmo de mi empuje. El chasquido de la piel y el crujido de la cama que soportaba la fuerza de las embestidas cada vez que la penetraba resonaban a través del aire. Se acercó rápidamente a su orgasmo, con el coño palpitando con fuerza alrededor de mi polla. Sus gritos se hicieron más y más fuertes.

—Espérame, Erica.

Tiró de sus ataduras y gritó de nuevo.

—¡No puedo!

—Tienes que poder. Espérame. Tengo que correrme contigo.

La follé con más fuerza todavía, perdiéndome en su interior. La carrera por la liberación era ya mi único objetivo. La tensión de su cuerpo, que se aferraba a mí por todas partes en todos los sentidos, me consumía. Se convirtió en todo mi pensamiento, en el único punto fijo en un mar de cosas que no me importaban. Y por todas las emociones de la espera, de provocarle el deseo, no podía parar de ningún modo.

Una corriente de energía me recorrió la espalda y me azotó las pelotas dolorosamente.

—¡Ahora!

Erica gritó, y todos y cada uno de los músculos de su cuerpo me unieron a ella durante unos momentos sin aliento. Me vacié dentro de ella empujando a través de las olas de placer que me envolvían. Completamente… vacío. La abracé con fuerza, debilitado y algo mareado. Me dolían los dedos cuando le solté poco a poco los muslos y la bajé de nuevo al suelo. Ella mostraría mis marcas por la mañana.

La liberé con manos temblorosas. Inmediatamente se arrancó la venda de los ojos y me rodeó con un fuerte abrazo. Su pequeño cuerpo, resbaladizo por nuestro calor, se estrelló contra mí.

Se me doblaron las rodillas y nos lancé a la cama para impedir que cayéramos derribados al suelo. Me abrazó con una fuerza tremenda, como si no quisiera soltarme nunca. Cuanto más tiempo pasamos así, más estaba convencido de que nada nos podría separar. Una inmensa emoción en su estado más puro me sobrecogió el corazón. Inspiré temblorosamente y la pegué más a mí.

Susurró mi nombre y se apartó lo suficiente como para poder mirarme a los ojos. Parpadeé para enfocarla de nuevo a través de la mirada borrosa. Me acarició la mejilla con la palma de la mano y me dio un beso.

—¿Estás bien? —musitó.

¿Lo estaba?

—Estoy aquí, contigo. Eso es lo único que necesito.

Inspiró levemente y se relajó contra mi cuerpo.

—Vamos a salir de esta. Te lo prometo.

Cerré los ojos queriendo creerla.

—Lo sé —le mentí.

7

ERICA

*P*arpadeé con fuerza para despejarme y asegurarme de que la noche anterior no había sido un sueño. Que todo el puñetero día no había sido un sueño desgarrador y surrealista capaz de hacer temblar la tierra. Me incorporé sobre los codos y observé la ropa esparcida por el suelo. El látigo de cuero negro tirado encima de las prendas era la prueba de que no había imaginado nada de lo sucedido.

Me senté y al bajar las piernas sobre el borde de la cama, hice una mueca por el dolor de los músculos. La mayoría de nuestras mejores noches tenían un precio, con molestias físicas que sentía después. Sin embargo, la noche anterior había necesitado la intensidad de Blake de una manera que no podía explicar por completo.

Incluso en mi estado medio dormida, nada podría haberme alejado de él cuando llegó a casa. Me quedé dormida temprano, atormentada por pesadillas en las que nunca regresaba a mí. Pensaba que cuando me alejara de la comisaría, sería la última vez que lo vería. Tenerlo de vuelta en casa, en persona, hizo que tuviera ganas de apoderarme de él con tanta pasión como él me quería poseer a mí.

Cerré los ojos y recordé el escozor del cuero. Una nueva sensación que me mordió la piel. El asombro, y luego el calor. La electricidad que le daba vida a todo de una manera nueva. Un millar de diminutos puntos de contacto, cada uno gritando con el dolor que sentía… el dolor entre nosotros que no tenía otro lugar a donde ir.

Me levanté y me miré en el espejo. Me giré para examinarme la parte posterior del cuerpo, y me sorprendí al comprobar que los castigos de la noche anterior no habían dejado ninguna prueba. No es que me importara tener las marcas. Tendía a disfrutarlas, a apreciarlas como pequeños recuerdos de algunos de nuestros encuentros más inolvidables.

Toqué los pequeños hematomas que me adornaban los muslos, donde Blake me había sostenido con demasiada fuerza. Un rubor de color rosa se abrió camino por mi cuerpo desde las mejillas hasta el pecho. No sentía nada de aquello en el calor del momento, pero las pruebas de su pasión tenían la capacidad de llenarme de calidez.

Nunca había sido capaz de comprenderlo, pero, de alguna manera, Blake se había apoderado por completo de mi mente y había sobrescrito cualquier idea preconcebida que yo hubiera tenido sobre el sexo y el dolor, y me había llevado a unas cotas de placer a las que nadie ni siquiera se había acercado. Lo habíamos aceptado. Habíamos construido una isla entre los dos sólo para nosotros. Nuestro cuerpo, nuestro amor, y la manera feroz en que nos corríamos juntos tenían sentido cuando el resto del mundo nos fallaba.

Ojalá pudiéramos vivir en esa isla para siempre y no tener que salir nunca...

La realidad eliminó rápidamente la fantasía cuando el zumbido del televisor en la planta baja me recordó que Blake estaba en casa. Todavía no me había contado nada acerca de cómo había ido el interrogatorio con Evans.

Duchada y vestida de manera informal para el trabajo, bajé al piso inferior. Blake estaba sentado en uno de los sofás de tapicería de lino, con la atención centrada en las noticias de la mañana. La cara de Daniel apareció en la pantalla. Las imágenes más recientes le mostraban esquivando a la prensa mientras salía de la misma comisaría por la que Blake y yo habíamos pasado el día anterior. La expresión impasible de Daniel me recordó el lado más oscuro que conocía de él, el lado que sólo se revelaba cuando alguien le ofendía de alguna manera y buscaba la venganza a cualquier precio. ¿Tendría esa cara por Blake?

Cogí el mando a distancia y bajé el volumen. La concentración de Blake no cambió.

Me senté a su lado y tiré suavemente del borde de su camisa con la esperanza de hacerle salir de su trance.

—Blake.

Su pecho se expandió con una inspiración profunda y me miró. Sus ojos tenían una expresión distante, como si todavía estuviera sumido en sus pensamientos.

—¿Estás bien? —me preguntó.

Fruncí el ceño.

—Por supuesto.

—Clay me dijo que Max se te acercó.

Dejé escapar un suspiro y me acurruqué a su lado.

—Allí me dijo cuando regresé que lo habían condenado. Él estaba de camino a la comisaría para que lo encerraran.

—¿Qué te dijo? —quiso saber, y las palabras estaban cargadas de tensión.

—Nada —le mentí.

—Erica.

—Nada importante.

Max había desaparecido. Era un capítulo cerrado. Al menos hasta que lo soltaran de nuevo. No podía pensar en eso, sin embargo. Le había prometido a Clay que nunca más intentaría verme. Sólo cabía esperar que eso fuera cierto.

Blake se quedó en silencio, pero de alguna manera le oía exigirme que le diera lo que quería. Sus músculos se tensaron a mi lado.

Suspiré.

—Me dijo «Te destrozará».

—¿Yo?

Dibujé unos círculos sobre sus vaqueros, allí donde los músculos de sus piernas se tensaban.

—Suponiendo que se refiriera a ti, sí.

Levanté la cabeza para calibrar su reacción y tratar de leerle los pensamientos. Cerró los ojos y apartó la mirada, lo que me bloqueó de forma eficaz.

—Háblame, Blake —le rogué.

—¿De qué quieres hablar?

Había un tono afilado en su voz que me dio que pensar.

—¿Qué tal si empezamos por lo de ayer? ¿Qué pasó?

—El FBI y la policía se turnaron para interrogarme durante nueve horas. Eso fue lo que pasó.

Dudé sobre lo que quería preguntar. Ya parecía bastante tenso, y apenas habíamos pasado cinco minutos juntos. Pero necesitaba despejar el ambiente. Sobre todo, tenía que conseguir que hablara para que pudiéramos llegar al fondo de todo aquello.

—¿Qué les has dicho?

—Les dije lo que me pareció que necesitaban saber.

No me gustó la ambigüedad en su tono de voz. Habíamos estado increíblemente cerca la noche anterior, y en ese momento nos encontrábamos a un millón de kilómetros de nuevo. ¿Me estaba ocultando algo? Hice girar las bandas de diamantes que llevaba en el dedo pensando en todas las posibles cosas que no me estaría contando.

—¿Hay algo que no les dijeras que me quieras contar?

En ese instante, nuestras miradas se cruzaron. Busqué en sus ojos pero no encontré nada.

—¿De qué estás hablando, Erica?

—Quiero decir… ¿Qué pasó con las elecciones?

Él soltó una breve risa, pero no había humor en su voz.

—¿Me estás preguntando si lo hice?

Me aparté de la calidez de su lado y me puse en pie. Caminé en pequeños círculos por la sala, porque de repente necesité un poco de espacio. Me tragué mis siguientes palabras, sin querer admitir que eso era lo que había estado quemándome en el fondo de mi mente desde que desapareció de mi vista con Evans el día anterior.

—Supongo que sí.

Se inclinó hacia delante apoyando los codos en las rodillas.

—¿Crees que dediqué parte del tiempo de nuestra luna de miel de un mes con mi prometida para amañar las elecciones de Daniel, arruinar su carrera, y arriesgar la mía? No. La respuesta es no. Yo no lo hice.

Mis hombros se relajaron y noté que me liberaba de la tensión.

—Lo siento, Blake, yo…

—Yo también, Erica. Pensé que sería evidente, pero tal vez no te he dado razones suficientes como para tener el beneficio de la duda.

—No es que se trate de algo que está más allá de tus capacidades.

Hizo una mueca.

—Es lo que todo el mundo sigue recordándome.

—Sólo pensé que…

—Nunca te haría daño, Erica. Odio al cabrón de Daniel. —Apretó la mandíbula como si se estuviera mordiendo la lengua para callar un millar de cosas que quería decir—. No voy a negar que desprecio a ese individuo, y seré el primero en admitir que me gusta la idea de que le destrocen la vida. Pero yo no lo odio lo suficiente como para ponerte a ti y a mí en peligro otra vez.

Pasamos unos minutos en silencio. Se sentó de nuevo en el sofá, con los brazos cruzados y la mirada en cualquier lugar menos en mí.

—¿Qué dijo la policía? No pudieron encontrar nada que te relacione con el asunto, ¿verdad?

—Consideran que mi relación contigo es motivo suficiente.

Según Carmody, eso podría jugar en nuestra contra de dos maneras, dependiendo de si Blake tenía intención de cargar contra Daniel o de ayudarle. Pero la forma en la que Gove cerró esa línea de interrogatorio evidenció que no era suficiente para mantenerlo detenido.

—Eso no es suficiente.

Se quedó en silencio, pero de alguna manera ese silencio me dijo que había más.

—¿Qué más tienen?

—Las máquinas para votar fueron manipuladas usando mi código.

Las venas se me helaron. Dejé de caminar sin rumbo.

—¿Qué código?

—Un código que escribí hace años, cuando estaba desarrollando el programa informático bancario. Hay rutinas de cifrado únicas que se utilizaron en la votación, y los federales han pasado las últimas dos semanas estudiándolas, hasta que las han vinculado conmigo.

—No puedes ser el único que tiene la capacidad de hacer eso.

—Es la banca, Erica. Con miles de millones de dólares en juego, sólo hay unas pocas personas con acceso al código fuente.

La cabeza no paraba de darme vueltas, y poco a poco comencé a unir todas las posibilidades.

—Bueno. Entonces, ¿quién lo tiene?

—Yo, por supuesto. Michael Pope, y unos pocos elegidos de la empresa a la que se lo vendimos.

—¿Por qué no está la policía hablando con ellos?

Suspiró profundamente.

—Supongo que lo están haciendo, pero todo esto me toca tan de cerca que no están mirando mucho más allá. Soy su mejor apuesta. Aparte de eso, parece que Evans está centrado en algún tipo de misión personal. Me quiere meter en la cárcel por lo que hice hace una década con algunas acusaciones nuevas.

Había tenido la misma impresión en el breve tiempo que había pasado cerca del policía. Carmody no me inspiraba confianza tampoco, pero de los dos, este al menos no actuaba como si ya supiera la verdad absoluta. Todavía la estaba buscando, y quedaba por ver lo que cualquiera de ellos acabaría encontrando en su esfuerzo por demostrar que Blake era el culpable.

Mi mente giró entorno a aquella nueva información. Banksoft era una empresa multimillonaria. Que tuvieran una filtración, alguien con alguna clase de interés en la elección del gobernador de Massachusetts, parecía poco probable. Si Blake estaba diciendo la verdad, y yo creía que la decía, la brecha en la seguridad tenía que proceder de la copia de Michael. Michael nunca haría daño a Blake, pero su hijo, Max, sin duda alguna, sí.

—¿Crees que Max podría haberle dado a Trevor acceso a ella?

Blake asintió lentamente.

—Estoy asumiendo que es el caso.

—¿Se lo dijiste a la policía?

—No.

La sencilla respuesta sonó cortante.

—¿Por qué?

—Que se jodan.

Solté un jadeo.

—¿Que se jodan? Están tratando de mandarte a la cárcel, Blake. ¿Ni siquiera vas a tratar de indicarles la dirección correcta?

—No tienen nada contra mí, Erica. Estaba fuera del país. Van a perder semanas buscando algún fragmento de alguna prueba de verdad que me relacione con las elecciones, y no van a encontrar nada, porque no lo hice, joder.

Jadeé de forma irregular y superficial. Toda aquella nueva información me provocó un rápido aumento de la adrenalina.

—¿Eso es todo? ¿Vas a esperar a que ellos, precisamente ellos, limpien tu nombre?

—¿Qué quieres que haga? —exclamó levantando las manos.

Me acerqué con los puños cerrados con fuerza a mis costados.

—Quiero que colabores con ellos para llegar al fondo de todo esto. Tú y yo sabemos que no ha sido simple casualidad. Trevor ha ido a por nosotros. Ha tratado de infiltrarse en tu trabajo durante años, pero esto es diferente. Estamos hablando de que te metan en la cárcel, no de una página de internet en la que estamos trabajando.

—Ellos no van a colaborar conmigo. No tengo acceso al código. Si lo tuviera, podría encontrar lo que no están encontrando.

—Entonces vamos a descubrirlo. Sabes cómo conseguir información.

—Estoy bajo un puto microscopio. Van a pasar mis ordenadores por un tamiz muy, muy fino. ¿Crees que no estarán observando como halcones lo que hago?

Apartó la mirada y la fijó en algún punto en el horizonte lejano. No sabía dónde estaba, pero necesitaba que volviera conmigo. Teníamos que llegar al fondo de aquello, y de forma rápida.

—¿Por qué me siento como si no quisieras luchar, aunque pudieras? —Me senté a su lado y le tomé una mano—. Es por lo que le pasó a Brian, ¿verdad?

El silencio llenó la habitación mientras él se mantenía firme. Finalmente, se volvió, con los ojos cansados y carentes de la determinación feroz que había llegado a querer tanto.

—Esto no tiene nada que ver con Brian.

—Creo que estás equivocado. Creo que tiene mucho que ver con él. Pasara lo que pasara entre vosotros dos en aquel entonces, la culpa se ha quedado contigo. No lo has olvidado, ni Trevor tampoco. Y ahora la historia se repite, y eso es exactamente lo que quiere Trevor. Quiere verte sufrir por lo que le sucedió a su hermano. Y mientras a ti te interrogan y nuestra vida se cae hecha pedazos, él está en alguna parte planeando su próximo movimiento. Nunca se detendrá hasta hacerte caer.

—¡Ya basta!

Me sobresalté al oír su tono de voz.

Se levantó rápidamente. Maldiciendo en voz baja, cogió su chaqueta y se dirigió hacia la puerta.

Corrí tras él, incapaz de aceptar que se marchara tan pronto.

—¿Adónde vas?

—Tengo que reunirme con el abogado y montar un plan de acción. Tenemos que estar listos para lo que quiera que utilicen contra nosotros.

—¿Sabe lo de Trevor?

Se volvió hacia mí.

—Déjalo estar, Erica. Yo me encargo. Todo esto pasará. Créeme.

—¿Cómo te vas a «encargar de todo»?

—Tú sólo… confía en mí, ¿de acuerdo?

—No.

Abrió los ojos como platos.

—¿No?

—No hasta que me digas cómo vas a encontrar a Trevor.

Tensó la mandíbula mientras se ponía la chaqueta.

—Déjalo de una puta vez, Erica.

La ira se precipitó sobre las amenazadoras lágrimas.

—No voy a quedarme sentada a esperar mientras veo cómo te destrozas la vida.

—No voy a destrozarme la vida —murmuró.

—No, ¡estás destrozando la nuestra! Recuerda que cada decisión que tomamos afecta al otro. ¿O es que eso sólo se me aplica a mí cuando no hago lo que quieres?

Hizo una mueca y agarró el pomo de la puerta.

—Esta conversación se ha acabado.

Antes de que me diera tiempo a pensar una manera de hacer que se quedara, ya estaba al otro lado de la puerta.

La angustia me abrasó la garganta. Esta vez no le dejaría que se diera por vencido. Cada vez que Trevor nos había amenazado, Blake había puesto la otra mejilla. Esta vez no. Nunca más.

El Tesla de Blake aceleró por la calle, y me retiré al interior de la casa vacía. Me senté en la isla central de la cocina pensando qué hacer a continuación. No podía cambiar de asunto y centrarme en el trabajo en ese momento. Estaba demasiado enojada. Demasiado atemorizada ante la posibilidad de que, contrariamente a lo que decía Blake, aquella situación simplemente pasaría.

—Maldita sea.

Di una palmada contra la encimera y cerré los dedos alrededor del dolor. Tenía un nudo en la garganta y las lágrimas me ardían detrás de los ojos, pero algo dentro de mí se negó a dejarse ir. Tenía la sensación de que echarme a llorar en ese momento sería de alguna manera igual que rendirme. No lo haría… no podía. En cambio, ese malestar se apoderó de mí otra vez. Excepto que esta vez no se pasó. Corrí al baño y vacié el estómago en el inodoro.

Una sensación febril me recorrió y, después, mi piel húmeda se enfrió. Me puse de pie, temblorosa, y me limpié la boca. La persona que vi en el espejo no tenía un aspecto muy saludable, pero tras varios minutos, mi tez pálida, finalmente, dio paso a un poco de color.

La ropa se me ceñía al cuerpo. Había ganado peso en el viaje. Era un peso que sustituía al que había perdido después de los disparos. Me pasé los dedos por la cintura de los vaqueros y la suave piel de más arriba.

Un rayo de esperanza me iluminó la cara. Una esperanza irracional e inoportuna.

No era posible…

Me cepillé los dientes. Intenté echar a un lado ese pensamiento, pero cien posibilidades se me agolparon en la cabeza. Nuestro amor, esa vida que estábamos construyendo, la libertad de Blake, y tal vez más que estaba en juego. Si él no iba a protegerlo todo, ¿quién lo haría?

De repente, el caos de mis pensamientos se calmó, y supe lo que tenía que hacer. Subí a la habitación y encontré mi maleta, en el armario, haciendo caso omiso de la maraña de sábanas y el recuerdo de nuestra noche de pasión. Y empecé a hacer el equipaje.

8

BLAKE

Me había pasado el día en la oficina de Dean. La gente de Fitzgerald proclamaba su ignorancia absoluta sobre todo el asunto, lo que podría ser cierto. Recorrimos la línea temporal de la luna de miel de forma más detallada. De acuerdo con las fechas de registro que había suministrado el FBI, habría tenido que manipular las elecciones en el vuelo que iba desde Ciudad del Cabo a Malé, lo que habría sido completamente imposible, ya que el código lo habían cargado por USB en las diferentes máquinas, y yo estaba a miles de kilómetros de distancia de ellas.

Aparte de eso, Erica había sido el centro de mi mundo durante semanas. Nada había roto mi intención de hacer del viaje una experiencia memorable para los dos.

Mi mente vagó de regreso a ese tiempo más sencillo. Tanto había cambiado en el espacio de unos pocos días. Esto era cualquier cosa menos el paraíso. La luna de miel había terminado, y nuestra vida había comenzado. Me negaba a creer que todo esto fuera el comienzo de nuestro futuro juntos.

Quizá centrarían su atención en Fitzgerald, pero si él caía, no lo haría solo. Él me implicaría sólo para joderme. Siempre creería que estaba detrás de él hasta que alguien demostrara lo contrario.

Y luego estaba Trevor.

Si alguna vez hubiera tenido ganas de llevar a la policía hasta su puerta, dondequiera que estuviese, le habría hablado a Dean de él hacía ya muchos años. Pero no lo había hecho. Y seguía sin estar dispuesto a sacarlo a la luz. Dean había pasado buena parte del día desmintiendo y desmontando cualquier posible sospecha de mi culpabilidad. Era una buena práctica para él, pero sabía que la cabeza no paraba de darle vueltas a la pregunta que le acosaba. Si yo no lo había hecho, ¿quién había sido?

Oía la voz de Erica en mi cabeza diciéndome que hiciera lo correcto. «Díselo.» Ponlos en el camino correcto. Pero algo dentro de mí vaciló, y me mantuvo firme en el camino que siempre había seguido. De todos modos, no había necesidad de complicar las cosas. Señalar con el dedo probablemente sólo ayudaría a convencer a Evans de mi culpabilidad. No me parecía que fuera el tipo de persona que iría a la caza de alguien como Trevor para salvar a alguien como yo. Sería una pérdida de tiempo.

Dean buscó las posibles situaciones que se producirían, y estuvimos de acuerdo en que el uso de mi código por sí solo no era una prueba irrefutable para el caso. Otras muchas personas también tenían acceso a ese mismo código. Incluso si todos los indicios apuntaban a mí, simplemente no sería suficiente. Teníamos que esperar para ver si aparecían con algo más. Esa era la gran cuestión amenazante. ¿Qué encontrarían, si encontraban algo? ¿Y cuánto tiempo tendríamos que esperar hasta que todo aquello se aclarara?

El día estaba llegando a su fin y consulté en el móvil el correo electrónico, ansioso por ver cualquier cosa que me quitara de la cabeza aquel lío.

—Deberías irte a casa.

Dean rodeó el escritorio y me arrojó el abrigo sobre las piernas.

—¿Me estás echando?

—Ha sido un día largo. Vete a casa y quédate con Erica. Estoy seguro de que está bastante alterada por todo esto.

—Pues tienes razón —murmuré.

—Ayer no quería irse de la comisaría hasta que te soltaran. Traté de tranquilizarla, pero me quedó claro que no se lo tragó.

—No me sorprende.

Moví la mandíbula de un lado a otro luchando con mi empatía y con la persona en mi fuero interno que nunca habría cedido sobre ese asunto. Cuando volviera a casa, Erica y yo seguiríamos donde lo habíamos dejado esa mañana, lo que no era un momento del que me sintiera realmente orgulloso. No en lo de dejarla con la palabra en la boca antes de que pudiéramos discutir de verdad sobre el asunto. Me había arrinconado, se me había enfrentado. No es que nada de eso me hubiera sorprendido. Siempre había tenido sus propias opiniones. Había visto ese fuego en ella cuando entró en mi sala de juntas meses atrás. Nunca quise apagar esa llama. Yo quería que ardiese para mí, que luchara por nosotros, y eso era exactamente lo que estaba haciendo.

Dean se dejó caer en su silla y ladeó la cabeza.

—He de admitir que tenía curiosidad por conocer por fin a la mujer que significaba lo suficiente para ti como para que te saltaras el acuerdo prenupcial, a pesar de todos mis consejos. Sólo desearía que hubiera sido en diferentes circunstancias.

—Yo también.

Aquella pequeña broma de Dean me recordó que había aceptado compartirlo todo con Erica. Yo lo había exigido, a pesar de sus recelos. No sólo la riqueza, sino las alegrías y las penas también. Una voz de la razón me recordó que por mucho que habíamos tratado de combatir nuestros demonios en privado, nunca había funcionado de ese modo al final. Por muy decidido que estuviera a enfrentarme a Evans por mi cuenta, Erica y yo nos habíamos unido con demasiada fuerza como para eso.

Con nuestra última discusión todavía pesándome en el ánimo, salí de la oficina de Dean y bajé a la calle. El sol ya se había puesto. Los días eran más cortos, las noches más frías, aunque mis noches nunca eran frías cuando Erica estaba conmigo. Dios, no podía sacármela de la cabeza. Estábamos en los extremos de una misma línea y seguía llamándome una y otra vez. Yo quería ceder, pero había algo que me detenía. Caminé por las calles del centro de Boston hasta llegar ante mi oficina. Las ventanas estaban a oscuras.

Crucé las puertas y entré en el espacio vacío. Encendí las luces, lo que reveló el erial de nuestra oficina. Cada escritorio era un desastre. Habían sacado los cables y estaban esparcidos por el suelo. Cady había llamado antes para confirmar que las autoridades habían confiscado todos los aparatos de nuestra oficina. Pero, de alguna manera, verlo en persona me provocó una nueva especie de rabia. Hacia Evans. Hacia todas aquellas caras que había llegado a odiar cuando era un adolescente. No me había parecido justo en aquel entonces y, sin duda, no me parecía justo en este momento, cuando yo no había hecho absolutamente nada que lo justificase.

—¿Estás bien?

Me volví y vi que era James, que estaba de pie en la puerta.

—¿A ti qué coño te parece?

Meneó la cabeza y retrocedió.

—Lo siento. Te dejaré a solas.

Solté la tensión en los puños.

—No pasa nada. Simplemente ha sido un día difícil. Lo siento.

Él asintió con la cabeza y se acercó un poco inspeccionando los daños.

—Alli nos dijo lo que pasó. Es jodido. —Dudó, y me miró—. Me parece que te vendría bien un trago.

Era cierto, aunque tomarlo no me acercara a encontrar una solución a los problemas que nos acuciaban.

—Gracias, pero debo volver a casa. Se está haciendo tarde. Erica se estará preguntando probablemente dónde estoy.

James frunció el ceño.

—¿Qué?

—Bueno… es que se marchó esta tarde —me dijo.

—¿Qué quieres decir?

—Entró esta mañana con una bolsa, ella y Alli se reunieron en su oficina durante un rato, y luego se marcharon juntas al aeropuerto. Alli me dijo que estarían de vuelta en un día o dos. Me dijo que le mandara por correo electrónico cualquier cosa que surgiera en el trabajo.

Apreté los puños de nuevo. El día mejoraba por momentos.

—¿Tienes alguna idea de dónde han ido?

Abrió los ojos de par en par al oírme.

—Ni idea. No se quedó lo suficiente como para que se lo preguntara.

—Mierda.

Se me enturbió la vista por la ira.

—¿La has llamado?

—Me tengo que ir —dije pasando a su lado en dirección a la salida.

Volví rápidamente a casa mientras la llamaba a su teléfono una y otra vez sólo para oír el contestador de voz. Entré en tromba por la puerta principal, medio esperando encontrar a Erica allí. Pero la casa estaba en silencio y envuelta en la oscuridad. Fui a la cocina y luego busqué en todas las habitaciones de la planta baja. Después entré en nuestra habitación. Se había ido. La cama estaba tal y como la habíamos dejado, a excepción de un trozo de papel en mi almohada.

Lo cogí y la adrenalina me recorrió el cuerpo mientras lo leía.

Me prometiste que siempre merecerías mi confianza… mi felicidad… mi amor.

ERICA

*L*e había prometido que nunca escaparía de él otra vez, pero él también había roto algunas promesas. Y en ese momento yo estaba haciendo lo que tenía que hacer. Estaba haciendo lo que él no quería hacer.

Alli y yo bajamos del avión y atravesamos el aire caliente de Texas. Veinte minutos más tarde, llegamos a nuestro hotel en el centro de Dallas. El botones dejó nuestras maletas dentro de la habitación. Le di la propina y caminé hacia donde Alli estaba mirando por el gran ventanal con vistas al horizonte urbano de la ciudad.

Nunca había estado en Dallas, y deseé tener una mejor razón para visitarla. No me gustaba la idea de ir a ninguna parte sin Blake, pero después de la pelea de esa mañana, sabía que no podía confiar en él en ese momento.

—Muy bonito —comentó Alli, antes de dejarse caer en un sillón cercano. El bolso le vibró a los pies—. Es Heath.

Me miró sin molestarse en sacar el teléfono.

—Todavía no —le dije.

Puso los ojos en blanco.

—Me siento como un puñetero fugitivo, Erica. Si no hablo con él pronto, es probable que presente una denuncia a la policia por mi desaparición.

—No quiero que nadie sepa dónde estoy en este momento. No hasta que tenga la oportunidad de hablar con Michael a solas.

—No me imagino por qué clase de infierno va a hacerle pasar Blake a Heath cuando se entere de que estoy contigo.

Blake estaba muy lejos, y él ni siquiera lo sabía. Lamenté haberle dejado como le había dejado. Pero también estaba enfadada. Enfadada porque no iba a luchar por nosotros. De que, después de todo por lo que habíamos pasado juntos, él todavía pudiera dejarme a un lado tan rápidamente.

—Dijiste que me ayudarías, Alli. Me voy a reunir con Michael a primera hora de la mañana. Podrás hablar con Heath luego.

Le había explicado la situación en la oficina, dispuesta a marcharme por mi cuenta si tenía que hacerlo. Pero ya había participado en demasiadas búsquedas inútiles como para no saber que siempre era mejor tener compañía. El peligro siempre tenía un modo de encontrarme, y estaba bastante más que un poco conmocionada por las consecuencias que había sufrido. Pero no podía llegar al fondo de todo aquello desde la seguridad de nuestro hogar.

—Quería venir contigo, Erica, pero no me gusta tener secretos con Heath. Es algo que ya no hacemos, bajo ninguna circunstancia, y me estás pidiendo que vaya contra eso.

—Lo que le digas a Heath irá directo a Blake, y lo sabes. Blake no aceptará de ninguna manera que no se lo diga. Estoy segura de que Max le dio acceso a Trevor para que utilizara el código de Blake, y esta es la única oportunidad que tengo de establecer esa relación. Michael no es el tipo de persona que tendría una conversación abierta conmigo por teléfono, y no quiero que Blake se entrometa.

Alli dudó un momento antes de hablar.

—¿De verdad crees que vas a ganártelo? ¿Michael Pope... armador, multimillonario, y podría decirse que uno de los empresarios más inteligentes y exitosos del mundo?

Cuando lo dijo así, tuve mis dudas. Pero incluso con mis dudas, era la mejor oportunidad que tenía.

—No lo sé. Parece que le caigo bien. Sé que se preocupa mucho por Blake. Es decir, repudió a Max después de lo que me hizo. Si puedo hacer que Michael se dé cuenta de lo que está en juego, tal vez me ayude. —Me senté en la silla frente a ella—. Esto es importante, Alli. Si Blake no actúa para limpiar su nombre, lo haré yo. No voy a perderlo. No puedo.

Su teléfono vibró de nuevo con una llamada, y me lanzó una mirada suplicante.

—No ha dejado de llamar desde que aterrizamos. ¿Qué quieres que haga?

Suspiré.

—Vale. Pero no le digas dónde estamos.

Respondió rápidamente y se puso el teléfono en la oreja.

—Hola, cariño... Sí, lo siento. Un viaje de última hora de las chicas. —Se puso de pie y caminó por la habitación—. Todo está bien. Hay algo de lo que Erica tiene que encargarse y quería que viniera con ella... Heath, por favor, no me hagas preguntas ahora mismo. Es complicado. Pero estamos bien. Te lo prometo. —Me echó una mirada de reojo—. Sí, algo como eso. Hablaré contigo más tarde, está bien, cuando las cosas se calmen... Yo también te quiero.

Colgó y me lanzó una mirada cargada de intención.

—Me debes una.

—Lo sé. Gracias.

Se puso una mano en la cadera.

—No sé tú, pero yo me muero de hambre. Vamos a cambiarnos y salgamos a cenar.

Me obligué a levantarme sobreponiéndome a la fatiga que se me había metido en los huesos a lo largo de aquel día tan emocionalmente exigente. Me podría haber metido en la cama y dormir durante días, pero Alli tenía razón. Necesitábamos comida, aunque el estómago no hubiera parado de darme vueltas desde esa mañana.

Abrí la bolsa para buscar algo cómodo que ponerme.

—¿Que es esto?

Alli se quedó sin aliento cuando cogió una caja de color rosa que había metido de cualquier manera en la bolsa en el último momento. En ella había dos pruebas de embarazo que había comprado antes, aunque estaba convencida de que estaba completamente loca por hacerlo.

Resistí el impulso de arrebatársela para recuperarla.

—¿A ti qué te parece?

Traté de sonar indiferente, pero me había puesto muy nerviosa que la hubiera descubierto. Ella tenía los ojos abiertos de par en par.

—¿Estás embarazada?

Inspiré de forma entrecortada.

—No tengo ni idea.

¿Acaso no era completamente absurdo ni siquiera pensar que era posible?

—¿Estás de broma? ¿Crees que puedes estarlo y todavía no te has hecho la prueba?

Su voz se había elevado al menos cuatro octavas.

—No he llegado a hacerlo.

Era completamente cierto.

—¡Bueno, pues por el amor de Dios, hazlo ya! ¡Me estoy volviendo loca!

Con el rostro iluminado por la impaciencia, comenzó a abrir un extremo de la caja. Se la arrebaté de un tirón mientras mi ansiedad se aceleraba subiendo a nuevos niveles. Me maldije por no haber escondido mejor la caja.

—Pensé que nos íbamos a cenar —le dije en un desesperado intento por cambiar de tema.

—Como si fuera a ser capaz de comer sabiendo que quizás estás embarazada. No digas tonterías.

—Alli, para —le corté.

Me miró fijamente con cara de incredulidad.

El corazón me latía con una tremenda fuerza en el pecho. No estaba lista para la realidad que surgiera tras la prueba. No podía…

—No puedo hacer esto ahora mismo.

—Dios. ¿Por qué?

Arrojé la caja de nuevo al interior de la bolsa y caminé hasta la ventana. El sol ya se había puesto, y Dallas estaba iluminada con un millón de luces urbanas. ¿Cómo podría hacerlo en aquel momento? Estaba metida en mitad de un tornado. De ninguna manera podría brillar el sol a través de aquella tormenta.

—No estoy segura de estar lista para saberlo, ni una cosa ni otra.

Alli se acercó y se puso a mi lado.

—¿Has estado tratando de quedarte?

Cerré los ojos y pensé en Blake.

—Algo así —respondí con una voz que era apenas un susurro.

—Vale, ha sido una pregunta estúpida. No tomas nada para evitarlo y has pasado un mes de luna de miel. Por supuesto que lo has intentado. ¿Cuándo tuviste el último período?

—Dejé de fijarme después de los disparos. Ha sido muy irregular desde entonces. No lo sé. Si es positivo, voy a ponerme histérica y a preocuparme. Me preocuparé incluso de si va a ser viable. Y si es negativo, no estoy segura de que quiera saber que, después de todo ese tiempo juntos… después de intentarlo de la forma que lo hemos hecho, a pesar de eso, no haya pasado.

—Erica, la gente lo intenta durante años sin conseguirlo. Date una oportunidad. Si tiene que pasar, pasará. Pero no saber si es sí o si es no será una tortura. Al menos para mí. No creo que vaya a ser diferente para ti.

Ciertamente, el estado de mi útero era un pensamiento recurrente en mi cabeza. Imaginarme que estaba embarazada era un pensamiento feliz, aunque un poco aterrador. Pero imaginarme que no lo estaba y que simplemente había soñado con la posibilidad era la verdadera tortura. Que eso sucediera en la vida real sería todavía peor.

—No sé si seré capaz de enfrentarme a este momento con todo lo que está pasando —admití finalmente.

Alli regresó a por la caja y me la llevó para sacar una de las tiras de las pruebas.

—Ni siquiera seré capaz de funcionar a medias hasta que no lo sepa. Considéralo un favor que me haces a mí por acompañarte en esta misión tan loca. Y sea lo que sea, nos enfrentaremos a ello juntas. Estoy aquí por ti, para lo que sea. Te lo prometo.

Negué con la cabeza ligeramente, pero se mantuvo firme, con la mandíbula apretada y una mirada decidida que conocía bien.

—No voy a aceptar un no por respuesta. En serio, entra ahí y hazte la prueba.

Después de un largo momento, le quité la prueba de la mano y me fui al cuarto de baño. Cerré la puerta, me senté en la tapa del inodoro, y me quedé mirando el paquete sin abrir.

«Esto no está pasando. No puedo hacerlo. Ni siquiera quiero saberlo.» Todas esas ideas pasaron en bucle como un mantra hasta que Alli me habló.

—¿Lo estás haciendo?

Oí la pregunta con claridad suficiente como para saber que estaba justo al otro lado de la puerta.

—Todavía no.

—Hazlo ya —me ordenó.

Abrí el paquete y le eché un vistazo a la prueba. Parecía bastante sencilla de hacer.

—¡Erica!

Me quedé callada, a sabiendas de que ella no quería oír lo que le tenía que decir. «No ahora. Quizá mañana. Puede esperar.» No… nada de eso sería aceptable.

—Maldita sea, Erica. Soy tu mejor amiga, y te exijo que mees en esa varita.

Puse los ojos en blanco. Me pregunté cuánto tiempo haría falta antes de que derribara la puerta.

—Estoy en ello. Dame un minuto, por el amor de Dios.

Maldije de nuevo en voz baja. No me molesté en mirar las instrucciones y me puse a ello. Las pequeñas ventanas de la prueba se oscurecieron y esperé.

Esperé y esperé, con la mente convertida en un torbellino de «¿Y si…?» ¿Ni siquiera se lo contaría a Blake si salía negativo? ¿Que todos esos esfuerzos e intentos, todo ese amor y fe entre nosotros, habían sido para nada?

Me puse de pie delante del espejo para tratar de esponjarme el pelo aplastado, porque necesitaba algo en que tener ocupada la mente en ese momento. Mientras la prueba hacía su trabajo, me convencí de que iba a salir negativa. Que se había perdido toda esperanza. Cuando empecé a creérmelo, la desolación me golpeó en el estómago, justo donde la náusea llevaba retorciéndose desde hacía dos días.

Eso era una señal, ¿verdad? Cómo me había estado sintiendo…

¿Qué pasaría si realmente estaba embarazada? ¿Y si de verdad íbamos a tener un bebé?

Luché por respirar mientras me imaginaba lo que podría sentir. Un segundo después, el pánico se apoderó de mí cuando pensé en Blake y lo que diría. Pero eso era lo que queríamos, ¿verdad? Habíamos evitado hablar de ello, tal vez porque ninguno de los dos estaba del todo seguro de que fuera algo posible. Pero lo habíamos intentado… Nos habíamos lanzado a ello con la determinación ciega que nos impulsaba en cualquier otro asunto, pero allí estaba yo, dubitativa y asustada.

Los recuerdos de nuestra última noche en las Maldivas me cruzaron revoloteando por la cabeza. Cómo Blake me hizo el amor bajo las estrellas. Las cortinas que rodeaban la cabaña ondeando por el viento, la única barrera entre nosotros y la noche. La franja de luna y el millar de diminutos puntos de luz que brillaban a través de los huecos de esas cortinas mientras nos corríamos juntos con un propósito en mente.

Me puse una mano sobre el vientre, sobre la cicatriz que había recorrido con los dedos más veces de las que podía contar. Mi herida… y en ese momento, tal vez una vida. Se me escapó un jadeo ante esa idea abrumadora.

—¿Qué dice?

El tono de la voz de Alli rozaba lo histérico.

Estaba a punto de responderle algo a gritos cuando le eché otro vistazo a la prueba. Parpadeé dos veces al ver la línea adicional que se había formado.

Pasaron los segundos, ralentizados por el ritmo acelerado de mi corazón. «Oh Dios mío. Oh, mierda. Joder. Oh Dios mío.»

—Voy a entrar ahí. No me importa si estás visible o no.

Entró en tromba y me quitó la prueba de las manos.

—¿Qué dice?

—Creo que dice que estoy embarazada.

9

BLAKE

—¿*D*ónde coño está?

Heath gruñó mientras se desperezaba debajo del edredón.

—Tío, ya te lo dije anoche, no lo sé.

—Y una mierda que no lo sabes. Alli está con ella, ¿verdad?

—Sí, pero no quiere decirme dónde están. Hablé con ella otra vez a última hora de la noche, y me dijo que todo iba bien. Que no nos preocupemos.

La falta de sueño combinada con una nueva descarga de adrenalina en la sangre me tenían loco de frustración.

—¿Qué no nos preocupemos? ¿Es una puta broma? Mi esposa ha desaparecido de repente y nadie me dice nada. Creo que me conoces lo suficiente como para saber que estoy más que preocupado, joder.

Heath se rascó la cabeza y se levantó de la cama.

—Tío, lo que necesitas es respirar. Voy a mear, y cuando vuelva, hablaremos. Haz un poco de yoga mientras tanto.

Salí de la habitación cerrando la puerta de golpe. Me hundí contra el cuero oscuro y suave del sofá del salón. La mesita de café estaba cubierta de revistas de novias, lo que me trajo recuerdos de mi propia boda. Erica sonriente, más feliz de lo que nunca la había visto.

Cerré los ojos dejando que un poco de mi ira se diluyera. De repente, quise volver a ese día, uno de los mejores días de mi vida.

Dijimos nuestros votos a pocos pasos de nuestra casa. A pesar de que me hubiera sentido contento con compartirlos en privado, decirlos delante de nuestros amigos y familiares en ese momento significó para mí más de lo que esperaba. Los míos los había escrito la noche anterior. Encontrar las palabras para expresar lo que ella significaba para mí había sido difícil, pero de alguna manera las había encontrado y me las aprendí de memoria. Y cuando la vi caminar por el pasillo hacia mí, me quedé perdido. Sin voz.

No podía apartar los ojos de ella. Era una visión, con el cabello recogido, pero con algunos mechones sueltos alrededor de la cara, con un leve maquillaje que hacía que sus ojos azules brillaran mientras me devolvía la mirada. Su vestido, de encaje blanco y suave, se ajustaba perfectamente a su cuerpo. El juez de paz habló, pero las únicas palabras que oí fueron las de ella cuando comenzó a decir sus votos. Habló con voz suave pero fuerte mientras me miraba directamente a los ojos.

—Cuando me imaginaba el día de hoy, nunca pensé en lo profunda y completamente que amaría a la persona que estaría aquí conmigo. Pensé que un amor como el nuestro sólo sucedía en las novelas. Pensé que los hombres como tú vivían sólo en los cuentos de hadas. Pero aquí estás, mi sueño hecho realidad, mi felices para siempre. Y todos los días que hemos estado juntos han sido un regalo, y me han acercado más a ti. Por eso, siempre te estaré agradecida. Prometo amarte, estar a tu lado, y apreciar todos nuestros días juntos. —Ella tragó saliva, con los ojos azules brillantes por la emoción—. Blake, siempre tendrás mi corazón. Siempre tendrás mi confianza.

La brisa de otoño procedente del océano susurró entre nosotros, al parecer para dejarme sin respiración.

—Erica —susurré y le pasé una mano por una de sus mejillas perfectas.

Ella me miró a través de sus pestañas oscuras y apoyó la cara en mi suave caricia. Luché contra el impulso de besarla. Todavía no, me recordó una pequeña voz.

Mi gran discurso había quedado reducido a nada, arrastrado por el viento hacia algún lugar. De repente, nada había sido nunca tan importante como las palabras que iba a decirle. Tenían que ser verdaderas, que salieran desde lo más profundo de mi corazón, tenían que hablarle directamente a ella.

—Prometo ser merecedor de tu amor y tu confianza. Nunca te faltarán ni el amor ni las comodidades ni la felicidad. Te prometo que siempre tendrás un lugar seguro entre mis brazos y en nuestro hogar. Te amaré por completo, con cada pizca de mi ser, cada día, durante el resto de mi vida.

El juez de paz comenzó a hablar. Tan pronto como oí la palabra «beso», le dejé que terminara por su cuenta y la atraje hacia mí. Ella aceptó de buen grado, con los brazos como la seda anudándose detrás de mi nuca, como si también lo hubiera estado esperando. Le rocé los labios con los míos y la besé con ternura.

—¿Quieres un café? —me preguntó Heath cuando entró en la habitación, arrancándome del recuerdo.

Un ojo se me contrajo. Ya había tomado suficiente café como para alimentar a todo un campus universitario, y lo único que había conseguido era ponerme más nervioso.

—¿No tienes nada más fuerte?

Se quedó callado un momento.

—Son las nueve de la mañana, y sabes que he dejado de tomar cualquier cosa fuerte.

Suspiré.

—Lo sé. Lo siento. No estaba pensando lo que decía.

«Siempre tendrás mi confianza.»

Me incliné hacia delante y enterré la cara entre las manos. Llevaba sus palabras tatuadas en el corazón, indelebles en mi mente. Habíamos hecho promesas. ¿Acaso eran simplemente las palabras de una pareja irremediablemente enamorada en el primer día del matrimonio? ¿O es que su confianza en mí podía tambalearse con tanta facilidad? Tal vez otras personas incumplían sus votos de vez en cuando, pero estaba claro que ella no iba a dejar que me olvidara de los míos.

¿Tan pronto había renunciado a mí? ¿Le había dado una buena razón para hacerlo?

Si al menos hubiera vuelto a casa…

¿Dónde estaba? Nos habíamos peleado, y yo sabía que había sido un cabrón bastante tozudo, pero pensé que estaba acostumbrada a algo así a esas alturas. Pensé que sus días de huir también habían terminado. Ya estábamos casados. Habíamos tenido que luchar con todo aquello, y juntos. No podía marcharse simplemente y dejarme. Así no. No cuando todo lo demás se caía a pedazos.

Algo frío me tocó el hombro. Abrí los ojos y vi a Heath ofreciéndome una cerveza. La tomé, agradecido. Se sentó en el sofá opuesto, todavía en calzoncillos, con una taza de café.

—Tienes un aspecto de mierda, lo sabes, ¿verdad? —me dijo, mirándome por encima del borde de la taza.

Me pasé una mano por el pelo grueso de la barba incipiente. Me había puesto lo que tenía más a mano esa mañana, que resultó ser la camisa arrugada que había llevado el día anterior. Con Erica desaparecida, lo último que me importaba era mi aspecto. Le dirigí una mirada desesperada a mi hermano.

—¿Dónde está?

Negó con la cabeza, con una mirada tentativa.

—Alli me dijo que Erica tenía que hacer algo. No me dijo nada más, excepto que no me preocupara.

«Ni de coña», gritó mi cabeza, pero me obligué a mantener la calma.

—¿Preguntaste por ella?

—Por supuesto que lo hice.

—¿Y?

Heath miró más allá de mí y movió la tensa mandíbula.

Apreté con más fuerza la botella que tenía en las manos.

—Heath. Dime algo, o te juro por Dios que...

—Está cabreada, Blake. Es tu esposa, así que supongo que ya lo sabías. ¿Qué pasó antes de que se fuera?

—Nos peleamos.

—¿Acerca de?

Me llevé la botella a los labios y tomé un largo trago.

—Quiere que localice a Trevor, o al menos dejar que los federales sepan a quién deberían estar buscando.

—¿Y no lo vas a hacer?

—No se merece ni una pizca de nuestro tiempo. Ni del mío ni del de ella. No es...

—¿No es qué exactamente?

—No es la respuesta. Las autoridades no pueden colgarme este muerto a mí. Enviarlos a por él es una pérdida de tiempo.

Heath dejó su café sobre la mesa y juntó las manos.

—Sabes que no me gustan en absoluto los enfrentamientos, pero ese cabrón va a por ti desde hace años. Tal vez he estado demasiado ocupado destrozándome la vida para hablar de ello hasta ahora, pero hay que detenerlo ya. Que alguien tan inteligente como tú no le haya puesto fin a esto es ridículo.

No respondí por un momento mientras frenaba los latigazos verbales que quería repartir. Tal vez tuviera razón. Tal vez él y Erica la tenían.

Maldije en voz baja. Me froté los ojos para calmar el escozor por la falta de sueño.

—Erica cree que es porque me siento culpable por lo de Brian.

—¿Y te sientes culpable?

Tragué otro sorbo de cerveza.

—Tal vez —le confesé, en una voz casi demasiado baja como para ser oído.

—Eras joven. Y este chico no es Brian. Es igual de cabrón, pero nunca ha sido tu amigo. No le debes nada.

—Ya lo sé.

—¿Lo sabes? Porque a veces, la verdad, es que no lo parece.

Nunca me había encontrado con Trevor cara a cara pero, de alguna manera, siempre era Brian en mi mente. Nunca lo admitiría, pero no podía separar al uno del otro. Era una sombra, un fantasma que nadie podía atrapar. Pero para mí, era un fantasma rodeado del peor recuerdo de toda mi vida. Brian había estado tan equivocado como yo, pero había llevado las cosas demasiado lejos. Habíamos ideado todo el plan juntos, pero él había sido quien lo había llevado a cabo, aunque con un objetivo mucho más ambicioso que la intención original. Después de su caída, yo quedé libre.

Había evitado la amenaza de la cárcel, pero la culpabilidad que sentía ante su suicidio me persiguió. Durante meses. Cuando empecé a trabajar para Michael, pensé que ya había dejado aquello atrás. Pero tal vez no lo había hecho.

—No puedo cambiar lo que pasó.

—Ninguno de nosotros puede. Pero sí dejar de permitir que esta... amenaza... te destroce la vida. Si no lo detienes, los federales van a encerrarte, Blake. No hace falta que te lo diga, pero ya no eres un menor de edad. Esto es un puto delito grave. Tienes una esposa, una familia que se preocupa por ti, cientos de personas que dependen de tu empresa. ¿Y vas a enviarlo todo a la porra porque no tienes el ánimo de darle la vuelta a la situación y asegurarte de que el culo de Trevor acabe en la cárcel por todo esto?

—No está haciendo nada que yo no haya hecho.

—Tal vez eso sea verdad, pero tú haces mucho más de lo que él hace. Has levantado decenas de empresas que están haciendo cosas buenas por el mundo. Has ayudado a mamá y a papá. Me has ayudado a mí, cuando no te he dado ninguna buena razón para hacerlo. Eres la piedra en la que se apoya Erica, y ahora le estás fallando por ser demasiado ciego como para ver la diferencia. ¿Por qué no te quieres enfrentar a él?

—Si alguna vez mostrara su puñetera cara, lo haría —le repliqué.

—Sabes a lo que me refiero.

—No voy a ser acosado por una sombra.

—Bueno, eso es lo que está sucediendo.

Me puse de pie y comencé a caminar por la habitación, con las palabras de Heath repiqueteándome a través del cerebro.

—Enfrentarme a él… Supongo que hace que Brian sea real otra vez. Trevor quiere atraerme de nuevo a esa pesadilla. De eso es de lo que trata todo esto. Me quiere convertir en la persona que el FBI ya cree que soy.

—Tú no eres esa persona. Estás muy lejos de ser el chiquillo que eras, Blake. Eres un adulto. Has tenido un millón de experiencias. Estás casado. Hay gente que te necesita y que te dan un propósito en la vida.

—Exactamente. No quiero que mi propósito sea darle más motivos para atacarme.

—Lo único que tienes que hacer es seguir respirando y eso para él será todo el motivo que necesita para seguir viniendo a por ti. Protege la vida que has construido. Eso debería ser tu objetivo. Y si eso significa quitar de en medio a ese pequeño cabrón, pues eso es lo que tienes que hacer.

Me apoyé en el sofá y dejé escapar un cansado suspiro.

—¿Cuándo te volviste tan centrado, joder?

—Pues es a ti a quien tengo que echarle la culpa. Alli tuvo que enamorarse de un tipo completamente diferente después de que quedara limpio.

Asentí.

—Tienes suerte.

—Tú también. Sólo tienes que darte cuenta de que te estás equivocando, y por eso Erica no está aquí. Dale unas cuantas vueltas en la cabeza, y ella volverá. No tengo ninguna duda en cuanto a eso.

Le lancé una mirada implorante.

—Me parece que tienes información privilegiada de la que yo no dispongo.

Negó con la cabeza.

—No, sólo se trata de una intuición. Si Alli me dejara sin decirme ni una palabra, te puedo garantizar que estaría intentando averiguar con todas mis fuerzas en qué coño me había equivocado. Y ninguna cantidad de orgullo me impediría tratar de hacerlo y así tenerla de vuelta.

—Estás empezando a sonar como el hermano mayor.

Me sonrió.

—Ya me has salvado el culo lo suficiente. Te debo unas cuantas.

ERICA

*C*uando me desperté a la mañana siguiente, el hecho de estar embarazada no parecía menos surrealista. Una parte de mí quería correr de vuelta a casa, a Blake y disfrutar de la noticia, pero la otra se alegraba de que estuviéramos separados. La vida me había dado unas cuantas lecciones bastante duras, y necesitaba una oportunidad para calmar aquella oleada de emoción hasta que pudiera darle sentido a todo. Había tanto que era tan incierto.

Mi primera prioridad era conseguir la ayuda de Michael. Me levanté temprano y tomé un taxi a su oficina mientras Alli se quedaba en el hotel. El conductor se detuvo delante de un impresionante rascacielos situado en el corazón de la ciudad, y tomé el ascensor hasta la planta superior. Me había puesto en contacto con su asistente el día anterior, haciéndole saber que Blake iba a estar en la ciudad y que quería reunirse con él. Ella le había dado una cita sin vacilación. Cuando llegué, después de explicarle brevemente que era la esposa de Blake y que tenía la intención de reunirme con Michael de todas maneras, su recepcionista me hizo pasar a su despacho.

Michael estaba sentado detrás de un escritorio grande en medio de una enorme estancia. Para un hombre que tenía el mundo en la punta de los dedos, parecía no tener nada a su alrededor. La superficie de la mesa estaba casi completamente libre de aparatos, salvo una agenda, un ordenador portátil y una pluma. Todas las superficies brillaban. Cada elemento decorativo estaba perfectamente colocado.

Michael se puso de pie. Sus ojos me miraron casi con cautela mientras caminaba hacia él.

—Erica. No te esperaba.

—Lo sé. Lo siento. Es importante.

—Por supuesto. Toma asiento. —Me mostró la sala de estar en lo que parecía ser el ala oeste de su amplio despacho. Tomó una silla frente a un elegante sofá de cuero negro a juego donde yo estaba sentada.

—¿Qué te trae a Dallas?

—Quería hablar contigo sobre Blake. Me imagino que ya sabes el problema en el que está metido.

Michael asintió lentamente con la cabeza.

—Sí, la policía vino a interrogarme, así que sé algunos de los detalles. Pero no he hablado con Blake al respecto.

Me quedé tranquila al ver que la policía estaba al menos haciendo sus deberes respecto a Michael, aunque su primer sospechoso fuera Blake.

—¿Te preguntaron sobre el código fuente de Banksoft?

—Sí.

—¿Qué les has dicho?

Me miró por un momento, con sus labios convertidos en una línea inmóvil.

—Les dije que, por lo que yo sabía, aparte de unos pocos elegidos miembros del personal de confianza, nadie más tenía acceso a mi copia.

—¿Esa es toda la verdad?

—Erica, no soy muy aficionado a los juegos. ¿Adónde quieres ir a parar?

Me armé de valor para decirle lo que me había hecho recorrer la mitad del país para verle.

—Quiero saber si Max tenía acceso a ese código.

Michael sonrió con cierta tensión y juntó las manos.

—Es posible. Max ha estado involucrado en muchos de mis negocios.

—Creo que le dio el código a un hombre llamado Trevor Cooper. Es un pirata informático que…

—Sé quién es.

Me quedé de piedra y en silencio durante un momento.

—¿Lo sabes?

—Es un programador que estuvo trabajando para Max durante una temporada, ayudándole con algunos proyectos paralelos. Financiamos su trabajo a través de una de las sociedades de inversión que Max y yo poseíamos de forma conjunta en el pasado.

—Todo ese dinero lo utilizó para tratar de acabar con varias de las empresas de Blake, la mía entre ellas.

Michael me sostuvo la mirada con firmeza.

—Si eso es cierto, siento mucho oírlo. Como ya sabes, Max y yo ya no tenemos vínculos financieros. Y cuando los teníamos, rara vez participaba en mis actividades diarias del negocio. Le ayudé a financiar varios de sus proyectos, aunque sólo fuera para mantenerlo ocupado y que no quisiera involucrarse mucho en los míos. A Trevor lo conocía sólo de nombre porque la empresa le mandaba cheques.

—¿Sabes dónde está Trevor ahora?

—No. La sociedad de inversión se disolvió y todas sus cuentas se cerraron poco después de tu fiesta de compromiso. No sé qué fue de él.

Maldición. Me sentía como si estuviera escalando una montaña y la cima no hiciera más que esquivarme.

—Michael, te necesito para ayudarme a encontrarlo. Utilizó el código de Banksoft de Blake para manipular las elecciones a gobernador sabiendo que eso implicaría a mi marido. Si alguien quiere verlo sufrir más de lo que quiere Max, ése es Trevor. Tiene algo contra él desde antes de que tomaras a Blake como protegido.

—No estoy seguro de cómo podría ayudarte.

—Ponte en contacto con él. Hazle salir. O dile al FBI lo que realmente sabes, que es muy probable que Max le diera el código. Si el FBI lo supiera, al menos empezarían a buscar a la persona correcta y dejarían de investigar a Blake por un delito que no cometió.

—Me estás pidiendo que implique a mi propio hijo, Erica.

—Te pido que me ayudes a salvar a Trevor. Te guste o no, Max formó parte de esto, y lleva años tratando sistemáticamente de quitar de en medio a Blake. Pensé que te importaba Blake. ¿Estás dispuesto a que vaya a la cárcel por esto?

Su rostro estaba tenso, lo que evidenciaba su malestar. Por eso no le había llamado. Cara a cara no podía negar la verdad. Y la verdad era que su hijo, de su carne y de su sangre, estaba implicado en todo aquello.

—Tiene que haber otra manera —dijo finalmente, y bajó la mirada al suelo.

—No hay otra manera. Michael, por favor, te lo suplico. Ayúdame a encontrarlo. No puedo…

«No puedo hacer esto sola.» Luché por decir las palabras. Traté de dominar las emociones abrumadoras que salían a la superficie. Tal vez podría explicarle a Michael lo desesperada que estaba, pero no quería que me perdiera el respeto por venirme abajo de la forma en la que quería hacerlo en ese preciso momento.

Antes de que pudiera encontrar las palabras adecuadas, se movió para sentarse a mi lado. Tomó mi mano entre las suyas. La suya era cálida y seca, bronceada por el sol. Sus ojos suaves y casi tristes.

—Erica, sé que esto es difícil para ti. Y sé que lo que pasó cuando Max te atacó debe de haber sido tremendamente difícil. Nadie merece pasar por algo así. Siento vergüenza de él, más de lo que nunca la he sentido en mi vida. Pero cuando tengas tus propios hijos, aprenderás que no importa cómo te fallen, no importa lo mucho que te hagan daño y te avergüencen, siempre serán tus hijos. Amo a Blake como a un hijo…, pero no es mi hijo. Max es mi carne y mi sangre. Voy a hacer lo que pueda para ayudar a Blake, pero no a costa de Max. Nunca me he entrometido entre ellos, y no voy a empezar ahora.

Una lágrima se me escapó y se deslizó por mi mejilla.

Me apretó la mano.

—Erica, sólo tienes que encontrar una forma diferente de lograrlo. Blake es inteligente. Una de las personas más inteligentes que conozco. Por eso no está aquí, porque sabe cómo me siento.

Aparté la mano de golpe, porque su contacto me parecía más condescendiente que nada.

—Él no está aquí porque no va a defenderse a sí mismo.

Me puse en pie y me dirigí hacia la puerta. Curvé la mano alrededor del pomo de la puerta y vacilé. Al otro lado de la habitación, Michael se puso de pie también. Su postura era informal, con la cara llena de la justa preocupación. Siempre había pensado en él como alguien diferente, porque Blake me había hecho pensar que lo era. ¿Había estado tan equivocada?

—A veces pienso en los hombres que han pasado por mi vida. Pienso en que muchos de ellos caminan por ahí como dioses, ejerciendo su poder y el ego como un arma sin tener en cuenta que hacen daño a otras personas o que destruyen vidas. Y al resto de nosotros no nos queda otra que recoger los pedazos. Por alguna razón, siempre pensé que eras diferente. Creo que estaba equivocada.

Su silencio confirmó la dura verdad de lo que había dicho. Salí de su oficina y me subí a un taxi de vuelta al hotel, resignada ante mi derrota.

Por primera vez desde que aterricé en Dallas encendí el móvil. Esperé, preparándome para la avalancha de llamadas que me habría perdido. Una docena de textos llegaron de golpe, uno de James y el resto de Blake. En todos me preguntaban dónde estaba, si me encontraba bien, me decían que llamara pronto.

Tenía un mensaje de voz. Empecé a escucharlo preparándome para lo que Blake tuviera que decirme. No me esperaba que hablara con un tono de voz tan tranquilo.

—Erica, soy yo.

El corazón se me encogió en cuanto oí su voz.

—No sé dónde estás, y eso me está matando. No te estoy diciendo que no me merezca esto, pero… Por favor, llámame para que pueda escuchar tu voz y saber que estás bien. Sé que Alli está contigo, pero no puedo dejar de preocuparme por ti. Quiero estar a tu lado donde quiera que estés, para protegerte de cualquier problema en el que te hayas metido. Y ya sé lo que estás pensando ahora mismo. Que no voy a protegerme a mí mismo, así que, ¿cómo te voy a proteger a ti? Y tienes razón. Soy demasiado terco para mi propio bien, y no deberías tener que aguantarme. Pero me prometiste que lo harías. Por favor… sólo llámame.

La tristeza en su voz me destruyó. Le echaba de menos más de lo que me permitía creer.

Entré en la habitación del hotel y encontré a Alli trabajando en su portátil.

—¿Cómo te ha ido?

Yo simplemente negué con la cabeza y los hombros se me hundieron por la derrota.

—¿No va a ayudar?

—No si eso significa que comprometamos a Max.

Me dejé caer sobre la cama junto a ella.

—Lo siento. —Me pasó un brazo por los hombros—. ¿Qué hacemos ahora, chica?

Me apoyé en ella, obligándome a creer que podría encontrar otra forma de llegar a la verdad. Pero estaba cansada, y lo único que quería en ese momento era la comodidad de los brazos de Blake. Si pudiera hacerle cambiar de idea y que luchara por nosotros, tal vez aún habría esperanza.

Cerré los ojos con un suspiro.

—Quiero irme a casa.

10

BLAKE

*D*ebo haberla llamado cientos de veces. Sin respuesta, siempre sin respuesta. Llamé a Heath otra docena de veces. Sin novedades. Todo lo que sabía era que se había ido, pero no cuándo volvería o si lo haría.

Sentado a la mesa del comedor, perdido en mis pensamientos, el último trago de whisky se deslizaba por mi garganta. Nada podía adormecer el dolor de saber que ella no estaba conmigo. Había decidido dejarme y, quizá, yo le había dado muy buenos motivos.

Me restregué los ojos. Una noche en vela se convirtió en otra. Había cabeceado algunas veces, pero me despertaba presa del pánico. Caminé por la casa de nuevo, revisé el correo y el móvil. Llamé a Heath sin pensar en que quizás él necesitaba dormir. Me di cuenta de que ella se había ido de nuevo y me preocupé hasta que mis párpados ya no pudieron mantenerse abiertos.

Oí un pequeño ruido en la puerta principal. Clay había estado controlándome. Tenía la sensación de que, si él no hubiese trabajado para mí, habría sido más franco sobre el terrible aspecto que debía tener y lo desequilibrado que me estaba mostrando. Nada de lo que pudiera decir arreglaría esto. Nada estaría bien hasta que ella volviese a casa. Si me diese la oportunidad de explicarme, lo haría bien.

Y de repente allí estaba.

De pie, acercándose al filo de la mesa, con sus vaqueros y un suéter holgado, parecía vacilante. Estaba más cerca de lo que lo había estado en días, pero de alguna manera la sentía a miles de kilómetros de mí. Empujé la silla y me acerqué. Dio un paso atrás como si estuviese asustada.

Me frené en seco ante ella. Apretando el puño para no tocarla. Intenté acercarnos, pero la mirada en sus ojos azul claro me rompía el corazón.

—Cariño, no voy a hacerte daño.

Tragó saliva, sus labios se separaron un poco.

—¿No estás enfadado conmigo?

—No. Yo... Dios, ven aquí.

Tiré de ella hacia mí, despegando sus pies del suelo tan pronto como pude poner mis brazos a su alrededor. Acaricié su cuello y respiré en él. Era más potente que cualquier bebida. Dije su nombre una y otra vez. Estaba en casa. A salvo. Gracias a Dios.

Busqué su boca, deslizando mis labios sobre los suyos con veneración. El beso me recordó al único que nos habíamos dado como marido y mujer. Incluso su lengua tocó la mía. Tierna al principio y luego buscando más. Yo gemí cuando deslizó sus dedos en mi cabello, cogiéndolos desde la raíz. Tomé aliento y me alejé lo suficiente para ver el nuevo fuego brillar en sus ojos. Envolvió sus piernas alrededor de mi cintura y fuimos al salón.

La tumbé sobre el sofá y cubrí su cuerpo con el mío. El sentimiento de su pequeño y cálido cuerpo bajo el mío fue como estar en el cielo. El deseo ardía bajo mi piel, pero simplemente tenerla conmigo de nuevo me abrumaba. No había palabras para esto. Le acaricié la mejilla, deslizando el pulgar sobre sus labios separados.

—Dios, te he echado de menos.

Algo parecido a la tristeza se reflejó en sus ojos. La besé antes de que pudiese explicarme por qué. Acepté todo lo que sabía que ella quería decirme. La besé, profunda y apasionadamente hasta que ella rompió el contacto. Quería hacerle el amor y olvidar lo que había ocurrido en los dos días anteriores.

Quería empezar de nuevo, pero sabía que no iba a ser tan fácil. A regañadientes, separé mi cuerpo del suyo, lo suficiente como para mirarla a los ojos.

—Tenemos que hablar —dijo sin aliento.

Mis músculos tensos a su alrededor. No iba a dejar que me abandonara. Quizás estaría mejor con alguien que tuviese menos mierdas en la cabeza, pero no me importaba. Egoístamente, lucharía a muerte para mantenerla a mi lado como fuese.

Me preparé mentalmente para la avalancha de pensamientos que, sin lugar a dudas, ella había ido acumulando durante los dos días anteriores, poco a poco fui moviéndome hasta sentarme. Ella hizo lo mismo, deslizando sus rodillas sobre el sofá hacia el extremo más alejado de mí.

—¿Tenemos que hablar de esto tan separados?

—No puedo... no puedo pensar de forma clara cuando me tocas, Blake. Necesito que me escuches.

Se me secó la boca, pero quería saberlo de inmediato; lo que no quería era la tortura de oírla dar vueltas sobre el asunto.

—¿Vas a dejarme?

Sus ojos se nublaron.

—Blake...

Una fuerza invisible me golpeó en el estómago. Froté mis manos sobre las rodillas, preparándome para lo que fuese. Tenía que hacerlo en este momento.

—Tenías razón. Te hice una promesa y la rompí. No soy perfecto y sé que no es una excusa, pero tienes que creerme, te amo, Erica. Más que a nada y haré lo que sea necesario para que te quedes conmigo.

—No tienes que preocuparte por eso, Blake, pero...

Un atisbo de esperanza sustituyó al miedo, pero...

—Pero, ¿qué?

—Blake...

Sus labios temblaban y tiraba de forma ansiosa de las roturas de sus vaqueros. Comencé a preocuparme de nuevo de que algo fuese terriblemente mal. Quería tenerla cerca de nuevo para asegurarle de que pasase lo que pasase saldríamos adelante. Habíamos pasado ya por demasiadas cosas.

—Blake, estoy embarazada.

La habitación se quedó sin aire. Todo se volvió blanco y negro, distorsionado, excepto por la mujer sentada delante de mí. Erica. Mi mujer. En color, nítida, las palabras que ella acababa de decir resonaban claras como el agua. «Embarazada.»

Pasaron algunos segundos en blanco mientras mi cabeza daba vueltas a lo que acababa de decirme. Tomé una bocanada del aire que tanto necesitaban mis pulmones y el oxígeno que debía llegar a mi colapsado cerebro.

—¿Cuánto hace que lo sabes?

—Acabo de enterarme. Me hice un test de embarazo cuando estaba en Texas. Mejor dicho, Alli me hizo varios, pero todos dieron positivo.

Sacudí la cabeza esperando arrojar algo de claridad en ella.

—Espera, ¿Texas?

De nuevo encontré tristeza en sus ojos.

—Fui a hablar con Michael. Esperaba que él nos ayudase.

Por dentro me maldije por hacerle creer que tenía que hacer eso.

—Cariño, ¿por qué lo hiciste?

—Porque sabía que tú no lo harías.

Cerré los ojos. Ella estaba bien, pero nada de eso importaba ahora. Los abrí y la atraje hacia mí. No necesitábamos esta distancia. Ella vino con gusto, sentándose a horcajadas en mi regazo.

Le toqué la mejilla y la apreté, arrastrando mi boca por ella, a lo largo de la curva de su mandíbula, hasta que su latido se aceleró bajo mis labios. Quería tocarla por todas partes, como si de alguna manera eso hiciese que todo esto pareciese real. Esta locura que no podíamos ver. A simple vista nada era diferente, pero las palabras que ella había pronunciado de inmediato lo cambiaron todo. «Todo.»

—¿De verdad estás embarazada?

Necesitaba oírlo de nuevo. Se mordía el labio nerviosa hasta que pasé mi pulgar para que lo soltase.

—Quería esperar para decírtelo…

—¿Por qué?

Echó una ojeada, no dejaba de juguetear nerviosamente con el cuello de mi camiseta.

—No lo sé, sólo por si, ya sabes, no llegaba al final. Pensaba que sería mejor si no tenías que pasar tú también por esto.

Mi valor apareció y eliminó la posibilidad de un embarazo fallido de mi mente. El hecho de que ella estuviese embarazada era demasiado nuevo, demasiado increíble como para emsombrecerlo con esos miedos. Incliné su mentón, levantando su mirada hacia mí.

—Todo va a salir bien. Te lo prometo. Y pase lo que pase estoy aquí. Quiero saber que todo está bien entre nosotros.

Sus labios comenzaron a temblar enérgicamente de nuevo.

—Te necesito conmigo, Blake. Es lo que no entiendes. No puedo hacer esto sola. No quiero criar a un niño sola, sin un padre. Sé lo que es que falte esa figura en tu vida, y no me sentaré y dejaré que te alejen de nosotros.

La manera en la que dijo «nosotros» me aceleró el corazón.

—No dejaré que esto ocurra. Seremos una familia.

Las palabras salieron de mi boca, pero instintivamente sabía que eran verdad. En un abrir y cerrar de ojos nuestro futuro significaba más de lo que nunca había significado.

—No podemos dejar esto al azar. Tenemos que encontrar a Trevor y acabar con todo este asunto. Prométemelo.

—Te lo prometo. —Lo dije antes de pensármelo dos veces. De repente, el hecho de que nunca antes hubiese luchado por Erica me parecía absurdo. ¿Qué coño estaba haciendo?

Sus ojos se iluminaron, brillantes a causa de las lágrimas.

—¿Lo dices en serio?

—Nunca he dicho algo más en serio.

—Entonces, ¿cómo lo encontramos? Si Michael no puede ayudarnos, no sé quién más puede hacerlo.

A pesar de que no había tenido ninguna intención de seguir adelante con el plan, ya había trazado uno.

—Necesito el código que se usó para amañar las máquinas. Trevor hace un trabajo chapucero, lo que le obliga a dejar algunas huellas que apuntarán a él.

—¿No crees que los federales habrían encontrado algo nuevo si fue él?

—No necesariamente. Es mi código. Ha pasado una década, pero lo conozco a la perfección. Y ellos son buenos en su trabajo, pero no se complican buscando estas mierdas como yo. Trevor es un pirata informático. Necesitas a un pirata para coger a otro, supongo.

—¿Cómo podemos hacerlo?

Le pasé una mano arriba y abajo por su pierna, deseando poder hacer algo más.

—Ellos tienen los ojos puestos en mí, Erica. De lo contrario, no tengo ninguna duda de que podría conseguirlo.

—¿Qué me dices de Sid?

Me encogí de hombros.

—Quizá. Depende de si es un riesgo que está dispuesto a correr.

—Ha hecho algunas investigaciones creativas para mí antes.

Sonreí, una sensación curiosamente extraña. ¿Había pasado tanto tiempo desde que había sonreído? Habían pasado días desde que la dejé.

—¿Investigaciones creativas? ¿Es así cómo lo llamamos ahora?

—No te juzgo por lo que haces, Blake. Puede que no esté siempre de acuerdo con ello, pero sé que lo haces por los motivos correctos. Sid también, pero su ética está, probablemente, un poco más en la línea con lo que yo me siento cómoda.

—De acuerdo, veamos qué dice.

Eché un vistazo a su cabello rubio y enrollé un sedoso mechón entre mis dedos. ¿Tendría nuestro bebé el cabello rubio? ¿Ojos azules que me hipnotizasen como lo hacían los suyos todos los días?

—¿Gove sabe algo sobre Trevor?

Negué con la cabeza, volviendo de la contemplación más feliz. La culpa se apoderó de mí de nuevo.

—¿Al final hablarás con él y verás qué piensa? Evans puede que no te crea, pero esto debería bastar para que él deje de molestarte un poco.

Esa tensión en mi estómago volvió, pero desapareció rápidamente. No era positivo, pero estaba bastante seguro de que era el sentimiento de haber aprendido la lección.

—Hablaré con él mañana.

Sus labios se curvaron creando una sonrisa y la preocupación en el océano sin fin de sus ojos desapareció.

—Te necesito —susurró besándome suavemente.

Rodeé su torso con mis brazos y la empujé hacia mí como si fuese a desaparecer. Su lengua se deslizó sobre mis labios, y ahondó en ellos saboreándolos. Era dulce. Tan suave. Encontré su pasión, revelada en el singular placer que ella estaba saboreando, su toque, su exquisito aroma en mis pulmones.

Podía decir por su lenguaje corporal y la sensual manera de moverse sobre mí que estaba esperando; esperando a que yo tomase lo que era mío, su cuerpo, su placer. Dios, quería hacerlo, pero algo me retenía. La mujer que tenía entre mis brazos no era la misma.

ERICA

*E*l sonido de la puerta de la ducha cerrándose me despertó de mi sueño. Estaba enrollada en las sábanas. La fatiga anterior me abandonó gradualmente a medida que fui sabiendo dónde estaba. El reloj marcaba las diez, lo que significaba que había dormido sólo unas pocas horas. Tumbada de nuevo en mi almohada y mirando el techo. Y lo más importante, Blake al fin había entrado en razón, y por primera vez en días, me sentía aliviada.

Estaba agradecida de volver a casa. De nuevo en la cama que compartimos y de nuevo en los brazos de Blake, aunque esto era lo único que él me había permitido. Desde que le dije que estaba embarazada, parecía cauto como si pudiese romperme si dejaba que un poco de pasión se deslizase en sus caricias.

Quizá las hormonas habían tomado el control. Quizá simplemente quería esa intimidad con mi marido, nada diferente de lo que siempre había tenido. Quizá la manera en la que amaba a Blake lo habían transformado, saber que yo estaba cuidando a nuestro pequeño y que nosotros tendríamos una vida juntos. Fuese lo que fuese, lo quería con locura y no iba a dejarlo privarse de sí mismo, o de mí.

El agua se cerró y un segundo después Blake apareció, con una toalla alrededor de su cintura. Su pecho estaba gloriosamente desnudo, salvo por las pequeñas líneas de agua que goteaban de su cabello aún húmedo. Tenía el cuerpo de un dios, lo cual no ayudaba a sosegar mi libido en pleno furor. Me alcé sobre mis codos para con, osadía, empaparme de él.

—¿Te he despertado?

Moví la cabeza, levanté la comisura de mis labios con una sugerente sonrisa.

—Ven a la cama.

—Has viajado todo el día. Deberías descansar.

—He descansado. Ven aquí —le dije, y curvé la rodilla. La fricción entre mis muslos y la imagen de él creando aún más fricción subió mi temperatura.

Su lengua pasando lentamente sobre mis labios inferiores.

—Lo haré en un momento. Voy a trabajar un poco.

«Mierda.»

Me levanté de la cama y caminé hacia él. No esperé una invitación. Me frené delante suyo, levantando la mirada hacia sus preciosos ojos, ahora con una sombra verde que me derretía el corazón.

Deslicé mis manos hacia debajo por su ancho y plano pecho.

—Te amo.

—Yo también. —Sus ojos se llenaron de emoción—. Espero que las palabras sean suficiente para demostrarte cómo me siento, Erica. Te lo he dicho cientos de veces, pero cada día te amo más, y las palabras son las mismas.

Me dio un vuelco el corazón. Odiaba que estuviese tan dolido. Ahora estaba limpio y afeitado, fresco y alerta, pero cuando llegué a casa parecía un despojo. Nunca lo había visto tan devastado.

No debería haberlo dejado tan fríamente. Sabía que me había perdonado, pero una parte de mí quería arreglar las cosas. Quería que estuviésemos juntos. Anhelaba nuestros cuerpos juntos.

—No debería haberte dejado de la forma que lo hice. Estaba enfadada y muy asustada.

—Lo sé —dijo de inmediato.

Después de dejar a Blake con un recuerdo de las promesas que hicimos, pensé mucho en nuestros votos y en lo que significaban, en su simbolismo y en las palabras en sí. Eran promesas de construir, no reglas que esperaban ser infringidas. Éramos humanos. Imperfectos. Aún jóvenes en muchos sentidos a pesar de que estábamos muy familiarizados con los caminos del mundo.

Nos habíamos herido el uno al otro. Habíamos encajado duros golpes y de alguna manera encontramos el camino de vuelta para entendernos y amarnos. Habíamos cambiado. Habíamos crecido. Y cada dura lección nos había acercado durante el recorrido.

Nada podría afectar a mi amor por Blake, y esa noche me prometí luchar por ese amor. Enredé mis dedos en su pelo con una mano y dibujé la línea de su cara, esculpiendo su mandíbula con la otra. Mi precioso amor.

—Incluso si nos peleamos y la jodemos, siempre encontraremos una manera de superarlo, lo prometo.

—No tienes ni idea de cuánto quiero creer que esto es verdad. —Me puso el pelo detrás de la oreja—. Esto hubiese sido más fácil de creer si me hubieses devuelto las llamadas.

Cerré los ojos.

—Lo siento.

Su dolor resonó en mi interior.

Dije las palabras, pero ahora necesitaba demostrárselo. Y la magnitud de lo que sentía no podía decirlo con un toque gentil. Amor y deseo eran dos ingredientes altamente inflamables que avivaban el pequeño infierno ya encendido dentro de mí.

Apreté mis labios contra su pecho. Deslicé mis dedos hacia la dura cresta de sus abdominales, encontré el nudo de la toalla y tiré de él.

—Erica...

Le hice callar y dejé que la toalla cayese al suelo. Pasé la lengua sobre el sedoso disco de su pezón hasta que se endureció bajo una bocanada de aire. Di al otro el mismo tratamiento. Besé el recorrido a lo largo de su clavícula. Luego su cuello, donde chupé enérgicamente hasta que dio un tortuoso gemido. Palmeó mi trasero, obligándonos a apretarnos. Su excitación era evidente, ardiente contra mi piel.

Pura satisfacción femenina rugió a través de mí. Quería complacerlo. Quería darle todo aquella noche.

Me quité la camiseta y él vino hacia mí, acariciándome hasta que temblé. Contemplando sus ojos, me puse de rodillas despacio.

Deslicé mis manos por sus firmes piernas, rindiendo culto a las líneas de su impresionante cuerpo. Desde sus marcados labios hasta sus pies, era un espécimen físicamente único. Por suerte para mí, su corazón era tan hermoso como todo el resto de él.

Dejé caer mis manos hasta mis muslos. Cerré los ojos y me incliné hacia delante, dejando mi frente pegada a él. Suspiré, nunca tan contenta de estar allí, ahora. Fuera del estremecimiento y del placer que seguía a todo aquello, una parte de mí siempre se había exasperado un poco en esa pose, pero algo era diferente aquella noche.

Nunca creí que fuese sumisa por naturaleza, a pesar de que Blake me habría querido o necesitado así para él. Yo siempre estaría ahí cuando hubiese una pelea que valiese la pena lidiar.

No era sumisa... pero estaba enamorada. Profunda e irremediablemente enamorada. Y ahora era suya de una manera que nunca antes lo había sido. Y él era mío. No lo dudaba.

Ahora todo lo que quería era la fuerza de sus manos en mí, su fuerte cuerpo dándome el placer que sólo él podía. Quería sentir el dominio de sus caricias y, con mi sumisión, darle lo que necesitaba y lo que yo imploraba.

—Esta noche no, Erica.

Alcé la cabeza, mirando hacia arriba donde él estaba.

—Te hice pasar por un infierno, ¿recuerdas?

Se agachó, sus rodillas golpearon el suelo frente a mí. Su mirada fija en mí.

—No importa. Ya te he perdonado. Te merecías algo más que yo alejándome de ti el otro día.

Me besó dulcemente.

—Perdóname.

—Sólo si me haces el amor —susurré.

11
BLAKE

Joder, la quería. Quería lo que me estaba ofreciendo. Reclamaba su boca ahora con profundas caricias, la manera en la que deseaba reclamar cada parte de su cuerpo, y sin ninguna duda ella me sentiría ahí mañana. Nuestras manos vagaban. Nuestras bocas se unían acaloradamente. Me puse de pie y la llevé hasta la cama. Tomando el espacio entre sus muslos, me abalancé sobre ella.

Nuestros miembros entrelazados alrededor del otro, dando y pidiendo. Cerré los ojos y la sentí a mi alrededor. Su suave roce se impacientó. Mis caderas golpearon directamente contra las suyas ante aquella sensación de sus uñas rozando mi espalda.

—Mierda —dejé caer la frente en la almohada junto a ella.

—¿Qué pasa?

¿Qué coño estaba mal? No podía sacarme de la cabeza el hecho de que estaba embarazada. Eso era lo que estaba mal. Visualmente nada había cambiado, pero sabía que estaba embarazada, cuidando de la que podía ser nuestra única oportunidad de tener un hijo juntos, llegando al punto álgido de mis fervientes deseos. De repente nada importaba tanto como eso, y follarla como una bestia feroz no era algo a lo que iba a arriesgarme si eso podía dañarla de alguna manera.

Me miraba expectante.

—¿Qué pasa?

—Tengo miedo de hacerte daño —admití finalmente.

Hizo una mueca.

—¿Hacerme daño?

—Follarte demasiado fuerte, no lo sé… hacer daño al bebé, creo.

Sonrió.

—Estás bien dotado, Blake, y es glorioso, pero te prometo que no dañarás al bebé.

Le sostuve la mirada, deseaba creerla.

—No doy nada por sentado.

—Me has hecho el amor durante semanas y he estado bien.

—No sé controlarme. Lo sabes tan bien como yo.

Mis pensamientos deambulaban cuando miraba bajo su pecho, alrededor de esas curvas. Cuando imaginaba envolviendo mis dientes alrededor de esa apretada y sonrosada parte, un poco de sangre salía hacia mi ya palpitante polla.

Ella me empujó sobre la espalda y se montó a horcajadas sobre mí. Tan atractiva como ventajosa. Aún no estaba en el lugar correcto. Mi concentración y mis manos empezaron en sus lujuriosas tetas. Si sólo pudiese tomarla de la forma en la que quería...

Entonces giró las caderas sobre mí, rozándome con el húmedo algodón de sus braguitas. Un gemido de frustración se escapó. Las braguitas tenían que desaparecer...

—Esto no ayuda para nada.

Todo lo que quería hacer era estampar mi polla en ella.

Sus ojos centellearon cuando su labio inferior desapareció en su boca.

—¿Por qué tengo la impresión de que quieres follarme como un animal salvaje ahora mismo?

Esas palabras eran dóciles para lo que yo quería hacerle. Quería inclinarla sobre mis rodillas y palmear su culo hasta que gritase. Quería pasar mis dientes sobre su piel y sentirla estremecerse bajo el umbral del dolor. Quería ensancharla y follarla profundamente. Su boca, su dulce y pequeño coño y cualquier otra parte en la que ella me dejase entrar. Un animal salvaje no era ni de cerca tan depravado como yo.

—Precisamente ese es el problema. No me fío de mí, y tú tampoco deberías.

Bajó de encima mío, pecho con pecho. Suave, dulce y celestial piel.

—Me fío de ti para darme exactamente lo que necesito. Conoces mi corazón y mi cuerpo mejor que nadie. Eso es lo que te convierte en mi marido y no en una especie de bestia salvaje.

Contuve la respiración, repitiendo en mi mente lo que ella había dicho. La sangre corría ruidosamente en mis oídos, aumentando el calor y el deseo, directamente de mi corazón hacia todo mi miembro.

Entrelazó nuestros dedos y frotó sus labios contra mí.

—También me gusta que seas un poco salvaje. Sé lo que necesitas, Blake. Ahora dame lo que necesito yo.

Quería hacerle el amor desde el momento en que la vi de nuevo. Mierda, era una lucha desesperada.

Sin otro pensamiento, la tumbé sobre la espalda otra vez y no esperé ni un segundo para tirar sus bragas al suelo. Me centré en la mata de rizos sobre su suave coño. Mi boca húmeda imaginaba mi lengua recorriendo cada parte de su suave piel, profundizando en la lujuriosa miel un poco más abajo. Cuánto deseaba eso...

Mi hambrienta mirada se centraba en la de ella. Su pecho subía con una respiración entrecortada. Se movía inquieta y yo sabía exactamente lo que quería.

Cogí sus caderas y las puse bajo las mías. No podía esperar para estar dentro de ella. Apreté mi polla contra la boca de su coño y se hundió en ella.

Me clavó las uñas en el antebrazo y se arqueó con un jadeo. Apreté fuertemente la mandíbula. Una voz lejana me decía que fuese tierno cuando quise empotrarla contra la cama. Obedecí, decidido a atesorarla esa noche y a encerrar al animal que quería jugar duro. Lo dejaría libre otro día.

Cuando volvió a bajar, mordí sus labios.

—Perfecta —le susurré.

Temblaba ligeramente, sus ojos nublados y puros. Me encantó el desenfreno que borró sus rasgos cuando las últimas barreras entre nosotros desaparecieron, cuando me convertí en parte de ella, y cuando ella se apoderó de mí. Me retiré sólo para poseerla, lentamente, tomándome mi tiempo, pasando mi polla sobre el sensible conjunto de nervios que tenía dentro. La firme manera en que su cuerpo me sujetaba me decía que estaba bien. Conocía su cuerpo. Conocía todos sus secretos.

La amé de esa manera, centímetro a centímetro. Embestida tras embestida. Tan constante y mesurado que, casi pierdo el control.

Nuestras manos apretadas, juntas. Ella aferrada a mí, aguantando hasta el orgasmo que yo podía sentir creciendo con cada indefenso gruñido, cada estremecimiento. La piel roja, mi nombre en sus labios... estaba cerca. Podía dejarme llevar con ella pero, de alguna manera, debido a mis turbios deseos, me contuve. Quería darle una noche de placer, no un polvo rápido.

Levanté sus caderas, encontré sus movimientos, golpeando una y otra vez ese lugar oculto dentro de su cuerpo. Su coño ondulando con espasmos que coincidían con sus gritos.

—Vamos, Erica —dije, tan concentrado en su ascenso que estuve cerca de olvidarme de mí mismo.

—Quiero llegar contigo.

Mi pecho encogido y mi dolorido miembro me recordaban cuán locamente quería dejarme llevar también. Había pasado mucho tiempo entre nosotros. Demasiadas emociones me habían destrozado en su ausencia, y de repente todo iba demasiado rápido para mí.

—Erica.

Me esforcé por refrenar mis violentas necesidades de embestirla fuerte y rápido. Casi podía saborear la promesa de libertad.

Sus muros caían a mi alrededor. Sus uñas arañaban mi pecho. Todo se volvió rojo y el sonido que salía de mí resonó en los muros, salpicados por el débil grito roto de Erica.

ERICA

*M*e desperté con el calor de Blake a mi alrededor. Apretados, curvada contra la línea de su cuerpo. Me volví y lo encontré ya vestido. Aún sentía el olor a café en él.

—Buenos días —dijo.

Sonreí, parecía estar mejor. Y estaba totalmente segura de que se sentía mejor. Jugueteé con sus cabellos, los coloqué de la manera que me gustan.

—Lo de anoche fue increíble.

Una arruga de preocupación se dibujó entre sus cejas.

—¿Cómo te sientes?

Mentalmente hice un rápido repaso de la información que me daba mi cuerpo. Cada día parecía algo diferente ahora que sabía que estaba embarazada, y sabía por qué.

—Además de estar tremendamente cansada, lo que parece ser mi nueva realidad, me siento bien.

Puso las manos sobre mis costillas, pasando la punta de sus dedos por encima de mi ombligo. No podría expresar sus pensamientos de una forma más clara. Detuve sus manos.

—Blake, de verdad. Estoy bien.

—Sólo preguntaba.

Su tono era inocente, pero yo lo conocía.

—¿Voy a tener que obligarte cada vez que quiera ser mala contigo?

Me dirigió una mirada sombría.

—Estoy seguro de que no será necesario.

Sonreí, una pequeña idea cobró forma en mi mente.

—No lo sé. Si estás tan preocupado por si me haces daño, quizá la única opción sea dejarme tomar las riendas hasta que no lo estés.

—Qué graciosa —murmuró con sequedad.

—No intentaba ser graciosa.

Fingí estar seria, pero él lo hacía muy bien por los dos.

—Creo que sabes que no puedo hacer eso. —Su tono era engañosamente calmo, las palabras inequívocamente claras.

—No puedes o no quieres —lo desafié.

Levantó una ceja.

—Ambas. Estoy bastante seguro de que habíamos establecido que la moderación era un límite complicado para mí.

Me giré en mi lado de la cama y deslicé la mano bajo su camisa, apreciando la elevada señal que daba lugar a una ligera protuberancia en sus vaqueros.

—Ser dominado no está tan mal, Blake. Podría ser divertido, en pequeñas dosis.

—Todos mis instintos gritan «NO» cuando dices cosas como esas. Suena como una receta hacia el desastre.

Sonreí, chasqueando la lengua burlonamente.

—¿Qué vamos a hacer contigo, Blake?

Apretó los labios y me levantó sobre él posesivamente.

—Se me ocurren algunas cosas.

Me excité bajo su ardiente roce.

—A mí también. Ahora sólo hay una manera de convencerte.

Lo salpiqué con pequeños besos a lo largo de la mandíbula, tirando de su lóbulo con mi boca con un suave mordisco. Gimió, elevó sus caderas, y su creciente erección me tocó el clítoris.

Aún estaba desnuda y extremadamente sensible. Si no se refrenaba iba a necesitar un nuevo par de vaqueros.

El calor bombeaba a través de mi piel, los recuerdos de la noche anterior me seducían suavemente. Quizá convencerlo de que no necesitaba refrenarse no sería tan difícil. Estábamos a unos segundos de desgarrarnos la ropa.

Salvo por la última vez que conseguí ser atrevida en el dormitorio, Blake innegablemente estaba desconcertado. Y ahora, de nuevo, no se esperaba que lo atase en mitad de la noche.

—Te pillé por sorpresa la última vez. Dame otra oportunidad.

Se despidió de mí con una breve risa, que sólo me hizo querer que mi argumento tomase fuerza.

—Escucha, siempre has tenido el control de mi placer.

—Y te encanta —dijo francamente.

—Sí, pero te mentiría si dijese que no he pensado en dártelo yo también. No todo va sobre tener el poder, ¿sabes? Las cosas que hacemos… Me das más de lo que recibes.

—¿Y qué? ¿Estás diciendo que quieres cambiar?

Me senté más recta y me encogí de hombros.

—Quizá.

La franqueza de su pregunta acaloró mis mejillas. Me gustaba cómo sonaba eso de tomar el control más de lo que habría esperado.

—¿Y qué conlleva esta dominación? —dijo, y cruzó los brazos sobre su cabeza con una encantadora sonrisa.

Una pequeña emoción revoloteó en mí.

—Bien, tú no eres exactamente lo que yo llamaría una persona obediente. Así que tendríamos que someterte a algunos entrenamientos intensos para enseñarte cuál es tu lugar.

—¿Y cuál es? —Su tono era suave, su voz vibraba en mí.

Murmullé y bajé sobre él de nuevo.

—Debajo de mí.

Susurré contra sus labios, deslizando mi mano sobre su ahora dura polla.

—A menos que yo te quiera en alguna otra parte, así es.

Gimió y elevó sus caderas hacia mi ansiosa mano.

—Estoy debajo de ti ahora mismo. Parece una recompensa estar en este orden.

—No seas ansioso.

Sonreí para mis adentros, sabiendo durante cuanto tiempo él me había acusado de lo mismo. Era paciente sólo cuando se trataba de saborearme. Cuando su propio deseo estaba al límite, su postura muy bien podía cambiar.

Entornó los ojos.

—He creado un monstruo.

—Puedes llamarme «Maestra» —bromeé con una tímida sonrisa.

Se echó a reír de nuevo.

—Creo que «Madame» es más apropiado en este caso.

—Puede que me guste como suena eso.

Una parte de mí no podía creer que estuviésemos teniendo esta conversación, incluso aunque él sólo se estuviera quedando conmigo. Por otra parte, llevaba en casa menos de veinticuatro horas después de la misión que habían emprendido mis estimuladas hormonas para hablar con Michael y enseñarle a Blake lo que se convertiría en una dolorosa lección. ¿Quién sabía lo que él estaba pensando realmente en este momento?

Sin embargo, su mirada errante lo traicionaba.

—Estoy intrigado. ¿Cuándo comienza la primera clase?

—Quizás esta noche, pero sólo si demuestras tu mejor comportamiento —dije con una voz tenue. No tenía ni idea de lo que estaba haciendo, pero esto podía ser divertido si él se dejaba llevar.

Liberó sus manos y acarició mis muslos vagamente de arriba abajo.

—¿Quieres decir que me enviarás a trabajar con la imagen de ti montándome toda la noche en mi cabeza?

Fruncí el ceño.

—¿Trabajas hoy?

Habíamos tenido una exitosa trayectoria en mantener los fines de semana para nosotros. Y especialmente después de la semana de locos que habíamos pasado, pensaba que nos merecíamos algún tiempo sin hacer nada; ahora más que nunca.

—Iba a encontrarme con Gove y hablarle sobre la situación de Trevor.

—Oh —dije rápidamente. No podía discutir con eso. Cualquier tensión anterior comenzó a desaparecer cuando sentí que nos estábamos moviendo en la dirección correcta. Por fin.

De mala gana me despegué de Blake y me dispuse para mi día. Deambulamos escaleras abajo, y comencé a prepararme una taza de té. Blake apareció tras de mí y me besó el cuello antes de hacerse cargo de la tarea.

—Ya me encargo yo. Ve a sentarte.

—Me estás consintiendo —murmuré y tomé asiento en la isla central de la cocina.

—Debes acostumbrarte a esto. ¿Qué quieres para desayunar?

Arrugué la nariz. Mi estómago aún se sentía descompuesto.

—No tengo hambre.

Apretó los labios de forma que me hizo comprender que esa respuesta no le gustaba.

Aclaró la garganta, fue hacia el frigorífico y sacó algunos cuencos de fruta ya listos y un yogur.

—Mientras aún dormías, concerté una cita con el ginecólogo.

—¿Pediste cita con el médico sin decírmelo?

—La doctora Henneman es la mejor obstetra de la ciudad y tú sólo tendrás lo mejor en lo que a esto respecta. Y sobre esto no habrá discusión.

Había visto algo de vulnerabilidad en sus ojos, pero rápidamente desapareció. No estaba muy segura de cuándo había ocurrido el cambio de poder, pero definitivamente había ocurrido.

Puse los ojos en blanco.

—Veo que ya has vuelto a las andadas.

—Cuando se trata de tu salud siempre estaré ahí. En todo lo que respecta a tu cuerpo he estado pensando, y quiero que tú y el bebé tengáis los mejores cuidados.

«El bebé.» La manera en la que lo dijo sonaba tan convencido. Con las probabilidades acumulándose en nuestra contra, me llevaría bastante tiempo convencerme de que de alguna manera en nueve meses tendría un bebé en mis brazos. Aún echaba mano de esa fe que había prometido Blake en las islas. Creía, hasta que alguien nos dijese otra cosa.

—De acuerdo.

—La cita es para el lunes. La saqué después de la hora de la consulta, el personal la llamó para que la confirmara.

Tomé un sorbo de té.

—¿Vas a venir conmigo?

—Estaré contigo a cada paso del camino. Te lo prometí.

Puso un pequeño cuenco con rodajas de bayas y melón rematado con un poco de yogur delante de mí.

—Ahora intenta comer un poco, por favor.

12

ERICA

*P*ensaba en cómo pasaría la mañana sin Blake cuando Alli llamó.

—Hola. Quería llamar y asegurarme de que todo está bien.

Sonreí.

—Sí, estamos bien.

Soltó un suspiro.

—Gracias a Dios. No puedo aguantarlo cuando vosotros dos estáis distanciados.

Volví a sentirme de nuevo culpable ahora que estaba en el otro lado y había visto lo triste que había estado Blake. No podía ni imaginar lo que le hizo pasar a Heath al no saber dónde estaba.

—Lo siento, Alli. No debería haberte metido en esto.

—Está bien. Necesitabas mi apoyo y para eso estoy aquí. Estoy contenta de que las cosas se hayan resuelto.

—Sí, así es. Estamos mejor.

—Bien. Te dejo volver a tu reconciliación.

—Ahora Blake está en la ciudad. Tenía que verse con el abogado. Yo estoy matando el tiempo.

Titubeó.

—¿Estás preparada para un poco de terapia? Necesito llenar un poco mi armario ahora que comienza a hacer más frío.

—Claro —dije; me gustaba cómo sonaba la idea.

Una hora después estaba en Newbury Street, mirando tiendas con Alli. Hablamos y reímos, nos preguntamos la una a la otra qué comprar cuando no podíamos decidirnos entre dos cosas. Compré más de lo que esperaba, teniendo en cuenta que habíamos salido para llenar el guardarropa de Alli y no el mío. Sin embargo, después de un mes fuera con Blake sin escatimar en gastos, estaba acostumbrándome poco a poco a su altísimo nivel de vida. Sin embargo, sabía que estaba gastando mi dinero y que Blake no me estaba ayudando en mi estado actual. El pago de Clozpin me permitía tanta libertad financiera como podía esperar sin recurrir a nuestra cuenta conjunta para cualquier gasto innecesario. Blake podía discutir sobre esto, pero yo lo haría también. Aún valoraba mi independencia económica y el hecho de ganar mi dinero.

Después de que Alli y yo pasáramos unas cuantas horas de compras, nos metimos en un pequeño restaurante mediterráneo para almorzar. Mis mareos anteriores habían disminuido y ahora mi apetito había vuelto para vengarse. Pedimos un par de copas a las que dimos un buen sorbo.

Alli sorbió su vino. La luz bailaba en el líquido y atrapaba una espumosa gema roja que pendía de una corta y gruesa cadena alrededor de su cuello.

—Qué bonito. ¿Es nuevo?

Lo cogió con la punta de los dedos.

—Gracias, me lo regaló Heath hace poco. Siento que es demasiado lujoso como para llevarlo al trabajo, quizá por eso no lo has visto antes.

Buen gusto, pensé, pero luego me pregunté si se lo habría dado para ocultar algo más. Su relación no siempre había ido sobre ruedas, pero desde que él volvió de rehabilitación, habían sido increíblemente fuertes. Se habían vuelto inseparables desde nuestra boda. No pude confundir el brillo en sus ojos mientras bailaban, y una pequeña parte de mí esperaba que la magia de nuestros días le sirviese de inspiración a Heath para querer dar el siguiente paso con Alli. Sabía que ella estaba preparada, quizás él también lo estaba.

—¿Cómo están las cosas entre vosotros?

—Estamos bien. Las cosas estaban un poco inestables después de que tú y yo dejásemos Clozpin, pero ahora estamos bien. Mejor que nunca.

Bajé la vista hacia la servilleta y me pregunté si Sophia tenía algo que ver con esto. Era la única que había avisado a Alli de que Heath tenía una posible e inconsciente historia con ella. De verdad esperaba no haber causado una grieta entre ellos, pero después de todo, Sophia nos había puesto en medio. Pensé que ella debía saber la verdad, al menos en la medida en la que yo la conocía, pues sólo Heath y Sophia la sabían del todo.

—¿Habéis hablado alguna vez de Sophia?

Asintió y comió un poco de ensalada en silencio. Inmediatamente me sentí como una imbécil por expresar mis pensamientos en voz alta.

—Lo lamento, Alli. No era mi intención meter las narices donde no me llaman. Es entre vosotros.

Se encogió de hombros.

—Está bien. No intento ocultártelo, la verdad. Sólo… Si Blake lo supiese, creo que las cosas se volverían incómodas entre ellos. Yo no quiero esto nunca más, igual que tú.

Estaba enfadada con Sophia por lo que le hizo a Alli. No sólo había perdido su trabajo por esa malvada bruja, sino que muy probablemente tendría que hacer frente al hecho de que ella había dormido con Heath. Si Alli se sentía de alguna manera como yo me había sentido sabiendo que Sophia había amado a Blake, y probablemente aún lo amaba, sabía que eso le dolía una barbaridad.

—No tienes que decirme nada si no quieres, pero puedes confiar en que he acabado de dejar que Sophia joda nuestras vidas. Ella causó demasiados daños. De alguna manera ella siempre encuentra la forma para llegar a mí, pero eso se acabó. Lo juré el día que dejamos Clozpin la última vez.

Alli soltó un pesado suspiro.

—La verdad es que después de que me echase a patadas del trabajo, me enfrenté a Heath por ella. Insinué, bueno, quizás hice más que insinuar, que sabía que podría haber más que una amistad entre ellos. Le dije que quería saber la verdad, incluso aunque fuera dolorosa.

Su frente se acercó más para mirar por la ventana.

—¿Qué te dijo?

Se volvió y encontró mi mirada.

—No lo desmintió. Tengo que reconocérselo.

—¿Durmieron juntos?

Asintió, incapaz de ocultar el descontento.

—Una vez, estaban en una fiesta con algunos amigos en común en esa época. Colocado, por supuesto. Blake estaba de viaje, así que no sabe nada.

De repente, odié a Sophia de nuevo.

—A pesar de haber declarado que lo ama….

—Supuestamente su relación pendía de un hilo. Una cosa llevó a la otra. Drogas y alcohol, malas decisiones al fin y al cabo. Nunca se lo admitió a Blake porque no quería herirlo, especialmente después de todo lo que había hecho por él. Supongo que siempre sintió como si Sophia usase su amistad para estar cerca de Blake.

—No me extrañaría viniendo de ella. No se detendría ante nada para tener de nuevo a Blake.

Ya lo había demostrado con su despreciable comportamiento hacia mí.

—Incluso en lo más profundo, Heath tiene un corazón tierno. Creo que fue muy dulce al llamarla. Pero por supuesto no ha sabido nada de ella desde que Blake cortó los lazos con su negocio. No hay amor perdido, supongo.

Afortunadamente, Sophia había estado misericordiosamente ausente de nuestras vidas durante meses. Sólo cabía esperar que ella se hubiese dado por vencida y desistiese de intentar volver con él. Blake y yo estábamos casados y ahora con un bebé en camino. Odiaba que ella fuese una parte de su pasado, pero al final yo era su futuro. De eso estaba segura.

Alli no dejaba quieto el collar, ausente.

—¿Desearías no saberlo? —le pregunté.

—Al principio desee no saberlo. Estaba cabreada, por supuesto. Hemos pasado por demasiadas cosas. No quiero pensar en él con otras mujeres, especialmente con la única que de repente me despidió. Estaba furiosa y tan devastada como lo estabas tú. Pero así es la vida. No se puede vivir en el pasado cuando tienes un increíble futuro que te espera.

Estaba de acuerdo y una cálida sensación me invadió. Su felicidad siempre tenía este efecto en mí. Sus mejillas sonrosadas y su mirada perdida más allá de mí.

—¿Qué?

—Nada —dijo.

Pasaron algunos segundos y la sigilosa sonrisa no abandonaba sus labios.

—Alli, qué narices. Suéltalo.

Movió la cabeza.

—Dios, no puedo creer que te esté diciendo esto.

Tomó un profundo aliento y soltó una bocanada de aire.

—Hemos estado hablando de fugarnos para casarnos.

Me quedé boquiabierta.

—¿Hablas en serio?

—Nunca pensé que la boda de mis sueños sería en secreto, sabes. Hemos estado hablando de dar el siguiente paso y es así como lo hemos decidido.

—Suponía que lo habríais hablado, pero no tenía ni idea de que fueras a hacerlo sin decírselo a nadie. ¡Es una locura!

Se encogió de hombros con una sonrisa.

—No lo sé. Cuanto más pienso en ello, más romántico imagino que será. Además, en cierto modo muchos de mis planes de boda son como los tuyos. Estabas tan despreocupada que yo acabé usando la mitad de mis ideas en tu boda.

Me enfadé un poco.

—Oh, lo siento.

Se echó a reír.

—No te preocupes. Fue un momento increíble. Una boda preciosa. Nunca la olvidaré y no me arrepiento en absoluto. Te merecías un día increíble, y yo estaba emocionada por formar parte de eso en todo lo que pude.

Sonrió cálidamente, y sabía que estaba siendo sincera. Blake y yo habíamos bromeado con la idea de fugarnos también, pero sabíamos que su familia quería una boda y estarían tristes de perdérsela. Y cuando el día llegó, yo estaba feliz por nuestra elección. Alli y Fiona habían hecho un trabajo increíble planeándolo todo mientras yo estaba convaleciente. No faltaba ningún detalle, y el día estuvo cargado de un millón de momentos especiales y atentos toques gracias a ellas. A pesar de todas mis quejas ante la posibilidad de celebrar una gran boda en familia en los meses anteriores, una pequeña parte de mí también quería eso mismo para Alli ahora. Pero básicamente me ceñiría a lo que ella quisiera. Mi trabajo como su mejor amiga era apoyarla de la misma forma que ella lo había hecho conmigo, sin pensar en lo que ella quería hacer.

—¿De verdad Heath está de acuerdo con esto?

—Sí, quiero decir, sobre todo está despreocupado. Fugarnos es mucho más su estilo. Al principio estaba algo enfadada cuando sacó el tema. Yo quería que me lo propusiese, ¿sabes? Quería la sorpresa, el sofisticado diamante, el vestido blanco, la gran recepción. Todas esas pequeñas cosas que siempre había soñado. —Movió la cabeza—. No lo sé. Creo que al final me di cuenta de que esta vida no siempre debe cumplir un orden. Pasé la mitad de mi vida planeando la boda perfecta alrededor de una persona a la que aún no había conocido. Es un poco absurdo pensar que automáticamente querríamos las mismas cosas.

—Estoy segura de que te daría la gran boda de blanco si eso es lo que quieres.

—Sé que lo haría. Pero, sinceramente, cuanto más pienso en ello, más siento que es la forma adecuada para nosotros.

Cualquier duda que pudiese tener sobre su posible fuga se disipó con rapidez. Se amaban el uno al otro, afortunadamente con la misma pasión que compartíamos Blake y yo. De repente nada parecía más romántico que la unión de ese amor entre ellos, sólo ellos, las dos personas más importantes en la sala.

—Suena romántico, Alli. Por egoísmo, me duele perdérmela, pero sé que será preciosa.

Sonrió.

—Haré fotos. Muchas fotos.

Tomé sus manos al otro lado de la mesa, agradecida por tenerla en mi vida. Cuando se fue a Nueva York unos meses atrás, me preocupé por si nuestra amistad pudiese resentirse a causa de la distancia. Las circunstancias nos llevaron a estar juntas, y ahora, enamoradas, a mantenernos en la vida de la otra para siempre.

—Seremos como hermanas, ¿puedes creerlo?

Ella me apretó la mano, había luz en sus ojos.

—Siempre me has tratado como a una hermana, así que sólo puedo decir que serlo oficialmente será un plus añadido.

Frunció los labios.

—Eres muy, muy temperamental, y en cierta forma te quiero mucho más por eso.

Me incliné y contemplé esa valoración. ¿Era temperamental? Prefería tenaz, pero quizá las hormonas tomando el control de mi cuerpo me hacían explotar antes, alterando mi capacidad de decisión. No estaba completamente convencida, pero sí segura de que Blake probablemente tendría mucho que decir al respecto, a la luz de los recientes acontecimientos.

—Estoy segura de que Blake estaría de acuerdo, pero afortunadamente es tan indulgente como tú.

Su dulce expresión se volvió más seria.

—¿Cómo te fueron las cosas cuando volviste a casa?

Pensé de nuevo en la noche anterior. Sabía que volver a casa y explicarle a Blake mi ausencia no sería fácil, pero lo echaba muchísimo de menos. Teníamos mucho de que hablar, mucho que resolver. Mi corazón roto cuando lo vi sentado solo a la mesa. Indiferente, mirando a la nada. Luego, de repente, volvió a la vida cuando me vio. Recordarlo tan herido y cansado hizo que el pecho me volviese a doler haciendo que frotase la herida.

—Las cosas fueron intensas, como es normal. A veces no siempre es fácil para nosotros estar en la misma onda, sobre todo cuando se trata de asuntos que a ambos nos parecen importantes. Él es muy obstinado y, para ser sincera, yo también.

—Bien, estoy segura de que tú ya lo sabías, de una forma u otra. Y parece como si apenas hubieses dormido —me dijo, y me hizo un guiño.

Una sonrisa sugerente apareció en mis labios.

—Estamos mejor. Hablamos de la manera en la que lo hacíamos antes de dejarlo. Lo hicimos.

—¿Y bien? —preguntó levantando una ceja.

Realmente nunca había hablado con Alli sobre mi vida sexual con Blake. Especialmente después de que ella hubiese comenzado a follarse a su hermano. Parecía… raro. Habíamos hablado sobre nuestros rollos en el pasado, pero yo siempre fui de dejarme llevar en mi relación con Blake como para entrar realmente en detalles. Sin mencionar que muchos detalles eran probablemente ilegales en algunos estados. No podía dar por sentado que la mitad de las cosas que hacíamos en la habitación no le parecieran aterradoras a mi mejor amiga. Quizás hoy era el día de las confidencias.

—Creo que todo esto del embarazo lo ha desconcertado. No sabe qué hacer conmigo —dije esperando simplificar el asunto.

Murmuró y se tapó la boca. Sus ojos brillaban traviesos.

—Quizá necesita motivación.

—Llámame loca, pero pareces inspirada.

No podía imaginar lo que estaba pensando.

—Podría estarlo. Creo que tenemos que visitar algunas tiendas más.

BLAKE

Caminé hacia el bar donde la gente veía los partidos, a algunas manzanas fuera de Fenway, y busqué por los alrededores. Dean estaba allí, mirando fijamente el televisor. Iba vestido de un modo informal, con unos vaqueros y un jersey. Una desgastada gorra de béisbol le tapaba los ojos. Ocupé el taburete a su lado.

—¿Nada de traje?

Me miró de arriba abajo

—Sábado informal. Además, voy a ver un partido con los niños esta tarde.

—Lo lamento, no quería interrumpir tu tiempo familiar.

Probablemente, por primera vez en mi vida, hablaba en serio. Había estado trabajando mucho, especialmente con cualquier materia que requiriese la experiencia de un abogado. Pero en unos pocos meses, pasaría cada minuto con nuestra pequeña familia.

Esta realidad fue un duro golpe. Todo iba a cambiar.

Dean se aclaró la garganta, arruinando mis pensamientos.

—Sé que soy una de tus personas favoritas y todo eso. Pero ¿a qué debo este placer?

Miré el televisor donde retransmitían otro partido. No estaba preparado para ir directo a la confesión que le había ocultado durante tantos años. Era raro pensarlo, pero Dean era el único amigo de verdad que tenía. Entre nosotros casi nunca interactuábamos fuera de los asuntos de negocios, pero me conocía mejor que muchos. Las circunstancias así lo demandaban.

—¿Quieres saber algo gracioso? Cada vez que te veo es porque algo ha ido mal en mi vida. Tienes suerte, no te lo puedo recriminar.

Se rio.

—Tú eres el único que siempre tiene problemas. No yo.

—No esta vez.

Echó un vistazo por el bar y movió el posavasos en un pequeño círculo.

—¿Qué pasa? ¿Qué va mal ahora?

—¿Hay alguna novedad sobre Evans?

Me preocupé por la respuesta, pero estaba ganando algo de tiempo. No había sabido nada de Dean durante la excursión de Erica, y no es que me hubiese importado algo de lo que tuviese que decir.

—Nada que pueda explicar. Con suerte entre él y la policía estarán saliendo del estancamiento con lo que han encontrado. Aunque la Comisión Electoral hizo un recuento. El gobernador será el contrincante de Fitzgerald. Sin embargo, Fitzgerald no hizo ninguna declaración el viernes después de que lo anunciasen. Veremos qué tiene que decir la semana que viene.

Una sensación de satisfacción me recorrió por dentro. Sabía que Erica tendría una mezcla de emociones con estas noticias, pero nada se mezcló con mi deseo de que Daniel sintiese el peso de lo que es la pérdida. Quería que él lo sintiese durante tanto tiempo como fuese posible. No me parecía que fuera una persona que manejara bien el fracaso. No era muy diferente a mí.

—Probablemente usará el fin de semana para dejar que las noticias se asienten —dijo finalmente.

—Sin duda, estoy seguro de que esto está poniendo su mundo patas arriba. Afortunadamente a nosotros no nos complica las cosas.

No podía imaginar cuál sería el próximo movimiento de Daniel después de una decepción extremadamente pública, pero Dean estaba en lo correcto al preguntarse si esto interferiría en mi situación actual.

—En realidad, quería hablarte de las elecciones.

Respondió con una breve inclinación de cabeza, esperando otra clase de confesión, sin duda.

—Sé quién manipuló las máquinas de votar.

Me lanzó una mirada fría.

—¿Me lo puedes repetir?

—No puedo demostrar exactamente que haya sido él, y por eso nunca antes te lo he mencionado.

Se volvió en el taburete y frunció el ceño.

—¿Sabes quién es la persona que está detrás de esto y jamás has dicho ni una puñetera palabra?

Hice caso omiso de su reacción y pasé a darle detalles del asunto. Aparte de mi primer encuentro con las autoridades cuando era un niño, la mayoría de las cosas él ya las sabía o las había oído, pasando por los años de persistentes gilipolleces y artimañas de Trevor, hasta su más que perjudicial asociación con Max.

La expresión de Dean había cambiado de agitada a escéptica, una cualidad que yo valoraba y por la que le pagaba bien.

—Suena como si él tuviese un historial constante de intromisión con tu empresa. ¿De verdad crees que este niño amañó unas elecciones estatales?

—Cuando se aburrió de jugar un poco con mis sitios y los de Erica, se asoció con Max, uno de los antiguos compañeros de Erica, para crear un sitio de competencia. Un trabajo chapucero, por supuesto. Lo desmonté con bastante facilidad, y después él desapareció de nuevo. Fuera del mapa. Hasta ahora. Ha empezado el juego, o eso parece, y está haciendo que sea jodidamente difícil para mí buscarlo porque ahora los federales tienen los ojos puestos en mí.

—Así que has estado trabajando con él durante años, durante casi todo el tiempo que te he conocido, ¿y nunca me has dicho nada?

Cuando me di cuenta de todo esto, no podía creer lo lejos que realmente lo había dejado llegar. Heath tenía razón. También Erica. Había que parar a Trevor, de una manera u otra.

—Creí que no valía la pena pelear tanto.

—Joder. —Levantó la gorra y se frotó la frente—. Bien. ¿Cómo podemos encontrarlo y alejar a Evans de tu rastro?

—Primero, necesito demostrar que lo hizo él. Segundo, necesito encontrarlo. Es anónimo, en todo el sentido de la palabra.

—¿Qué significa? Todo el mundo tiene un rastro.

—A todos los efectos y fines no se le puede seguir la pista. Erica lo encontró una vez, y después volvió a desaparecer.

Enarcó las cejas.

—¿Erica lo encontró?

Puse los ojos en blanco.

—Yo no lo estaba buscando, ella sí. Estoy seguro de que si hubiese puesto un poco más de esfuerzo, podría haberlo localizado.

No hizo un buen trabajo ocultando su sonrisa burlona.

—Seguro. De todas formas, ¿cómo lo hizo?

—Descubrió que su madre vivía por la zona. Ella se enfrentó a él, sin mi permiso, debo añadir, y las cosas se pusieron feas. Entonces lo dejó correr, y lo siguiente que supimos de Trevor y su madre es que se marcharon sin revelar su destino.

—Si tenemos la identidad de ella, al menos es algo. Un comienzo de alguna forma.

—Cierto. Sólo necesito hacer algunas indagaciones.

Los ojos de Dean se abrieron.

—No, nada de indagaciones Blake.

—Tengo gente que estaría dispuesta a ayudar. Esto no puede llevarlos a mí.

—Es mejor que no. —Movió la cabeza—. Joder, vas a producirme una úlcera.

—Si ya no tienes una, es que no estás trabajando lo bastante duro.

Soltó una risita, su ansiedad desapareció un poco.

—Encantado de oír que mi calidad de vida significa tanto para ti después de una década de estar a tu entera disposición.

Cogió el teléfono y tecleó unas notas.

—Bien, haz tus investigaciones, pero muy cuidadosamente. Yo haré las mías. Hazme saber lo que encuentres, y decidiremos cómo aproximarnos a Evans con ellas. No creo que dejar caer el nombre de un asaltante prácticamente desconocido vaya a hacer más que rechinar sus engranajes.

—Era exactamente lo que pensaba.

Mi teléfono sonó con un mensaje.

E: ¿Cuándo llegarás?

B: Acabo ahora. Estaré en casa dentro de una hora.

E: Espérame en el salón.

Vacilé, di vueltas sobre lo que ella posiblemente podría estar preparando para esa noche. No me había tomado sus bromas demasiado en serio. Erica tenía fama de querer hacerse cargo hasta que tuve que rogarle para que se hiciera la dominada de nuevo.

Pero quizás había más que un juego detrás de su proposición. Quizás ella compartía mis preocupaciones. Quizás ella estaba en lo cierto. Estaba inquieto y excitado, todo a la vez.

B: ¿Debería estar preocupado?

Di vueltas sobre el botón de enviar un minuto, no estaba seguro de si quería saber su respuesta. Finalmente, lo envié. Para cuando Dean había acabado su cerveza, su respuesta había llegado.

E: Aterrorizado.

Pequeña descarada.

13

ERICA

*L*a voz de Blake resonó en el amplio vestíbulo.

—Estoy en casa.

Mi corazón latía a un ritmo vertiginoso. Estiré uno de mis pantis negros hacia el muslo y me calcé mis tacones negros favoritos. Me atusé el cabello, extendí una profunda sombra de carmín sobre los labios, e hice pop con ellos. Las manos sobre mis caderas ligeramente inclinadas. Contemplé mi aspecto en el espejo.

Allí me había ayudado a elegir el corsé perfecto, después de que ella hubiese escogido uno para sí misma, lo que probablemente debía haberme sorprendido hasta que me di cuenta de que Heath era tan hábil como Blake en el apartado del vicio.

El brillante corsé de cuero negro modelaba a la perfección mi torso, y realzaba la parte superior de mis pechos que sobresalían del escote que apenas cubría mis pezones. Unos pocos botones desabrochados y me desnudaría; estaba lista para fantasear con la manera en la que Blake haría esto. Completé el conjunto con un par de braguitas negras y transparentes hasta el muslo.

Como de costumbre, no tenía ni idea de lo que estaba haciendo, pero había muchas posibilidades de que diese el pego. Blake podía reírse de mí fuera de la habitación o entrar y devorarme. Tomé la pequeña fusta que había elegido antes para esta representación. Me sentía mucho mejor en esta situación de dominación con un arma que reforzase mi posición.

El calor me cubría las mejillas, compitiendo con el profundo carmín de mis labios. Sabía lo suficiente de Blake y estaba comprometida con todos sus actos de libertinaje conmigo. Conocía cada parte de mi cuerpo de forma íntima. Entonces, por qué de repente esto me avergonzaba, no podía comprenderlo. Tomé aliento y lo llamé.

—¡Ahora voy!

Si todo iba según lo planeado, estaría... pronto.

La primera planta de la casa estaba a oscuras. Las velas que había encendido antes parpadeaban en varias mesillas que rodeaban los sofás. Blake estaba tendido sobre uno de ellos, concentrado en un punto invisible del techo.

—Bienvenido a casa.

Me pavoneé por la habitación, esperando sonar más sensual que estúpida. Una parte de mí estaba insegura, dos partes entusiasmadas por las hormonas que alimentaban mi deseo.

Nuestras miradas se encontraron en la tenue luz. Me localizó a medida que me iba acercando. Me frené ante él. Mi corazón se aceleró anticipadamente y mi cabeza se zambulló con miles de pensamientos salvajes, pero fue el hambre que brillaba en sus ojos lo que me quitó la respiración.

—Te estás tomando esto de la dominación bastante en serio.

Su voz era un bajo y peligroso murmullo.

—¿Preferirías que fuese a cambiarme y me pusiese algo un poco más... recatado? —dije, e incliné la cabeza, burlándome de él.

—De ninguna manera. —Me alcanzó—. Ven aquí.

Oh, quería, pero una vocecita hablaba más fuerte y una oleada de coraje se apoderó de mí.

—Yo estoy al mando esta noche, Blake.

Llevé el extremo de la fusta hasta el dobladillo de su camiseta y la levanté.

—Quítatela.

Una sonrisa diabólica se deslizó en sus labios. Él sentado y quitándose la camiseta lentamente, lanzándola al suelo antes de descansar de nuevo en su pose casual en el sofá.

—¿Y se supone que debo ser capaz de jugar limpio como ahora durante nueve meses?

Sintiéndome un poco más poderosa, tomé el espacio entre sus rodillas.

—Tener el control todo el tiempo es una tarea difícil. Mereces un descanso.

Levantó una ceja, arrastrando una vaga caricia a lo largo del interior de mi muslo.

—¿Está bien?

Contuve la respiración cuando el dorso de su mano se acercó al muy pequeño pedazo de tela que cubría mi sexo. Ya estaba húmeda e imaginando todas las increíbles maneras en que él podría hacerme sentir si se cambiasen los papeles. Esperaba que no lo hubiese notado, pero la mirada de depredador en sus ojos me decía que no había pasado por alto ninguna de las señales que mi cuerpo le enviaba en ese momento. Subió incluso más, trazando el borde de mis bragas.

Moví su mano y pasé la fusta a lo largo del contorno de la insistente erección que presionaba contra sus vaqueros.

—Creo que esto sobra también.

Se puso de pie lentamente, a centímetros de mí. Se quitó los vaqueros, dejando a la vista sus *boxers*, que parecían una tienda de campaña. Lamí mis labios. Qué no haría por arrodillarme y pintarlo de rojo con este ridículo pintalabios. Mis dedos deseaban tocarlo, probarlo. Lo haría después. Pasé la punta de la fusta por la punta de su polla sobre los calzoncillos.

—Esto también.

—Parece un poco unilateral —dijo empujándolos hacia abajo, y luego saltó libre.

Mi mirada estaba fija en él.

—Como debería ser.

Introdujo un dedo debajo de la delgada tira de mis bragas.

—Creo que podríamos prescindir de esto.

—Sin tocar —ordené, para nada confiada como debería.

—Esto no es divertido.

Sonrió satisfecho y liberó la tira con un chasquido.

—En tus manos no se puede confiar. Puedes usar la boca, pero sólo cuando te lo diga.

Un oscuro deseo nublaba sus ojos.

—Interesante juego.

Lo empujé hacia atrás en el sofá y esperé un momento antes de echarme encima de sus labios. Su gruesa polla estaba ya erecta, todo listo para mí. Bajé y restregué mi sexo contra él. Una ráfaga de deseo apuntaba con flechas directo hacia mi clítoris, haciéndome enloquecer del placer. Si mis bragas desaparecían, estaría dentro de mí en pocos segundos, y sabía que él tampoco se oponía a arrancarlas. Antes de convencerme a mí misma de que esto estaba totalmente bien, o al menos era un resultado deseable, aproveché mis pensamientos descarrilados.

Alcancé la parte superior de los botones que mantenían el corsé apretado sobre mi pecho

Y lo abrí. Mi pecho se infló contra el cuero, creando presión. Estaba ansiosa por liberarme de él.

Quería a las nenas libres tanto como quería la boca de Blake en ellas.

—Abre la boca —le ordené.

Sonrió satisfecho.

—Sólo si prometes meter algo delicioso en ella.

—Hablas demasiado.

Me levanté sobre las rodillas y extendí la solapa abierta del corsé. Lamió sus labios antes de tomar el brillante cuero con sus dientes. Miró hacia mí, en ese momento algo en sus ojos me dijo que iba a pagar por esto después. Mi pecho exhaló debajo con desiguales suspiros. Sí... estaba perdiendo la cabeza.

—Tira.

Sin esperar un momento, tiró y retorció, desabrochando cinco botones a la vez. Alivio y deseo se encontraron cuando él se inclinó lamiendo la suave piel entre mis pechos. Suspiraba y resistí la tentación de bajar y destrozarme contra su erección.

—Blake... para.

En su lugar plantó sus labios en el interior de mi pecho, lamiendo y mordisqueando. Lo agarré por el pelo y lo empujé hacia atrás. Sus ojos se derritieron. Sus manos tensas y los puños apretados a ambos lados de nosotros.

—¿Podemos pasar a la parte donde uso la lengua, cariño... o antes arranco este corsé de tu cuerpo?

Un poco demasiado entusiasmada con su creciente frustración, le liberé y se fue a por los broches, liberándolos uno a uno, hasta que estuve al descubierto. Su atención estaba fija en esa zona.

Sonreí y dejé caer el vestido, quedando completamente desnuda para él.

—Ahora puedes usar la lengua. Caba...

No perdió ni un segundo reclamando mis pezones con un beso con la boca abierta. Gemí cuando dibujó la punta con su boca y la chupó de forma ardiente. La sensación era al mismo tiempo placentera y dolorosa.

—Cuidado Blake. Están sensibles.

—Lo lamento —dijo con voz áspera, aflojando lo suficiente—. Mmmm, inflamados también. Me habían seducido desde el otro lado de la habitación.

Apretó mis pezones en su boca. Su lengua era como terciopelo sobre la punta endurecida. En ningún momento había sentido sus dientes, y al instante comenzó a saborear la piel alrededor de ellos con duros chupetones, decorando mi pecho con docenas de pequeñas marcas rosas. Sacudidas de intenso placer me atravesaban.

Volví a pasar mis manos por su cabello castaño oscuro, más dulce que antes, guiándolo hacia el otro pecho, en el que puso la misma delicada atención al igual que había hecho con el anterior. El fuego ardía bajo mi piel donde nos tocábamos y por todas partes quería que me tocase. Estaba mojada y necesitada. Eché la cabeza hacia atrás, entregándome a la eléctrica sensación de su boca, que me atormentaba de una manera maravillosa.

Su fuerza de voluntad debería haberse desmoronado tan rápido como la mía. Sus manos se deslizaban por su lado hasta mi culo, empujándome fuertemente contra su erección. Gemí, mis caderas parecían moverse por sí solas. Recorrió el hueso de mi cadera, probando de nuevo la delgada correa negra.

—Sin tocar —lo amonesté suavemente, agarrando su antebrazo para inmovilizar su mano errante.

—Pero es mío —balbuceó, deslizándose más allá del límite de las bragas y profundizando en mi humedad.

—Ahh —gemí.

Masajeó mi clítoris, haciendo mágicos círculos a su alrededor antes de profundizar aún más, abriendo mi coño con las yemas de los dedos. Me apreté a su alrededor, queriendo eso… necesitando eso.

A pesar de ese maravilloso sentimiento, una pequeña voz me recordó las reglas que quería cumplir. Ya estaba perdiendo el control, pero estaba decidida a mantenerlo.

Sin pensármelo dos veces, golpeé la punta de la fusta contra la parte superior de su pecho. Rápidamente un destello de irritación reemplazó el deseo con el que me había contemplado sólo dos segundos antes.

Su humor parecía tan enrojecido como la pequeña huella que había dejado en su pectoral. Dejé caer la mandíbula, una disculpa se gestaba en mis labios cuando…

—A la mierda —gruñó. Enrolló sus dedos, y me quitó las bragas de un tirón sin remordimiento alguno.

Jadeaba, y en un segundo me puso de espaldas. Mis piernas se abrieron alrededor de su inflexible cuerpo. Sus manos buscaban mis muñecas apretadas a mi lado.

Su mirada recorrió cada parte de mi cuerpo, su mandíbula tensa. En vano me retorcí bajo él. Estaba al mando. Todo se había puesto en mi contra en un momento de debilidad y confusión. Mi corazón se aceleró al pensar que la fusta podía ser usada contra mí, marcando mi piel. No estaba segura de si quería eso. Era tan sensible como lasciva.

«Mierda.» El plan se ha ido al garete. Mientras luchaba con mi incapacidad de mantener las tendencias controladoras de Blake en jaque, su boca se acercó de nuevo a mi pecho. Dio una suave caricia con más cuidado y moderación de lo que habría esperado. Se movió hacia el otro, y entonces arrastró su lengua hacia mi vientre, hundiéndola ligeramente en mi ombligo. Se detuvo para besarme la cicatriz, como ahora era propenso a hacer cada vez que podía. Luego se colocó entre mis piernas, besando y mordisqueando el interior de mi muslo justo por encima de donde acababa la media.

Cerré los ojos. Me encantaba esto…

Suspiré.

—Te voy a follar con la boca, Erica, y tú vas a decirme exactamente cómo quieres que lo haga, o me vas a suplicar que te haga lo que crea conveniente.

—Este no era el plan. Blake.

—Tú pusiste el límite, yo sólo lo estoy cruzando un poco.

Dibujó mi clítoris con su boca, pasando su lengua sin piedad sobre la sensible protuberancia. Se apartó lo suficiente para soltar una bocanada de aire frío contra mi carne sensible.

Un calor fundido me recorrió el cuerpo. Me tensé y luché contra su dominio.

—Dime qué hacer, jefa.

Moví las caderas, frustrada, pero buscando alivio.

—Joder.

—Eso no es demasiado descriptivo. Estoy esperado tus órdenes.

Levanté la cabeza lo suficiente para lanzarle una mirada asesina.

—Que te den.

Sonrió maliciosamente y puso el beso más ligero sobre una carne que palpitaba por más presión.

—Vamos a hacer esto, ¿qué tal si empezamos por lo que quieres que te haga con la lengua?

Eché la cabeza hacia atrás con una exhalación.

—No voy a suplicarte.

—Si deseas esto lo suficiente, tendrás que al menos pedirlo. Di las palabras mágicas y mi boca es tuya para lo que quieras.

Él enfatizó su discurso con un lametón sobre la línea de mi coño.

Me retorcí sin poder hacer nada y arqueándome para acercarme, pero él me empujó hacia atrás.

—Créeme, estoy impaciente por sumergir la cara en tu dulce y pequeña perla.

«Joder.»

—Lámeme.

—Hmmm, esto empieza.

Murmuró y cumplió bañando mis partes más íntimas con el calor de su talentosa boca. La sangre me palpitaba en las venas. En mis muñecas, por donde él me sujetaba. En mi vientre, donde el deseo me carcomía y crecía. Y en mis muslos apretados a su alrededor; la necesidad latía en todos los lugares donde nuestra piel se tocaba. Excepto que su toque no estaba siguiendo el ritmo de mi necesidad.

—Blake, hazlo —supliqué.

¿Estaba suplicando? Joder.

—¿Hacer qué?

Lancé mi cabeza hacia un lado.

—Más fuerte.

Se acercó a mí con más presión, llevándome al borde de donde quería estar. Pero necesitaba un poco más.

—¡Blake!

—Tienes un vocabulario digno de una educación de la Ivy League. Joder úsalo.

Un tortuoso gemido me abandonó.

—Tócame con los dedos.

Liberó una de mis manos para arrastrar su pulgar hasta mi clítoris. El placer corría como melaza a través de mis venas cuando repitió el recorrido con la lengua.

—Dentro. Presiona dentro de mí.

—¿Así?

El bajo murmullo de sus palabras vibró contra mi sexo mientras movía dos dedos profundos en mi sensible tejido.

—¡Ahh! —grité. Me arqueé con sus toques, estrellas que se formaban al borde de mi visión.

—Más adentro —dije sin aliento.

Él fue más profundo, una y otra vez, masajeando la sensible zona en el interior. Todo el rato, comiéndome como si fuese su última cena. Comencé a temblar sin control. Tensa e intentando ponerlo más cerca de mí. Todo mi cuerpo suplicaba por más.

—Oh, Dios… así…

Su forma burlona de darme placer había dado paso a una avalancha que consumía todas las sensaciones. Por eso alabé todo lo santo con el grito que escapó de mis labios. Luché contra su sujeción, pero era firme, manteniendo la restricción que sólo me llevaría más alto.

—No pares.

No podía ocultar la desesperación en mi voz mientras me acercaba más al clímax.

Entonces volé. Vibrantes colores bailaban en mis ojos. Todos los pensamientos canalizados en la forma tan erótica en la que él me tocaba. Sobrecogida por la sensación de ceguera, me encontré con un grito agudo. Todos los músculos tensos, y mi cuerpo estremecido bajo sus concesiones.

Sin aliento y estremecida por la poderosa liberación, intenté recuperar un poco de control sobre mi cerebro. Blake no se movió. En su lugar, continuó lamiendo. Una serie de suaves y reverentes lametones que enviaron pequeñas ondas expansivas hacia mí. Con mi mano libre, presioné sobre su hombro. Una súplica silenciosa para que me aliviase.

Miró hacia arriba. La débil mirada de sus ojos competía con su maliciosa y asombrosa boca, ahora brillante por la evidencia del increíble placer que sólo él podía darme.

—Podría darme un festín contigo durante horas. Si no tuviese tantas ganas de follarte, probablemente lo haría. Pero soy egoísta y quiero entrar en tu pequeño y estrecho coño ahora. ¿Te gustaría?

—Sí —suspiré, preguntándome cómo había acabado casada con un dios del sexo con esa boca.

Me liberó y se deslizó hacia arriba por mi cuerpo. El roce de su piel contra la mía puso mis terminaciones nerviosas a bailar de nuevo. Todo lo que dije de quererlo debajo de mí había sido un sinsentido. Nada en el mundo era tan maravilloso como la presión de él encima, su poderoso cuerpo empujándome abajo y arriba contra cualquier superficie —dura o suave— contra la que él estuviese dispuesto a empotrarme.

—Dime cómo lo quieres.

El tono bajo de su petición vibraba en mí. Giré la cabeza hacia un lado, tragué saliva. No era capaz de pensar. No estaba segura de que quisiese hacerlo.

—¿Por detrás? —preguntó—. Es más profundo de esa forma, si puedes soportarlo.

Parpadeé. Uní todas las posibilidades, todas prometían los mejores orgasmos sobre la faz de la Tierra.

—¿O quieres montarme, mi pequeña sabrosa dominatrix?

Me lamió a lo largo de la clavícula, y luego me mordisqueó por toda la pendiente del hombro.

Con un suspiro entrecortado, me derretí en el sofá, como la agotada muñeca de trapo en la que me convertí. Mi cabeza aún estaba agitada a causa del delicioso orgasmo que me había recorrido.

Lo oí reírse entre dientes.

—Joder cariño. ¿Te rindes ya? Me tenías completamente retorcido con tu equipo de dominatrix.

—Calla antes de que recupere el aliento —murmuré centrando de nuevo mi atención en su maravillosa cara.

—Hmmm, veamos si podemos revivirte.

Bajó y tomó mi boca. Me saboreé a mí misma en el íntimo beso que me dejó estremecida de nuevo. Cuando se apartó, la confusión de mi deseo se levantó ligeramente al verlo delante de mí. Sonreí, rozando el pulgar sobre su labio inferior.

—Tienes los labios rojos.

Respondió con una amplia sonrisa.

—No puedo controlar eso. A menos que quieras que salga así. No soy de humillarme en público.

Arrugué la frente confundida.

—No importa. Debería dejar de darte ideas. Ahora, si has recuperado el aliento que estabas buscando, date la vuelta y pon ese precioso culo en alto.

En mi interior reclamaba el mando. Lo suficiente para decirlo.

—No.

Me observó un momento.

—No puedo decir si estas siendo una buena dom o una mala sum.

—El sentimiento es mutuo.

Volvió a reírse, un sonido alegre que rápidamente se transformó en un jadeo cuando tomé su polla con la mano. Le acaricié desde la punta hasta la base una y otra vez. Tomé su bolsa con la otra mano e hinqué las uñas ligeramente sobre la suave piel.

Cerró los ojos y la vulnerabilidad le cubrió sus tensos rasgos.

—Necesito estar dentro de ti, Erica. Follemos ahora.

—No voy a tener que deletreártelo, ¿verdad?

Deslicé la mano hasta arriba del todo, ordeñando una pequeña gota de humedad de la cabeza de su miembro. Pasé el pulgar sobre la punta y probé su sabor en mis labios con un lametón lento. El gemido entrecortado que salió de mí no era todo espectáculo. Probar su deseo en mi lengua me inspiró una gran cantidad de nuevas ideas sobre cómo provocar su placer.

—Esto realmente podría sacarlo todo fuera.

Su mandíbula se abrió un momento.

—Eres todo un personaje, ¿lo sabías?

Lamí mis labios, imaginando la suave corona de su miembro entre ellos.

—Mira quién fue a hablar.

—Todavía buscas un punto dominante, ¿cariño?

—No, estoy en él —contrarresté, sintiéndome poderosa. Su erección crecía y se encogía en mi mano.

Todo muy bien, excepto que el peligro clavado en sus ojos había hecho acelerar mi corazón.

—No por mucho tiempo —dijo con voz ronca.

Sin decir nada más, me agarró por la muñeca a mitad del recorrido, rodeando mi torso, y poniéndome boca abajo. Me empujó más fuerte, así que mis codos quedaron en los brazos del sofá.

Sus pantorrillas estaban a cada lado de las mías, y el pelo ensortijado me cosquilleaba la piel. Y como me había pedido previamente, mi trasero estaba en alto y disponible para lo que fuese que él había planeado.

Deslizó la palma de su mano sobre la curva de mi culo. Lo apretó antes de darme un fuerte azote.

—Quiero atarte fuerte y pegarte por ese pequeño espectáculo.

La fiebre me escoció la piel cuando lo imaginé cumpliendo esa amenaza. Gemí y empujé hacia atrás contra él. Una vez despojada de mi poder, no me importaría un poco más de eso. Después de todo, había sido una chica «muy» mala.

Apretó su cuerpo contra el mío, llevando su boca a mi cuello.

—Pero no lo haré. Sólo veré cómo te derrites a mi alrededor.

Sus calientes suspiros enviaron un violento temblor sobre mí. Promesas vacías, pensé vagamente. Después, todo se tensó cuando sentí sus dedos y luego su polla empujando dentro de mí. Fue cuidadoso, pero alcanzó mi parte más profunda en cuestión de segundos.

El placer corría en mí, nítido.

—Oh, joder.

Me agarró con firmeza, saliendo y entrado profundamente de nuevo.

—Creo que lo haré.

Dijo aquello y me comenzó a follar, destrozándome con una embestida a la vez. Clavé las uñas en la tela del sofá, soportando la tormenta que tenía en mi interior.

Nada era dominante en mi postura en ese momento. Estaba expuesta, firme gracias a su fuerza, atrapada por el deseo de nuestros cuerpos unidos de esa manera. Cada célula estaba más viva. Cada terminación nerviosa parecía alcanzar más deliciosa estimulación.

Mis muslos se apretaban el uno contra el otro. Froté una media contra la otra. Mis dedos hormigueaban y se curvaban. Sentí impotencia por no hacer nada, por tomar sus feroces embestidas.

Cuanto más daba, yo más quería.

—Oh, Dios. Así.

—Eres jodidamente increíble.

Me apretó con más fuerza en las caderas, y empujó más rápidamente.

Estaba a punto, preparada para volar sobre el abismo, cuando de repente se apartó. Me tiró sobre la espalda de nuevo. Estaba jadeando, temblando de necesidad.

—¡Blake!

Si aquello era su último juego en un esfuerzo de burlarse de mí hasta llevarme a las lágrimas, estaba a punto de conseguirlo...

Su boca chocó contra la mía y me apartó de ese pensamiento de ira. La abrí para él, esperando su sabor en mi lengua como quería mi siguiente suspiro. Se colocó entre mis muslos, pasando uno de ellos por encima de su cadera, juntándonos rápidamente de nuevo. Gemí de alivio y placer.

Cuando conecté con su intensa mirada, mi pecho se tensó.

—Quiero mirarte a los ojos cuando te corras —susurró.

Ahí estaba. Me había llevado desde el desenfreno a la lujuria. Hasta marcar mi alma con una especie de intimidad que lo llevó todo a lo más alto. Su alcance fue más allá del cuerpo, directamente a mi corazón. La fiebre carnal que corría a través de mí se convirtió en algo aún más potente.

Anclé su boca a la mía, y nos besamos hasta que ambos estuvimos sin aliento. Cada embestida apasionada era una proclamación. Cada toque posesivo una promesa. Olas de éxtasis chocaban contra mí, una tras otra, hasta que estuve débil y temblorosa.

Los músculos de sus hombros se tensaban bajo mi contacto. Se estiró, golpeándome en una zona incluso más profunda. El orgasmo que yo pensaba imposible después de la serie que acababa de darme me hizo añicos.

Sus caderas se pegaron de golpe contra mí, y mi nombre salió arrancado de sus labios con un grito ronco. Su cuerpo se sacudió con espasmos cuando me llenó.

Se derrumbó sobre mí con su boca en mi hombro, esforzándose por recuperar el aliento.

—Mierda —murmuró.

—Sí.

Fue la única palabra que pude pronunciar. Fundida a su alrededor, saboreando el contacto. Incluso después de estar tan íntimamente conectados, no quería estar lejos de su cuerpo.

Se levantó sobre los codos, con el pecho aún agitado. Con una sonrisa de satisfacción, era la imagen de la saciedad. Enrojecido. Maravilloso. Y posiblemente también un poco complacido de sí mismo.

Pasé un dedo sobre la comisura de sus labios.

—No te hagas el presumido.

Levantó una ceja de forma divertida.

—¿Presumido?

—Parece que acabas llevarte a casa el trofeo.

Se rio y luché contra mi propia sonrisa.

—Lo hice. Tus orgasmos son como trofeos. Colecciono tantos como puedo.

Puse los ojos en blanco. Otros pocos puntos para Blake.

Cerró sus manos sobre mi torso, arriba y abajo por mis piernas, y rompió el elástico que mantenía las medias apretadas a mis muslos.

—Me gusta esto. Ponte ese corsé de nuevo y no seré responsable de mis actos.

Lo empujé por el pecho.

—Eres un mal sumiso.

Me envolvió con sus brazos acercándome a él.

—Sí, ¿y tú?

No pude disimular la mueca. Estaba más que un poco enfadada de que mi intento por dominarlo no hubiera ido como esperaba, pero sin lugar a dudas estaba contenta con el resultado.

—No estás al mando, y lo sabes.

En lugar de un comentario engreído, Blake me observó en silencio, acariciando un mechón húmedo de cabello de mi frente.

—Lo sé —murmuró—. Hay algo más grande que tú y que yo de lo que ocuparse ahora.

Me sostuvo la mejilla, mirando profundamente en mis ojos. Luego colocó sus manos sobre mi abdomen. Su mano se posó ahí con suaves caricias.

—Nuestro bebé. La loca forma en la que te amo. Todo lo que siento ahora es que no podría controlarlo ni que quisiera.

Cerré los ojos, cubriendo sus manos con las mías. Mi corazón latía más fuerte ante la visión que surgió. Mi vientre ya no estaba plano, sino lleno y redondo con nuestro bebé. Pequeñas patadas bajo nuestras manos, anticipación en nuestros corazones. Quería esto más que nada.

Y él estaba bien. Nada era más importante.

14

BLAKE

*H*abíamos tenido una semana intensa en lo que se refería a reconstruir y reconectar después de una ausencia que nos había sacudido a ambos. Sin embargo, el lunes por la tarde llegó pronto. No era un tío nervioso, pero una parte de mí se sentía como un pez fuera del agua mientras estábamos sentados en la sala de espera de la doctora Henneman.

Esperaba junto a Erica, su mano a salvo en la mía, a que nos llamaran para nuestra cita. No era muy aficionado a esperar, pero ver a Erica recorrer la sala con la mirada, hacía que casi valiera la pena. Una joven madre estaba sentada frente a nosotros, con su vientre estirando el material de su top premamá. El peso en esa zona limitaba su movilidad cada vez que intentaba impedir que su hijo pequeño tirara las revistas que estaban sobre la mesa. Lo regañó cariñosamente, lanzando una mirada de disculpa hacia nosotros cuando él gritó como protesta.

Mi cabeza aún daba vueltas a aquello. Había visto mujeres embarazadas en el pasado todo el tiempo, incluso había contratado a alguna. Nunca había asociado eso con nada que pudiese experimentar personalmente, como padre, como marido. Pero ahí estaba, y si todo iba bien, esos podríamos ser nosotros, intentando impedir a un niñito que destrozase todo lo que teníamos.

Impotente por controlar el resultado, estaba silenciosamente decidido a mover cielo y tierra para asegurarme de que Erica tuviese un embarazo saludable del que naciese el hijo que ambos fervientemente queríamos. Estaría ahí para apoyarla en todo momento. Meses de embarazo, mañanas de náuseas e incomodidad. Trabajo…

Antes de que mis pensamientos pudiesen tomar otro giro hacia el círculo de «Oh, mierda», nos llamaron. Me levanté y la seguí hasta la sala blanca de control donde la enfermera tomó sus constantes. Unos minutos más tarde, la doctora se unió a nosotros. Era una mujer bella, delgada y alta, con un corte de pelo a lo *pixie* y canas.

—¿Erica?

Erica le estrechó la mano extendida desde la camilla donde estaba sentada.

—Sí, y él es mi marido, Blake.

—Encantada de conocerte, Blake. Enhorabuena a ambos. Debéis estar felices.

Sonrió cálidamente, pero la preocupación apareció en mi estómago. Asentí de inmediato, con la mandíbula apretada. Todas mis ignorantes fantasías sobre la paternidad se pusieron en pausa cuando recordé los riesgos, los peligros y la posibilidad muy real de que esos sueños pudieran romperse por la mujer que estaba sentada frente a mí. Erica estaba de verdad embarazada. Mantenerla así era otra cosa, y pensándolo bien, nunca había expresado mis dudas antes. Las preocupaciones de Erica resonaban en mí.

La vida estaba en la cuerda floja, y mi impotencia sobre el hecho me ponía incómodo.

—No sé si ha tenido la oportunidad de ver el historial de Erica… —comencé a decir.

La doctora se sentó en su taburete y me miró.

—En realidad, sí. Lo han enviado por fax esta mañana.

—Así que es consciente de las lesiones que sufrió.

—Sí. —Su alegre expresión se atenuó un poco. Su atención se dirigió a Erica, cuya expresión reflejaba la suya—. Imagino que lo que has pasado no fue nada menos que devastador. Seré sincera, estoy bastante sorprendida de que hayas sido capaz de concebir tan pronto.

—Nosotros también —contestó Erica tranquilamente.

—Pero aquí estáis —dijo, y su rostro se iluminó de nuevo—. Y puedo deciros que los análisis del laboratorio parecen estar bien. Tus niveles hormonales están como deberían estar, así que mi plan hoy es hacer una ecografía y poder daros una fecha para el parto.

Antes de que pudiese acribillar a la doctora con más preguntas, ella ya había tumbado a Erica en la camilla. Atenuó la luz y un par de minutos después, un borrón gris en la pantalla del aparato de ultrasonidos cobró vida. Sostuve la mano de Erica, compartiendo el consuelo de estar experimentando aquello con alguien que estaba pasando por lo mismo por primera vez y sin tener ni idea de qué esperar. Matemáticas, ciencia, los detalles técnicos de cualquier cosa siempre estuvieron a mi alcance, pero no había nada de técnico en un pequeño orbe en el monitor y el diminuto parpadeo en el centro.

—Este es vuestro bebé —dijo la doctora señalando un óvalo borroso.

Erica me apretó la mano. Me llevé la suya a mis labios para besarla, sin apartar los ojos del monitor. Sentí un torrente de emociones extrañas, sentimientos que no tenían nombre y ningún marco de referencia. Lo único que sabía era que todo había cambiado. Ante nuestros ojos, todo el mundo había tomado un nuevo sentido. La doctora continuó con su examen, reduciendo a cero el pequeño latido del corazón.

Mi propio corazón latía más fuerte en mis oídos cuando ella me dio la cadencia del ritmo.

Después de algunos minutos abrumadores, la doctora nos dio la fecha del parto para comienzos de julio. Erica estaba de siete semanas, y rápidamente calculé que la fecha de la concepción había sido en nuestra noche de bodas.

Vaya. Sonreí y en silencio me di palmaditas a mí mismo. Sin embargo, aún no podía liberarme de mi preocupación.

La doctora imprimió algunas fotos de las ecografías y me las dio mientras Erica se limpiaba.

—¿Ya está, entonces? —vacilé, no muy seguro de cómo empezar con las cientos de preguntas que tenía en la cabeza, todas entorno a la salud de Erica y su historial clínico.

La doctora sonrió cálidamente de nuevo.

—Por ahora, sí. Todo parece ir bien.

—Es optimista.

Se rio en voz baja.

—¿Preferirías que no lo fuese?

—Prefiero ser realista por encima de todo. Lo que le ocurrió a Erica fue muy grave. Nos tiene muy preocupados.

Ofreció una sonrisa simpática.

—Lo entiendo, más de lo que crees. Estoy especializada en embarazos de alto riesgo, así que me encuentro con muchos padres que esperan lo peor. Sus preocupaciones son completamente comprensibles, pero Erica está sana y tengo esperanzas.

Me detuve, pasando el pulgar sobre el filo de la fotografía. Quería creer en aquello. De verdad quería.

—¿Alguna vez ha tratado a alguien con problemas semejantes?

Ella asintió.

—He atendido a parejas que han hecho frente a algunas posibilidades muy desalentadoras cuando se trata de la concepción. He visto a muchas vencer esas dificultades, y he visto algunas que no han sido capaces. Sois muy afortunados.

—¿Diría que es probable que tenga un embarazo normal?

Un vistazo a Erica y quise golpearme por preguntarlo cuando leí el temor en su mirada.

Centré mi atención en la doctora y su expresión ya no era tan simpática, sino más seria.

—Ahora mismo diría que ambos están bien hasta que vea algo preocupante.

Liberé un poco de tensión.

La doctora inclinó la cabeza.

—Ten fe, Blake. No estropees este momento tan especial con preocupaciones. Todo se ve de maravilla por ahora. Venid a verme en un mes, y espero aliviar vuestras preocupaciones de nuevo. Haremos esto cada mes y hacia el final cada dos semanas. Yo estaré aquí a cada paso del camino para responder a las preguntas y aliviar cualquier preocupación que tengáis.

Solté un suspiro y miré a Erica, quien parecía compartir mi alivio. Debería haber tenido una actitud más positiva por su bien, pero los doctores tenían las respuestas en esta situación, no yo, y Erica era la paciente. Esta era mi oportunidad para obtener tanta información como pudiese, porque buscar en internet esa mierda yo solo me aterrorizó. En este caso, mi acceso limitado a la tecnología no me hizo ningún favor.

—Y el sexo va bien, sólo por si pudiese ser un tema que os preocupase demasiado.

Levanté las cejas; esta mujer no sabía cómo follaba, y no iba a darle detalles.

—Completamente bien —aseguró ella con un guiño.

Nos pusimos de pie y la doctora ayudó a Erica a bajar de la camilla.

—Tienes un futuro padre muy protector en tus manos, Erica.

Ella puso los ojos en blanco con una sonrisa.

—Créeme, lo sé.

Erica

*C*ondujimos hacia casa. Las hojas de otoño caían en la carretera con las ráfagas de viento, dispersas a través de los kilómetros de hierba que estaban ensombreciendo el vibrante verde de verano. La tierra estaba muriendo, mientras yo creaba vida, una pequeña y frágil promesa.

No estba segura de qué esperar del día de la cita, pero no podría haber sido más feliz. Quería gritar nuestras noticias desde los tejados, pero sabía que deberíamos esperar un poco. Aún no podía creer lo increíblemente afortunados que éramos.

—¿Estás bien? —Blake me cogió la mano y la colocó en su regazo.

Encontré su mirada y sonreí.

—Sí, sólo feliz.

—Bien. —Su preocupación se suavizó en una mirada llena de calidez, llena de un amor que sentí en mi corazón de la misma forma que en mis dedos—. Perdona si te preocupé.

—Está bien. Preguntaste muchas cosas que yo quería saber. Es difícil sentir que no entiendo completamente lo que mi propio cuerpo es capaz de hacer.

—Si tú no lo entiendes, yo estoy completamente a ciegas.

Reí. Al menos en lo que al embarazo se refería, supuse que era verdad. Más allá de eso, parecía conocer demasiado bien lo que mi cuerpo era capaz de hacer. El calor inundó mis mejillas con el pequeño recordatorio de ese hecho.

«Hola, hormonas.» Quería volver a casa de inmediato. Quería estar en sus brazos. Quería celebrarlo y contar nuestras buenas noticias una y otra vez.

El teléfono de Blake sonó desde el salpicadero del Tesla y rompió las fantasías que se sucedían en mi cerebro.

El reconocimiento de llamada leyó «Remy». Las cejas de Blake se arquearon.

—¿Vas a contestar?

Supuse que el hombre que llamaba era el propietario y quien gestionaba el club al que muy ingenuamente me había ganado la entrada hacía unos meses. La curiosidad me estaba matando. Por lo que sabía, Blake no tenía contacto con Remy. ¿De qué podría querer hablar con él ahora?

—Ahora no. Lo llamaré más tarde —dijo de inmediato.

Me soltó la mano y movió la suya hacia el botón de colgar.

—Habla con él ahora.

Antes de que pudiese detenerme, acepté la llamada desde la consola.

Me lanzó una mirada feroz cuando la voz con acento de Remy llenó el coche.

—Blake, hola, ¿tienes un momento?

—Tengo exactamente un minuto. ¿Qué quieres?

La tensión en el tono de Blake era inconfundible.

—Se trata de Sophia.

Un nudo comenzó a formarse en mi estómago, lleno de preocupación y pesar. Había querido saber el motivo de la llamada de Remy, pero de inmediato cambié de opinión. No quería su presencia de ninguna forma cerca de nosotros.

La tensión de Blake creció, algo evidente en el tic de su mandíbula.

—¿Qué le pasa?

—La han herido.

Blake hizo una pausa, con su concentración fija en la carretera.

—¿Qué ha ocurrido? —preguntó con calma.

—Fue en el club. Un cliente, era bastante nuevo. Creo que ambos lo subestimamos, pero sabes cómo es ella… ella. —Se aclaró la garganta—. Conoces sus exigencias. Ella lo desafió, él mordió el cebo. Desafortunadamente demasiado rápido.

—Joder. Podía haberlo visto venir. ¿Está bien?

—Está en el hospital.

Fingí apartar la mirada, como si pudiera darle algo de intimidad en ese momento. Incluso mientras fingía querer hacerlo, ví por el rabillo del ojo cómo las manos de Blake se apretaban sobre el volante.

—Deberías ir a verla. Querrá verte. Nadie lo entenderá. Eres lo único que tiene —dijo Remy, con un toque de súplica en su petición.

Mi mente lanzó una serie de protestas descorazonadoras. Quizá no fuera uno de los oscuros planes orquestados por Sophia para atraer a Blake de nuevo a su vida, pero es lo que ella esperaría de esto. La conocía lo suficientemente bien como para saberlo.

—No soy el único a quien tiene. Llama a sus padres.

—No lo entenderán, Blake. —La voz de Remy bajó—. Lo sabes.

—Entonces quizás ella debería comenzar a explicarse. No pude ser lo que ella quería en el pasado, y no soy lo que necesita ahora. Ir a verla ahora… esa no es la solución. Ella es un puñetero premio al masoquismo, y lo sabías. La dejaste sola con un maldito enfermo, Remy.

—No niego que le fallé. No le falles tú también ahora.

Blake tomó aliento y habló tranquilamente.

—La respuesta es no. Llama a sus padres.

—No sé…

—Estoy en la carretera. Te mando su información por mensaje cuando llegue a casa.

Blake cortó sin decir nada más. Una sensación de malestar se apoderó de mí con el recuerdo de cómo Blake la había amado una vez. Quizás esto no podía competir con lo que sentíamos el uno por el otro ahora, pero la realidad de eso aún dolía.

—Lo lamento, cariño.

Miré por la ventana buscando la felicidad que había sentido antes de la llamada de Remy.

—No tienes que disculparte.

—Ella te pone triste, y yo juré que no dejaría que volviese a hacerlo nunca más. De todos los días… Dios. Lo siento.

—Está bien —mentí.

No había dejado que Sophia se metiese bajo mi piel durante meses, pero de alguna manera ella había logrado conducirlo a su mundo de nuevo, conscientemente o no. Me regañé a mí misma por la preocupación, maldiciendo a la mujer que estaba lo suficientemente herida para encontrarse en el hospital. Por Blake intenté sentir lástima por ella. No podía imaginar lo que podía haber salido mal. Entre los muros del club, donde los actos más depravados podían ser aceptables, quizás incluso frecuentes, las posibilidades eran muchas.

—¿Qué crees que le ha pasado? —pregunté.

—Mejor no hablar de eso, ¿vale?

—¿Crees que de verdad está herida?

Se encogió de hombros.

—Es muy posible. Si el tío la golpeó tanto como para acabar en el hospital, probablemente no sea bueno. Las cosas que nosotros hacemos… no es nada en comparación a las que ocurren en el club, Erica. Los límites del dolor y el comportamiento aceptable van mucho más allá que los tuyos. Para alguien que sobrepasa esos límites, es dañino…

—Quizá deberías ir a visitarla.

Forcé las palabras, pero cabía la posibilidad de que ella necesitara a Blake más de lo que yo me daba cuenta.

Entró en la calzada, aparcó y se volvió hacia mí.

—No.

El alivio y una inexplicable necesidad de ser comprensiva luchaban en mi interior.

—De acuerdo, Blake. No negaré que desprecio a Sophia, pero una vez la amaste. Es una situación poco corriente, y entiendo que quieras verla.

Levantó su mirada.

—Pero no quiero.

—Si sientes que deberías…

—Tú eres mi prioridad. Eres mi vida. Tú y el bebé, y protejo nuestro futuro… eso es lo único que me preocupa ahora. Sophia tiene problemas más profundos que jamás podrá arreglar. Por eso la dejé, y si ella tiene alguna oportunidad de hacerlo mejor, debe hacerles frente. Estar por ella ahora mismo no la ayuda a largo plazo. Puede que ahora ella se confiese con su familia.

—¿Y si no lo hace?

Vaciló.

—Remy estará ahí para ella.

—¿Cómo lo sabes?

Se quedó en blanco en su asiento.

—Porque está enamorado de ella.

¿Enamorado? Aunque mi interacción con Remy había sido muy breve, había dejado huella en mí. El hombre que tenía el club que Blake solía frecuentar era a la vez intenso e intimidante, pero sin embargo, hermoso y carismático de una forma para la que no tenía palabras. Sophia había acudido al club con Blake en el pasado, pero de algún modo asociarla con Remy me parecía extraño. Él era una criatura dominante, sin duda, quizá tanto o más que Blake. Sin embargo, no podía imaginarme a Blake compartiendo a una mujer, incluso una tan horrible como Sophia, con nadie.

—¿Cómo… si tú estabas con Sophia?

—Fue sincero conmigo acerca de su atracción por ella. Algo de ella lo fascinó. Quería compartirla, al menos físicamente. Basta decir que yo no comparto. Me negué y él no volvió a sacar el tema. Después de que ella y yo nos separásemos, le di mi bendición.

—¿Estaban juntos?

Blake apretó la mandíbula.

—Hace unos meses. Sophia se aseguró de que me enterase también de eso. Fue un último esfuerzo desesperado para ponerme celoso e intentar que volviera con ella, supongo. Pero por lo que sé, no pasó nada entre ellos.

—Porque ella aún te quiere.

—Creo que se podría decir que no eran compatibles.

—Pero él es un dom.

—No todos los doms son iguales, como lo demuestra quien la envió al hospital. Sólo déjame decirte que en la escala de intensidad, las inclinaciones de Remy se parecen un poco más a las mías. De todas formas, no importa. Lamento que esté herida. De verdad lo siento, pero no le dejaré robarnos otro minuto.

Tomé su mano y la puse en la mía. Tracé la palma de su mano. Estaba abrumada y agradecida de que él se sintiese así. Que no importase el qué, nuestro futuro significaba más para él que una mujer que sólo habia intentado separarnos. Lo hubiera amado y entendido de cualquier manera, sin embargo, sentí su fervor y lealtad en los lugares más profundos de mi corazón.

—Gracias —murmuré.

—Lo dije en serio —me contestó suavemente, alzando mi barbilla para encontrar su cálida mirada. Su dura expresión se había relajado, y el amor remplazaba a la preocupación y al malestar que había destruido muchos de nuestros momentos.

—Lo sé, y estoy agradecida. Quiero que sepas que si cambias de idea…

—No lo haré.

Simplemente asentí, sintiendo algo definitivo en la manera en la que lo dijo.

—Eres mejor que yo, Erica. No estoy seguro de si podría dejarte ir a visitar a otro hombre que alguna vez tuvo tu corazón.

Entrelacé mis dedos.

—Eres el único hombre que siempre ha tenido mi corazón, Blake.

—Gracias a Dios por eso. —Me besó—. Ven. Entremos.

15

BLAKE

*E*rica no había ido a trabajar por la cita del lunes y el día había acabado en la cama. Sólo ella y yo entre las sábanas.

No podía apartar mis manos de ella, lo que era parte de lo habitual. Pero ahora estaba cambiando. Era ardiente y más sensible que al principio. Sensible algunas veces. Otras, tierna. Físicamente sentía que estaba descubriéndola por completo de nuevo. Había algo mágico y terrorífico en todo esto, pero no quería estar en esa montaña rusa de emociones con nadie más.

Me desperté por la mañana, embelesado con la mujer que estaba tumbada a mi lado. Sus suaves cabellos eran una maraña en la almohada. Tenía los labios separados mientras dormía a pierna suelta.

Había estado con muchas otras mujeres, pero todas las vergonzosas noches que había pasado en La Perla no podían compararse con una noche con Erica. Ninguna había dominado mi corazón como ella. Ninguna.

Mis pensamientos flotaron hacia Sophia, la única con la que había confundido la palabra «amor». Tumbado en la cama, intenté hacer caso omiso de las visiones que mi imaginación estaba conjurando de ella en el hospital. Estaba herida. En qué medida, no lo sabía. Quería y no quería saberlo. La había eliminado de mi vida por completo, pero mi conciencia me fastidiaba. Y esa mañana me habló con una voz que era una reminiscencia de la de Sophia, insistiendo en que ella me necesitaba.

Sophia a menudo había caminado por una línea peligrosa cuando se acostumbró a ese estilo de vida. Luché por superar esa línea muchas veces. Con Sophia. Con los demás. Sin embargo, nunca luché tanto como cuando conocí a Erica. Cuando me di cuenta de que ella había tenido un violento pasado sexual, tomé la decisión de alejarme de todo lo que pudiera hacerla volver a mis recuerdos. No estaba seguro de lo afortunado que había sido en ese momento, pero Erica no me había dado la oportunidad de intentarlo. Nunca había cuestionado mis bajos deseos en lo que al sexo se refería. Incluso ese fin de semana, su segundo intento fallido de dominar, fue una prueba de su disponibilidad. La luchadora en ella parecía querer poner a prueba esos límites y empujaba los suyos más allá, algunos de los cuales yo le quería mostrar con más cuidado, por su propio bien. Sin mencionar los míos.

Pero siempre, de alguna forma, encontrábamos el placer. Nos encontrábamos el uno al otro.

No había logrado nada tan profundo con mi antigua pareja. Mis apetitos dominantes se habían adaptado a las tendencias sumisas de Sophia fácilmente, pero pronto me di cuenta de que sus necesidades iban más allá de la simple sumisión. Me suplicaba por el dolor, una clase de dolor que dejaba marcas durante días, la clase de dolor que amenaza con dejar cicatriz.

Si mis deseos hubiesen sido más oscuros, se habrían visto inspirados por algo aún más oscuro en ella. A pesar de todas sus súplicas para hacerme volver, Sophia no quería un Maestro. Quería un monstruo, y no podía ser eso para ella.

Sólo me desquicié una vez. Había volado desde Nueva York en un vuelo nocturno hacia la costa Oeste, exhausto y listo para verla, y lo que encontré fue a ella y a Heath desmayados en la cama, medio desnudos. No me molesté en preguntarle si habían follado o no. Media docena de personas que nunca había visto estaban en un estado similar de desnudez posterior a la borrachera por todo el lugar. Envié a Heath y a su séquito a hacer las maletas.

Cuando fui a hablar con ella, totalmente enfurecido, no se vino abajo. La satisfacción pareció llenarle la mirada, como si hubiese orquestado toda la maldita escena para despertar mis celos y sacar una parte de mí de la que siempre me arrepentiría. Pero nada del castigo que le propiné con mi cinturón me trajo consuelo. Como siempre hacía, rogó por más cuando ya había sufrido más de lo que podía soportar. Quería que la follase después, para que tomase lo que era mío, pero ella ya no era mía. Algo en mí siempre supo que fuese lo que fuese que tuve con ella, se había corrompido. Y fuese lo que fuese que ella y yo tuvimos, estaba ya jodido desde el principio.

Independientemente de cualquier mentira que ella hubiese contado a las personas cercanas para que la creyeran, nunca volví a compartir su cama. Hacerlo hubiese sido peligroso. Emocional y psicológicamente. En realidad, Sophia nunca me había dado verdaderamente el control. De alguna forma, en el fondo, siempre lo había sabido, incluso aunque el cabrón controlador que había en mí nunca quiso admitirlo en voz alta.

Quizás ella me necesitase en ese momento, pero la dejé entrar en mi cabeza por última vez. Por supuesto que no estaba dispuesto a invitarla a ninguno de los círculos de mi mundo que se superpusiese con el de Erica. Eso había terminado.

Erica se removió, y me volví para abrazarla mientras aún seguía durmiendo. Sophia era el pasado. Tan lejos en el pasado que una mirada a Erica la hacía incluso más invisible para mí.

Lo que sea que hubiese estado vacío volvía a estar lleno de nuevo ante su mera presencia. Estaba en casa. Juntos, nos complementábamos.

Decidido a dejarla descansar, bajé las escaleras para prepararle un pequeño desayuno para cuando se despertase. Su apetito matutino había desaparecido, pero cuando tenía un poco de comida en su estómago parecía mitigar las náuseas, que disminuían el resto del día. Gracias a Dios las náuseas de la mañana venían por oleadas, porque no estaba seguro de cómo mantener mis manos lejos de ella. Por otra parte, aquello era sólo el principio. No sabía qué esperar los siguientes ochos meses. Tomé nota mental para asaltar la librería esa semana y estudiar todo lo que no sabía, lo que supuse sería muchísimo. Un fuerte golpe en la puerta rompió el silencio de la mañana. Mis padres habían mantenido su promesa de no irrumpir inesperadamente, pero aun así esperaba a mi madre al otro lado de la puerta cuando la abrí.

De algún modo me encontré cara a cara con el agente Evans y el detective Carmody.

—¿Qué hacéis aquí?

Carmody me echó un vistazo.

—Mejor ve a vestirte.

—Dame una buena razón.

Evans apretó la mandíbula. Los ojos de Carmody lo delataron, y de alguna manera pude oír todo lo que no estaban diciendo de forma clara.

—Dame un minuto —dije.

Sin mediar palabra, subí. Erica aún estaba dormida, y luché contra la necesidad de despertarla. No. No tenía que ver esto. Me puse algo de ropa. Pero cuando iba a dejarla, se incorporó.

—Hola. —Tenía una dulce y cansada mirada. Su cabello era un adorable caos.

—Hola cariño. Quédate aquí, ¿vale? Evans está abajo. Estoy seguro de que no será nada. Tómate tu tiempo para vestirte.

Frunció el ceño, y toda la somnolencia desapareció de su rostro.

ERICA

Sin hacer caso de todas las peticiones de Blake, me puse la bata y lo seguí escaleras abajo con los pies descalzos. Maldijo en voz baja mientras bajábamos. A mí o a Evans, no estoy segura. No podía pensar con claridad. Las telarañas aún no estaban limpias y ahora teníamos a la policía y al FBI en la puerta de casa.

Evans estaba en el vestíbulo, con Carmody a unos pasos tras él. La cara de Evans cambió con una sonrisa de autosatisfacción que me hizo que se me retorcieran las entrañas. Algo iba mal. Podía sentirlo.

—¿Qué está ocurriendo? —pregunté.

Carmody sacó un par de esposas y se separó un poco de Blake.

—Blake Landon, quedas detenido. Tienes derecho a permanecer en silencio.

Algo en su postura parecía casi disculparse con Evans, que apestaba de odio hacia Blake.

—No, no puedes hacer esto —dije con una voz rota que surgió de mis labios temblorosos.

—Podemos y lo haremos. Aquí está la orden.

Evans me dio una hoja de papel plegada.

Lo miré, incapaz de leer ni una palabra. El papel temblaba en mis manos. Esto no estaba pasando. Tenía que ser un sueño. Sin embargo, sabía que no lo era. Estaban arrestando a Blake ante mis propios ojos. Todo mi cuerpo se agitaba y ardía por la adrenalina. Mis palmas hormigueaban y las usuales náuseas que sentía por la mañana temprano se habían multiplicado. Controlé mi estómago, intentando reprimir las ganas de vomitar.

Carmody retorció los brazos de Blake para colocárselos a la espalda y acabó de leerle sus derechos. Él hizo una mueca de dolor cuando las esposas se cerraron fuertes, atrapando sus muñecas.

Las lágrimas ardían e inundaban mis ojos, nublando mi visión.

—Él no lo hizo.

—Díselo al juez.

Una sonrisa sombría se dibujó en los labios de Evans.

Pasé por su lado para llegar hasta Blake. No podía llevárselo. No hoy, nunca. Antes de que pudiese llegar hasta ellos, Evans me cogió por el brazo y me empujó hacia atrás.

El fuego ardió en la mirada de Blake.

—No la toques.

—Entonces dile que se calme —gritó Evans, más a mí que a Blake.

—Blake —sollocé, retorciéndome sin poder hacer nada desde la distancia.

Evans me apretó con más fuerza, tirando de mí hacia atrás. Lo empujé, arañándolo para liberarme de él.

La voz de Blake rugió, rebotando por toda la habitación.

—Está embarazada, gilipollas. Quítale las putas manos de encima.

Carmody colocó una mano de forma firme sobre el pecho de Blake, sus ojos abiertos y atentos. Evans me soltó, entrecerrando los suyos mientras poco a poco se posicionaba entre Blake y yo.

Temblaba de la cabeza a los pies. Por la adrenalina, por el pánico de ver al hombre que amaba mientras se lo llevaban lejos de mí. Las lágrimas me caían sin pedir permiso por las mejillas.

—Blake… no me dejes. Por favor, no puedes. Diles la verdad.

Separó los labios, pero no dijo ni una palabra.

—Muévete.

Carmody lo empujó hacia la puerta. Con la mandíbula apretada y los ojos vacíos, Blake los siguió sin decir una palabra.

La puerta se cerró y caí de rodillas, sin ser capaz ya de contener el llanto agónico que me desgarraba el pecho.

BLAKE

*L*a visión de Erica, con la cara cubierta de lágrimas, se me grabó a fuego en la mente. Era todo lo que podía ver, y por encima de los portazos, las voces y la conmoción, aún podía oír su llanto desesperado tras la puerta cerrada a nuestras espaldas. Apreté las palmas contra mis ojos, incapaz de librarme del dolor que me hería como una lanza cada vez que la escena se repetía en mi mente. Respiré profundamente varias veces y busqué esperanza; esperanza en que esta pesadilla pronto se acabaría y podría volver con mi mujer.

Me habían fichado y esperaba a que Dean apareciese después para rescatarme. Pero las horas pasaban sin noticias de él. Cayó la noche y el sueño no llegaba. No debido a la pobre cama en la que estaba tumbado. No por los ruidos de la comisaría y la gente que entraba y salía del conglomerado de celdas en la noche. Era porque mi cerebro estaba barajando todos los escenarios posibles y cada posible solución.

Cualquier otro en mi lugar habría estado al límite, pero yo ya había estado allí antes, y con cada segundo que pasaba, recordé lo que la experiencia había sido para mí. Entonces era joven y estaba lleno de emociones confusas, quizá la más importante era el temor a pasar el resto de mi vida adulta entre rejas. Me habían retenido durante días mientras luchaba con esa muy plausible realidad.

Dando por sentado que ellos habían encontrado suficientes pruebas para hacerme cargar con el amaño electoral de Daniel, iba a enfrentarme a los mismos temores de nuevo.

Exhausto, pero no menos abrumado, me llevaron al tribunal para la audiencia donde se fijaría la fianza por la mañana. Me dejaron en una pequeña sala dónde esperé a Dean. Tamborileé rítmicamente con mis dedos sobre la mesa mientras aguardaba para obtener algunas respuestas.

Finalmente apareció, trajeado como siempre. Ni un cabello fuera de su sitio, pero la presión caía sobre él como una pesada ola. Nada en su lenguaje corporal era tranquilizador.

—Gracias por aparecer —murmuré.

Su expresión era dura.

—Intenté arreglar la fianza ayer. No hubo manera.

—¿Quieres hacer el favor de explicarme por qué coño estoy aquí contigo?

Se sentó, desabrochando su abrigo como solía hacer.

—¿Quién es Parker Benson?

Fruncí el ceño.

—¿Qué?

—Parker Benson. El tío que investigaste la noche antes de que confiscasen todo en tu oficina. ¿Te suena?

—Está saliendo con mi hermana. Quería saber quién era.

—Vale, de acuerdo. Algunas personas suelen usar Google o pagar por una verificación legítima de antecedentes. Aparentemente tú accediste a sus extractos bancarios y pirateaste su cuenta de correo de la universidad. Nada de eso era legal.

Me incliné.

—¿Es una puta broma? ¿Por eso estoy aquí?

—Te dije que ellos buscarían cualquier cosa, sin importar lo pequeña que sea o lo irrelevante que fuese para el caso. Y me dijiste que eras cuidadoso con esta clase de cosas.

—Lo fui —repasé mentalmente la noche anterior, asegurándome de que lo había sido.

—Entonces, ¿cómo lo averiguaron?

Por primera vez en mucho tiempo me quedé sin palabras.

—Deben de haber manipulado mi ordenador mientras no estaba, así pudieron seguir el rastro de mi actividad cuando volví de la luna de miel. No tenía ni idea de que ellos pudieran estar vigilándome hasta ese punto. ¡Qué mierda!

—Las buenas noticias son que aún no tienen nada sobre las elecciones. Te han pillado por esto y esperan tener más. Sin embargo, técnicamente hablando, esto es suficiente para hundirte en la mierda.

Tomé asiento de nuevo, absorto en mi negación.

—No es suficiente.

—Sería increíble si fuese cierto, pero creo que nosotros dos nos conocemos mejor que eso. No te lo pondrán fácil.

Un golpe en la puerta avisó que era el momento de moverse. Dean se puso en pie.

—Levanta, vamos a conseguir fijar tu fianza y sacarte de aquí.

Veinte minutos más tarde estábamos ante el juez.

—Estamos pidiendo una fianza —dijo Dean.

La abogada de la acusación parecía una cincuentona. Era menuda con cortos rizos rubios enmarcando su rostro; tan pronto como ella abrió la boca supe que estaba allí para clavarme en la pared.

—Pedimos que se deniegue la fianza al señor Landon.

Dean movió la cabeza, parecía perplejo.

—Es un crimen no violento, su señoría.

El abogado de la acusación prosiguió:

—Este hombre es un arma andante. Todo lo que necesita es un ordenador para cometer su siguiente delito e información comprometedora y
sensible.

—Mi cliente tiene un historial limpio —argumentó Dean.

—No hace ni tres meses fue acusado por asalto.

—Que fue desestimado de inmediato.

—Lo cual no sorprende de un hombre con sus medios.

La jueza la miró por encima de sus gafas.

—¿Está usted cuestionando la integridad de la corte, abogada?

—Por supuesto que no, lo que estoy diciendo es que este hombre
está bajo investigación por amañar unas elecciones estatales. Ninguno de
nosotros puede saber lo que es capaz de hacer.

—Las acusaciones hechas contra él con respecto a las elecciones son
aún infundadas y no tienen ninguna relación con esto —argumentó
Dean.

—No estoy de acuerdo. El señor Landon es un conocido pirata informático, y sólo estamos comenzando a descubrir lo que podrían ser una
serie de actividades fraudulentas. En una tarde fue capaz de piratear el
ordenador central de una de las mayores instituciones bancarias y una
universidad estatal. Tiene innumerable información y recursos financieros. No es un hombre que pueda ser subestimado.

—Esto es especulación —dejó claro Dean.

—Teniendo en cuenta los cargos en su contra, la identidad y la
información personal de todos está en peligro, incluyendo la suya, su
señoría.

—Fianza denegada.

—Su señoría…

Le interrumpió una corta explosión del martillo.

—Este tribunal lo desestima.

El temor corría por mis venas, salpicado por un sollozo que reconocí
de inmediato: era mi madre. Me giré y ella estaba varias filas por detrás.
Los brazos de mi padre la rodeaban por los hombros, acercándola a él.
Fiona lloraba a lágrima viva y yo supuse que ella probablemente no sabría ni la mitad de todo aquello. Maldito Parker.

Quería culparlo, pero la verdad era que sólo yo tenía la culpa.
Aparte de unos pocos mensajes sin respuesta de lo que parecían ser líos
de una noche de hacía varios meses, Parker había salido bien parado de

la investigación. Yo estaba allí porque me había dejado llevar por mis preocupaciones.

El resto de mi familia observaba como si estuviesen en mi maldito funeral. Y luego Erica. Estoica. Su mandíbula se mantenía firme. Sus ojos estaban cansados e hinchados. Debajo de esa fachada de fortaleza sabía que ella estaba tan devastada como yo. El nudo en mi estómago creció, trayendo con él una especie de rabia insensible.

Volviéndome hacia Dean, fulminé al hombre que rara vez se acobardaba, aunque ahora tenía la decencia de parecer aprensivo.

—Arréglalo.

—Para eso me pagas.

Sonaba confiado, pero sus ojos decían otra cosa. Se movían lejos de mí, vagando sobre la abarrotada sala de los juzgados.

Mi atención se centró en Erica, quien salía de la sala con el resto de mi familia. Me daba la espalda, y todo mi ser quería ir con ella. Quería abrazarla a través de esta tormenta, hacerle saber que saldríamos de esta juntos. Pero no lo haríamos juntos, estaríamos a kilómetros de distancia, pasando cada noche pensando en el otro.

Tragué saliva y la vi marcharse, sintiéndome totalmente destrozado.

El alguacil se acercó y dirigí una mirada gélida a Dean.

—Mueve los activos a Heath. Haz lo que tengas que hacer. Necesito saber que Erica estará bien si esto se tuerce.

—Considéralo hecho. Trabajaré para sacarte de este lío lo antes posible.

—Estaré bien, ella es tu prioridad.

—Blake, tú eres la prioridad. Si Erica puede manejarte, será lo suficientemente fuerte como para pasar por esto. Estará bien.

El alguacil apretó las esposas alrededor de mis muñecas. Cuando el frío metal me rodeó la piel, mis latidos se aceleraron al máximo y mi cuerpo se acaloró de forma incómoda. Iría de buena gana, pero era la tercera vez en dos días en que las restricciones daban vueltas en mi cabeza, y aproveché mi fuerza de voluntad para no luchar contra ellas.

Esta vez sentía que sería la definitiva. Las esposas se cerraron con un rápido chasquido, haciendo un ruido al que debería acostumbrarme.

La boca de Dean seguía moviéndose, pero la parte de mí que debería preocuparse por las demás garantías que él podía darme estaba muerta. Erica era una luchadora. No estaba seguro de que yo lo fuese.

16
ERICA

*A*bandoné el flujo de personas y saqué el teléfono del bolso. La familia de Blake estaba apiñada fuera de los juzgados, hablando con el abogado. Habría estado con ellos si hubiese tenido alguna fe en el sistema judicial para arreglar esto.

Con las manos temblorosas me detuve en el número de Daniel, marqué y lo dejé sonar. Saltó el contestador. Corté y volví a marcar. Cuando volvió a no cogerlo oí el mensaje del contestador completo. Breve, frío. Como el hombre que había tras él.

—Daniel, soy Erica. Sé que no quieres hablar conmigo.

Cerré los ojos, luchando con la confusión que amenazaba con agravar el casi insoportable dolor que ahora sentía.

—Pero de verdad, necesito hablar contigo. Es importante. Y si no quieres devolverme la llamada, seguiré llamando. Si me conoces, y a pesar de todo creo que me conoces bastante bien, sabes a la perfección que no me rindo fácilmente. Gracias.

Colgué y con una última mirada hacia Gove y los sombríos rostros de nuestra familia me volví para salir.

Las pesadas puertas de madera del Palacio de Justicia se abrieron de golpe. Fuera, un puñado de reporteros se abalanzaron sobre mí. Sus preguntas se producían todas al mismo tiempo. Sus voces se acumulaban una sobre la otra. Daniel, Blake, las elecciones, mi participación.

—¿Estos nuevos cargos contra su marido tienen algo que ver con la elección del gobernador?

—¿Algún comentario sobre que Fitzgerald sea despojado de su victoria?

Mi ya confuso cerebro no podía procesar lo que acababa de pasar dentro de la sala de justicia y mucho menos formular una respuesta para llenar sus informes de noticias. Intenté esquivarlos, y lo único que se abrió paso a través del alboroto fue el sonido de mi nombre. Entonces vi a Marie maniobrando entre dos hombres. Sus grandes ojos expresaban una mezcla de frustración y preocupación.

Me alcanzó.

—Ven conmigo.

Cogí su mano y caminamos rápidamente hacia el coche. Los reporteros finalmente se rindieron después de que estuvimos a varios metros de distancia. Me senté en el asiento del pasajero del sedán, dejando fuera el frío y el ruido al cerrar la puerta detrás de mí.

Bastó una mirada a la mejor amiga de mi madre, y las lágrimas comenzaron a correr. Me alcanzó desde el asiento delantero para abrazarme fuerte. Hundí mi cara en su abrigo y apreté su delgado cuerpo, intentando no desplomarme del todo.

—Vi las noticias esta mañana y vine tan pronto como pude.

Resoplé en el asiento de atrás.

—Gracias.

—Supe que las cosas no pintan bien para Daniel. El hombre vendería su alma por una victoria, pero no tenía idea que Blake estuviese implicado.

Me sequé los ojos.

—No es él. No tuvo nada que ver con las elecciones. Es el único sospechoso que ellos están barajando, así que están convirtiendo su vida en un infierno y reteniéndolo por otros cargos.

La rabia inundaba mis venas. Odiaba a la mujer que se había interpuesto entre Blake y la libertad bajo fianza. Gracias a su determinación, no tenía ni idea de cuánto dolor estaba infligiendo manteniéndonos separados. Apreté los puños, intentando contener la furia, aunque sólo fuese para aliviar el devastador dolor que iba más allá.

—¿Por qué no me llamaste?

Moví la cabeza y bajé la mirada hacia mi regazo.

—Ha sido demasiado. Es demasiado para que alguien lo arregle.

Me había quedado en casa la mayor parte de la noche, intentando consolarme en un lugar que parecía, emocionalmente, mucho más estable. Lo último que quería hacer era comenzar a difundir la noticia cuando aún no tenía todas las respuestas.

Habíamos explicado en detalle cuanto podíamos y estábamos de acuerdo en encontrarnos con Sid después de la audiencia para ver si sería capaz de encontrar el código. No quería pedirle que pusiese su propia libertad en riesgo. Más allá de ese pequeño rayo de esperanza de que Sid sería capaz de ayudar, estaba luchando por ver una luz al final de ese horrible túnel. No estábamos más cerca de encontrar a Trevor de lo que lo habíamos estado cuando volví a casa desde Dallas. Sin duda, aún seguía en *shock*, porque hacía dos días que se habían llevado a Blake esposado. Y ahora esto... ahora no podría volver a casa conmigo.

—Le niegan la fianza, Marie. Ni siquiera puedo verlo. No sé qué voy a hacer ahora. Íbamos a intentar llegar al fondo de esto juntos, y ahora ni siquiera está aquí.

Marie me enjugó las lágrimas que no dejaban de salir, calmándome dulcemente. Lo hizo hasta que el llanto disminuyó. Comencé con un ataque de hipo, intentando respirar profundamente a pesar de mi miseria.

—Pequeña, mírame. Todo va a salir bien —me susurró.

Miré fijamente el precioso iris color caramelo de sus ojos. Su cabello caía en largos tirabuzones alrededor de su cara. Era una mujer preciosa con un corazón precioso. Pero cuando se trataba de la dura realidad del mundo, ella no podía ser ingenua. Había visto su corazón roto muchas veces como para creer que podría parar este tren cargado de dolor en el que yo iba montada.

—Veo miedo en tus ojos, pero también veo fuego. Sé que quieres que él sea el único fuerte. Cuando te protege, creo que él siempre lo será. Pero ahora te necesita. Necesita que tú seas fuerte.

Fuerte, ¿qué significaba esa palabra en ese contexto en el que todo se estaba desmoronando? Me consideraba fuerte, con defectos, sensible, segura, pero cuando las cosas se ponían feas, cuando la vida muestra su peor cara, siempre encontraba la forma de dar marcha atrás.

Había sido una persona fuerte toda mi vida, pero de alguna manera hacerlo sola era diferente ahora. Era responsable de mi propio sufrimiento, de mi propia lucha y circunstancias. Ahora compartía todo con Blake. Por más que nosotros quisiésemos luchar contra nuestros demonios solos, cuando herían a uno, también herían al otro. Nuestra felicidad y cargas estaban unidas.

Y nada podía liberarnos de lo que ahora compartíamos.

—Marie, estoy embarazada.

Una mezcla de alegría y preocupación llenó sus ojos.

—Dios mío, oh Dios. Erica, ¿por qué no me lo habías dicho?

—Lo descubrí hace unos días. Fui a la consulta el lunes, y parece que todo va bien. Aún no se lo habíamos dicho a los demás.

Más lágrimas llegaron, lloviendo sobre aquel recuerdo de felicidad. ¿Cómo podía haberse venido abajo todo esto tan rápido?

Cuando parecía que Blake y yo no podíamos ser más fuertes o felices, las circunstancias habían cambiado y amenazaban con llevárselo lejos.

Marie estuvo en silencio durante un rato. Cuando habló, sus ojos brillaban.

—No me puedo imaginar cómo te sientes ahora mismo, cariño.

Apreté mis dedos contra los párpados, intentando contener las lágrimas que simplemente no paraban.

—Puedo sentir a Patricia mirándonos por encima del hombro ahora mismo.

Miré hacia arriba, la cara de Marie borrosa a través de mis lágrimas. En medio de todo esto, no había pensado en mi madre, pero de repente pude sentirla también… a través del amor de Marie.

—Y sé que estaría feliz, radiante de felicidad. Lo que tú estás pasando no es fácil, y mi corazón está roto por ti, Erica, pero esto es una bendición que te ha sido regalada por algún motivo. Aguanta. Lucha por él. Haz de él tu motivo para mantenerte fuerte por vosotros.

Una chispa de esperanza se encendió en mi interior. La abracé, pero estaba muy lejos de cualquier tipo de consuelo. Mis lágrimas habían disminuido y tomé un inseguro respiro.

—Me gustaría creer que teniéndola aquí ahora podría hacer las cosas mejor de alguna manera. Simplemente, no veo cómo podría ir peor.

Se enjugó una lágrima errante y movió mi pelo hacia atrás.

—¿Por qué no vienes a casa conmigo unos días?

Miré hacia abajo y retorcí mis votos matrimoniales entre los dedos una y otra vez sin contestarle.

—No deberías estar en esta enorme casa tú sola. Ven y quédate conmigo. Aunque sólo sea por uno o dos días. Un cambio de escenario no hace daño a nadie.

Acababa de regresar a casa, pero tenía razón. Cada segundo en esa casa me recordaba que Blake no estaba ahí.

—Debería volver. Los padres de Blake están cerca si necesito algo —murmuré.

—Lo sé, pero ellos están lidiando con su propio dolor respecto a este tema. Déjame cuidarte durante un tiempo hasta que Blake pueda volver a casa. Estás cansada y abrumada. Sé cómo eres. Te sentarás aquí con todo esto y te pondrás enferma. Quédate conmigo y podemos hablarlo.

Quizás ella tenía razón. Asentí, aceptando la idea.

—Está bien, vamos a casa y prepararé una maleta.

—¿Quieres que yo conduzca?

—No, estoy bien. Iré con Clay y haré que me lleve a tu casa un poco más tarde. Quiero hablar con los padres de Blake y saber qué les ha dicho el abogado.

Aún tenía que ir un momento a la oficina también. Tan desesperada como me sentía, no podía ir a esconderme a casa de Marie, a esperar que esto pasase. Tenía que seguir todas las pistas que tenía hasta que me llevasen cerca de la verdad.

—Vale, llámame cuando estés de camino o si hay algún cambio.

—Lo haré. Gracias.

Suspiré profundamente, soltando algunas lágrimas, pero sin sentirme menos ligera.

Marie me tomó de la mano y la apretó.

—Siempre estaré aquí. No importa lo que pase.

Le di de nuevo las gracias, salí del coche y la dejé irse. Encontré a Clay al otro lado del aparcamiento. Me llevó de vuelta a Marblehead y me dejó en la casa de los padres de Blake. Me detuve en la puerta, preguntándome si debería llamar, pero decidí entrar.

Fiona, Catherine, Alli y Heath estaban en la cocina.

—¿Qué va a decir Parker? —preguntó Heath.

Fiona apretó las aletas de su nariz.

—Sinceramente no sé qué decirle. Puedo intentar explicarle que Blake sólo intentaba protegerme, pero obviamente eso es una enorme invasión de la privacidad.

La puerta se cerró tras de mí y entré.

—Erica, cariño. Entra. —Catherine me hizo señas.

Me abrazó cuando estuve lo suficientemente cerca. Todo mi cuerpo se puso en tensión. Ya no podía llorar. La noche anterior había decidido que no lloraría más, sin embargo, ese mismo día ya me había venido abajo.

Me soltó con un suspiro tembloroso.

—Ven, vamos a sentarnos.

Nos hizo pasar al salón, donde estaban todos sentados. La figura de Greg me llamó la atención. Estaba en el porche, de espaldas a nosotros.

El mar estaba enfurecido, y las olas se mezclaban con un cielo gris e indiferente. A veces me preguntaba cómo sería estar allí, varada en medio de las olas y el frío, a merced de la despiadada Madre Naturaleza. Así era como me sentía en ese momento. Quizá no estaba sola en esto.

Mi corazón sufría por Catherine y Greg. El día había sido devastador para mí, pero no podía imaginarme cómo habría sido para ellos. Y aún no habíamos dicho nada del bebé. Alli y Heath lo sabían, pero yo estaba feliz de no haberlo explicado al resto de la familia. Sabiendo que la libertad de Blake estaba en peligro, no podía compartir la noticia con ellos ahora.

—¿Qué ha dicho el abogado? —pregunté.

—Tiene mucho trabajo que hacer —dijo Heath—. La policía siguió la pista hasta la actividad del ordenador de Blake cuando volvisteis de la luna de miel. Sabemos que pirateó el ordenador de Parker. Obviamente no lo hizo con mala intención. Pero van a intentar pillarlo por ahí.

El teléfono de Fiona sonó.

—Es Parker. —Sacudió la cabeza y puso el teléfono en modo vibración—. No puedo creer que Blake hiciera eso. ¿En qué coño estaba pensando?

—Sólo miraba por ti, Fiona —dijo Catherine.

—Debería conocerme mejor. Dios mío, ¿cuántas veces debe aprender la lección? —dijo levantando las manos, enfadada como nunca la había visto.

—Eso es lo que hace siempre, Fiona. Sabes que él no sigue las reglas —dijo Heath.

—Invierte en propiedades y en desarrollo de programas. No sabía que había tomado por costumbre piratear ordenadores para meterse ilegalmente en los asuntos de la gente.

Catherine negó con la cabeza, con sus ojos brillantes de nuevo.

—Todos estos años, y no puedo creer que estemos otra vez en el punto de partida. Es una pesadilla. Una pesadilla real.

Alli estaba en silencio a mi lado. Seguía con la mano apoyada en el estómago. No estaba segura de si intentaba convencer al bebé de que todo se iba a arreglar, o si lo hacía para convencerme a mí misma. En esa habitación, rodeada por la familia, me sentía como si fuésemos un equipo de dos.

—Él es así —dije al final—. No me gusta nada, igual que nada de lo que hacéis, pero francamente no puede evitarlo. Es muy fácil para él hacer estas cosas. Es un talento, poco ético, quizá. Pero es quién es. Y es por eso por lo que a ninguno de nosotros nos falta de nada. No podéis vilipendiarlo por eso.

Se hizo el silencio en la sala. Catherine frunció la nariz en un pañuelo y salió de la habitación sin decir una palabra. Regresó con una botella de vino bajo el brazo y ambas manos llenas de copas.

Heath le dirigió una mirada de preocupación.

—Mamá, no son ni siquiera las once.

—No podría importarme menos —murmuró.

Oí la puerta abrirse y cerrarse de nuevo, y unos segundos más tarde Parker se había unido a nosotros en el salón.

Los ojos de Fiona se iluminaron.

—Parker, ¿qué haces aquí?

Tenía los labios apretados.

—No respondías a mis llamadas. Estaba preocupado.

Metió su corto pelo marrón detrás de la oreja y evitó su mirada.

—Supongo que tenemos que hablar.

Él hizo una mueca.

—Ya lo sé todo acerca de esto. Tu hermano es un cabrón entrometido.

Lanzó una mirada cómplice entre todos nosotros.

—Y no me importa una mierda. Me preocupa más no haber podido estar o hablar contigo mientras estaba sucediendo todo esto.

Su mirada revoloteó hacia él, y su labio inferior tembló.

—Lo siento, pensé que estarías enfadado.

Sus ojos fijos en ella, como si fuese la única persona en la habitación.

—Fiona… esto no cambia «nada».

Suspiró de forma audible, y se puso de pie. Se acercó hasta ella. La tomó de la mano, y la abrazó fuerte. Permanecieron así un momento antes que una enrojecida Fiona lo condujese rápidamente fuera de la sala y lejos de nosotros.

Catherine suspiró y movió la cabeza.

—Gracias a Dios —murmuró en voz baja cuando comenzó a servir el vino en las copas.

—Voy a prepararme un poco de té, si no te molesta —dije en cuanto ella puso una copa delante de mí.

—Déjame hacerlo a mí, cariño —dijo Catherine.

—Puedo yo sola —insistí y desaparecí en la cocina.

Un minuto más tarde, Heath se puso a mi lado y tomó una jarra de la alacena para él. Las voces de Catherine y de los demás era un mero murmullo. Fiona y Parker no estaban por ninguna parte.

—¿Estás bien? —me preguntó, sirviéndose una bolsita de té.

—¿Tú qué crees?

Sus luminosos ojos color avellana estaban llenos de una preocupación que yo compartía.

—Gove conseguirá sacarlo de esto, Erica. Blake no es el primer tío rico que escapa de un embrollo legal.

Cerré los ojos y apoyé mis manos en la encimera.

—Estoy harta de la gente que me dice que todo irá bien. Estoy harta de guiar mi vida con esta fe ciega de que mágicamente todo se arreglará y que, de alguna manera, puedo confiar en que todo el mundo se preocupará por él como yo lo hago, de que harán su trabajo para encontrar la verdad que nadie parece querer encontrar tanto como yo.

Heath apretó la mandíbula.

—Gove quiere empezar moviendo algunos de los activos de Blake para mí y para ti, en caso de que las cosas empeoren.

—No —dije simplemente.

Apretó los labios.

—¿Quieres tener fe, o quieres comenzar a planear el peor de los escenarios posibles?

—Ninguna de las dos cosas. Quiero arreglarlo. —Me detuve y lo miré—. Y lo haré.

—Deja a Gove hacer lo que tiene que…

—¿Quieres motivarme, Heath? —Le miré, con la mandíbula inclinada hacia él—. Entonces dime «no». Dime que no puedo, o que no debería.

—Todo lo que estoy diciendo es que sé que por encima de todo Blake quiere mantenerte a salvo y cuidarte.

—Si quiere cuidarme puede venir a casa y hacerlo él mismo. De otra manera, estoy cuidando de mí misma, y voy a llegar al fondo de todo esto aunque sea lo último que haga.

Antes de que pudiese responder, el teléfono me sonó en el bolsillo. Lo saqué. Era un mensaje desde un número local que no conocía.

Tengo lo que estás buscando. Estación de Park Street.

Leí el mensaje de nuevo y el corazón se me aceleró. ¿Era Daniel?
Heath acabó de hacer nuestro té mientras pensaba en qué responder.

E: ¿Cuándo?

En una hora. Te encontraré

Miré el reloj. Si no encontrábamos tráfico, Clay podría llevarme allí a
tiempo.
—Tengo que irme —dije rápidamente.
Heath frunció el ceño.
—¿Adónde vas?
No hice caso de la pregunta y me dirigí a la puerta.
—Dile a Catherine que lo siento. Tengo que salir corriendo.
Me apresuré en volver a casa, empaqueté una bolsa de viaje para
pasar unos días con Marie, y le dije a Clay que me llevase a la ciudad. Nos
detuvimos delante de la estación de Park Street con cinco minutos de
sobra.
—Espérame aquí.
Contactamos visualmente por el retrovisor.
—¿Me necesita?
—No, estaré bien.
Aquello no saldría bien con Clay revoloteando por allí.
Se volvió en su asiento, observándome con cautela.
—La conozco lo suficiente como para saber que esa es la mirada que
tiene cuando hace algo que Blake no quiere que haga.
—Si fuera por Blake, nunca habría dejado la maldita casa. Sólo voy a
encontrarme con alguien. Estaré bien. Te lo juro.
Titubeó.
—Mi trabajo es mantenerla a salvo, Erica.
Era la segunda vez que usaba mi nombre. Y en ambas ocasiones lla-
mó mi atención. Aprecié su preocupación, pero no podía dejar que se
interpusiera en mi camino ahora.
—Es una situación complicada, Clay. Si no vuelvo en diez minutos,
puedes comenzar a preocuparte, ¿de acuerdo?

Se dio media vuelta y dejó caer una mano en el volante.

—Cinco minutos.

Puse los ojos en blanco, pero no perdí ni un segundo más y salí disparada hacia los trenes. Park Street era una estación concurrida y más todavía a la hora del almuerzo. ¿Cómo me encontraría el extraño entre la multitud?

Caminaba con torpeza, intentando parecer normal, lo que fue imposible después de que dos trenes llegaran y se fueran sin mí. Más gente se agolpó en el andén esperando al siguiente tren. Analicé las caras y me quedé helada cuando vi una conocida.

«Mierda.» Me volví y comencé a andar hacia las escaleras que me conducirían fuera de la estación. Quise echar a correr, pero me moví demasiado lenta como para parecer natural. Aquello no podría haber ocurrido en un momento peor. Rogué en silencio que no me hubiese visto, así podría pasar inadvertida.

—Erica.

La voz de aquel hombre apenas fue audible por encima de los chirridos del tren que se acercaba.

Seguí caminando, hasta que una mano me tomó por la cintura y me impidió ir más lejos. Miré a los ojos del detective Carmody, protegidos del sol bajo una gorra de béisbol. Llevaba ropa de calle, pero no había duda de que era su cara. Mi corazón palpitaba violentamente. Tiré de mi mano, y noté algo pequeño y pesado en ella. Abrí la palma y descubrí una pequeña memoria USB negra. Lo volví a mirar, pero había desaparecido tan rápidamente como había aparecido.

Una ráfaga de aire cálido me agitó el cabello cuando el tren arrancó.

17

BLAKE

*M*e habían trasladado a la cárcel del condado por la tarde. El proceso casi ritual de ese paso de un lugar a otro y de una estancia a otra me ayudó a mantener los pensamientos lejos de los acontecimientos de esa mañana. La visión de la cara de Erica, tan afectada, se me había quedado grabada en la memoria. Pero después tuve todo el tiempo del mundo y ya no pude sacármela de la cabeza. Me sentía como si alguien me hubiera arrancado la mitad de las entrañas y luego me hubiera dicho que podía vivir sin ellas.

Excepto que no era capaz de imaginarme cómo iba a vivir sin Erica durante tanto tiempo. Podría vivir sin dinero, posesiones, o éxito. Pero no sin esa mujer.

A la hora del almuerzo me senté a una mesa vacía y moví la comida alrededor de la bandeja. No era tan asquerosa como completamente incomestible. Dejé caer el tenedor y abrí el pequeño cartón de leche que me recordaba a un centenar de almuerzos escolares que había sufrido.

Tragué como pude y miré a mi alrededor, a los delincuentes que estaban sentados a otras mesas. No pude dejar de establecer paralelismos. Aquello estaba lejos de ser la cafetería de la escuela, pero tampoco iba a encajar mejor allí que cuando era un adolescente iracundo. Me convencí a mí mismo de que no tenía nada en común con toda aquella gente. Estaba plenamente decidido a mantenerme apartado de ellos. ¿Quién sabía cuánto tiempo tendría que llamar «hogar» a aquel sitio?

—Oye.

Max se sentó frente a mí, con el mismo uniforme que yo llevaba. Dejó la bandeja en la mesa, como si se dispusiera a sentarse conmigo.

Me recosté en el respaldo de la silla y le miré fijamente. Una línea pálida le recorría la mejilla y al instante supe que era producto de la paliza que le había dado. La última vez que había visto su cara, nadie lo habría reconocido. Apreté los puños al revivir el recuerdo y pensé seriamente en volver a hacer lo mismo.

—¿Qué coño quieres?

Frunció el ceño.

—No quiero absolutamente nada de ti. Los dos estamos aquí. Me imaginé que era posible que quisieras ver una cara amiga.

—El hecho de que a los dos nos toque estar aquí no significa que tengamos que ser nada parecido a amigos.

—Sí, bueno, no se pierde nada por tener aliados.

Miró alrededor de la habitación antes de volver a mirar su comida.

—Si quieres aliados, sigue buscando. Estoy bien solo.

—Lo que tú digas —murmuró.

Nos quedamos en silencio durante un rato. No fui capaz de hacer caso omiso a los gruñidos de mi estómago, así que tomé un bocado de mi lasaña de cartón y la mastiqué pasando por alto el odio que sentía por Max. La gente de las demás mesas hablaba entre sí, sin prestarnos ninguna atención. Lo cierto era que Max tampoco parecía pertenecer a aquel sitio, no más que yo, aunque ya no tenía el aspecto de niño bonito que una vez tuvo. Llevaba el cabello rubio una pizca más largo, y la palidez de su piel no tenía su brillo natural acostumbrado.

—No tienes buen aspecto. Aquí no hay balneario, ¿verdad?

Max entrecerró los ojos.

—Mira quién habla.

—Sí, bueno, nunca me importaron demasiado las apariencias.

Me pasé la mano por la barba incipiente que me cubría la mandíbula. No me había afeitado todavía. Supuse que eso no importaba mucho en las circunstancias en las que estaba.

—Está claro.

Se me escapó una risa sin alegría ante la ironía de vernos allí, de cómo sentía que las ganas de luchar se me escapaban con cada día que pasaba. Empujé la bandeja para apartarla, incapaz de soportar otro bocado.

Allí estábamos sentamos. Un multimillonario y el heredero de otro, vestidos con unos uniformes azules sin forma que nos relegaban al peldaño más bajo de la sociedad. El dinero ayudaba, pero no podía comprar nuestra libertad.

Yo ya lo sabía. Había aprendido la verdadera lección hacía años y, por lo tanto, siempre había sido muy cuidadoso. Encontraba la información que necesitaba, pero era cauteloso con quién y cómo me entrometía cuando rozaba el incumplimiento de la ley. Y ahora estaba sentado allí, delante de un hombre que detestaba y que no se merecía otra cosa que cuatro muros de cemento a su alrededor durante el resto de su vida.

Esa sensación de derrota vacía se apoderó de mí una vez más.

—Si Michael pudiera vernos ahora.

Max apretó los labios, y todos los signos de su deseada camaradería desaparecieron.

—Él se preocupa por los demás mucho menos de lo que tú te crees, ¿sabes?

—Lo dices porque te separó por completo de tu vida. Que te dé lo que te mereces no quiere decir que no le importen una mierda los demás.

—No lo conoces —me replicó entre dientes.

—Lo he conocido la mitad de mi vida. Lo conozco más que bien.

—Sólo le has echado un vistazo. Sólo le has visto el lado bueno.

Michael era algo más que una buena persona. De hecho, bueno no era la palabra que usaría para describirlo. Centrado, astuto, cuidadoso en sus actos y decisiones. No podía elegir a sus hijos, eso estaba claro, y Max nunca sería capaz de perdonarlo por elegirme a mí antes que a él a la hora de hacer negocios.

—Eres su hijo, y actúas como tal. Estoy seguro de que te ha mostrado un lado diferente de sí mismo a ti. Uno probablemente que a mí tampoco me gustaría.

Dejó escapar una leve risa.

—Me miras y todo lo que ves es una cagada, porque eso es lo que él quiere que veas. Yo habría hecho cualquier cosa para tener la oportunidad de aprender de él y ser parte de algo más. Me mantuvo a propósito lejos de las oportunidades que me habrían ayudado a mejorar, y luego te entregó esas mismas oportunidades a ti. Me lo lanzó a la cara.

—Tal vez lo hizo, pero eso no es excusa para los errores que has cometido.

—El único error que cometí fue centrar todo mi odio en ti. Debería haber sido en él. Debería haber sido en él desde el principio.

—Centras tu odio en cualquiera que se interponga en tu camino, que no se te olvide.

Dejó caer su tenedor y empujó su bandeja para apartarla.

—Escucha… Siento lo de Erica.

Las palabras quedaron suspendidas en el aire entre nosotros. Palabras ridículas, insignificantes.

—¿Qué lo lamentas? —Lo vi todo rojo. Cada músculo de mi cuerpo se tensó, listo para luchar—. La utilizaste para hacerme daño. Y mi puño fue la única razón por la que no fuiste más lejos con ella. Lo sabes tan bien como yo, pedazo de mierda repugnante. No tienes ni puta idea de por lo que ha pasado.

—Se liaba con más tíos, Blake. Mark incluso se la folló. El hecho de que sea tu esposa no quiere decir que no tenga un pasado. Es decir, ella se lo buscó todo el tiempo que estaba tratando con Angelcom. ¿Qué clase de mujer se mete de cabeza en una habitación llena de hombres y…?

Me lancé por encima de la mesa. Le agarré del pelo y le golpeé la cabeza contra la mesa. Luego le sujeté por el cuello. La rabia me invadió.

Un grito le surgió gorgoteante de la garganta.

—¡Suéltame!

—Mark la violó, estúpido hijo de puta.

Luchó para liberarse. El ruido del lugar disminuyó, aunque no llegó a quedar en silencio en ningún momento. Aun así, sentí las miradas de los que estaban cerca de nosotros. Pero algo salvaje e imprudente se había apoderado de mí. ¿En qué otro sitio que no fuera aquel lugar infernal sería posible que un hombre como Max se enfrentara al tipo de ira que se merecía? Si tenía que ser por mi mano, que así fuera. El poco tiempo que tenía que pasar allí no sería suficiente. Toda una vida no sería suficiente.

Luchó y aflojé un poco mi agarre sólo para lanzarlo con más fuerza contra la mesa. Sentí que los tendones de su cuello cedían bajo mi mano. Me incliné para hablarle al oído.

—¿Tienes idea de lo que me supone no poder tocar a mi esposa porque ella piensa que podrías ser tú? ¿O él? —Hice una pausa dejando que mi respiración entrecortada alimentara la oleada de adrenalina que me recorría—. Debería haber terminado contigo ese día. Debería haber aca-

bado contigo y con tu patética existencia. Tuviste la puñetera suerte de
que Michael me lo impidiera.

Hizo una mueca.

—Él no quería.

—Porque eres un inútil pedazo de mierda, y ni siquiera Michael puede negarlo ahora.

—¡Tú! ¡Quítale las putas manos de encima!

Levanté la vista y miré con los ojos entrecerrados al guardia que se
acercaba. Por mucho que hubiera querido hacerle a él y a unos cuantos
otros lo mismo que le estaba haciendo a Max, el guardia tenía el doble de
mi tamaño y empuñaba en la mano una porra que probablemente utiliza-
ba con cierta regularidad.

—No me mires de esa puta manera, niño rico.

Solté a Max y me aparté de la mesa. Él se dejó caer en su banco con
las manos en la garganta mientras se esforzaba por respirar. Fueran cuales fueran las consecuencias de lo que acababa de hacer, me enfrentaría a
ellas y lo volvería a hacer. Si estar allí no me proporcionaba nada más,
quizá tendría la ocasión de hacerle justicia a Erica desde aquel lado del
muro. Aquello era un propósito que podría seguir.

El guardia agarró a Max por la parte posterior del cuello, del mismo
modo que yo le había agarrado.

—Pero ¿qué coño? —exclamó Max agitando los brazos sin poder
hacer nada hasta que cayó al suelo.

—Levántate —le ordenó.

—Yo no he hecho nada. ¡Me atacó!

Entonces se inclinó hacia abajo con la porra en alto. Max se echó
hacia atrás casi un metro.

—En primer lugar, no tienes ni puta idea de qué es que te ataquen de
verdad. En segundo lugar, estás aquí por intento de violación, así que
será mejor que levantes ese culito o lo vas a saber de verdad.

El terror brilló en los ojos de Max mientras se ponía de pie. Un
vistazo rápido a las mesas circundantes le dejó claro el numeroso puñado de miradas amenazantes que valoraban su vulnerabilidad mo-
mentánea.

—Levántate de una puta vez antes de que alguien te dé una lección.

Max recogió su bandeja, se deshizo de ella rápidamente y se retiró a
una mesa vacía en el otro extremo de la estancia.

El guardia me lanzó una mirada sin expresión.

—Tú ten cuidado —me advirtió.

ERICA

*A*penas di un paso al entrar en la oficina y las miradas de preocupación en las caras de todos me indicaron que ya sabían que algo iba realmente mal.

Los ojos azules de James me miraron desde detrás de su ordenador antes de levantarse.

—Erica, me he enterado de lo de Blake. ¿Estás bien?

Pasé a su lado y dejé la unidad USB en el escritorio de Sid. Este se bajó los auriculares alrededor del cuello.

—Tengo un nuevo proyecto para ti —le dije.

—¿Qué es esto? —me preguntó mientras paseaba la mirada entre la unidad y yo.

—No estoy segura al cien por cien, pero creo que es el código que se cargó en las máquinas que computaron los falsos votos a favor de Fitzgerald.

Frunció los labios.

—¿Quiero saber cómo has conseguido esto?

—No. Tu trabajo consistirá en buscar y encontrar una manera de demostrar que Blake no lo escribió.

Dejó escapar una respiración lenta.

—Y eso es todo, ¿eh?

Cuando no respondí, puso la unidad en su ordenador y empezó a pulsar las teclas. Movió los ojos a un lado y a otro sobre la pantalla mientras Geoff, Alli, y yo le mirábamos con expectación.

—Sí, parece que estos son los binarios. —Levantó la mirada—. Dame un par de horas para tamizar todo esto. Te haré saber lo que encuentro.

Me acerqué una silla hasta colocarla frente a su escritorio y me senté cruzando una pierna sobre la otra. Observé el desorden en el escritorio de Sid. La superficie estaba decorada con no menos de una docena de botellas vacías de bebidas energéticas y unos cuantos montones de papel. Levantó una ceja cuando establecimos contacto visual.

—Blake está en la cárcel, Sid. Yo no me voy de aquí hasta que encuentres algo.

Geoff habló.

—¿Puedo echar un vistazo?

—Quiero hacer una copia, un segundo. —Sid tocó unas cuantas teclas y luego sacó la unidad USB—. Toma —dijo, entregándosela a Geoff.

Pasaron unos minutos eternos antes de que Sid volviera a hablar.

—Vale, esto es una buena señal.

—¿El qué? —le pregunté irguiéndome en la silla.

—Parece ser que el código que funcionó inicialmente en las máquinas fue modificado por un programa externo.

—¿Qué significa eso exactamente?

—Pues básicamente que alguien adjunta un virus usando un *exploit* de día cero al código de Blake para inflar los votos de Fitzgerald el día de las elecciones. Si Blake lo hubiera escrito él mismo, tengo serias dudas de que hubiera usado este método.

—¿Por qué dices eso?

—¿Por qué adjuntar un programa a tu propio código cuando eres capaz de escribir una pieza integral de código que realice esa misma tarea?

Oír aquello hizo que detestara a Evans de nuevo. Si hubiera tenido a gente revisando aquello, seguramente habrían sospechado lo mismo. Tal vez por eso Carmody me había dado la unidad USB. Quise preguntarle por qué lo había hecho, pero supuse que había una buena razón por la que no se había quedado el tiempo suficiente como para que se lo preguntase.

—Bueno. Eso es un comienzo, pero necesitamos una manera de demostrar que Trevor hizo esto.

—Ajá. —La expresión de Geoff era de total concentración mientras sus dedos volaban sobre el teclado—. Tal vez no podamos ponerle el nombre de Trevor a este código, pero el de Blake ya está en él, ¿verdad?

—Sí, las rutinas de codificación son suyas. Todos, incluyendo a las autoridades, lo saben —le dije.

—Vale. Entonces, en teoría, deberíamos ser capaces de demostrar que fueron dos personas diferentes las que escribieron las dos partes del código. Es algo parecido al análisis de la escritura personal, o a diferenciar dos huellas dactilares. Los patrones de código se pueden analizar de la misma manera.

—¿Se puede hacer eso? —le pregunté.

—Hay programas de fiar por ahí, pero como esto es, uh, sensible, tengo un amigo que tiene una versión casera propia. Puedo pedirle que ejecute este código a través de su programa, que compare las dos versiones y que ponga de relieve las discrepancias.

—Vamos a hacerlo —dije sin vacilar.

Eso era lo que necesitaba, algo concreto. Todo aparte de los cargos que tenían encerrado a Blake en ese momento se basaba en conjeturas.

—Si tuviera algo más de lo que Trevor y Blake escribieron… Eso ayudaría a que pudiera compararlos a los dos —añadió Geoff.

—Hay registros de Trevor cuando comenzó a atacar a Clozpin —comentó Sid—. Si pudiéramos demostrar que el virus no es un código de Blake, también podríamos demostrar que quien atacó nuestro sitio y cualquiera de los demás de las empresas de Blake eran la misma persona. Pero ya no tengo los inicios de sesión del servidor de Clozpin, por desgracia.

James habló.

—Los míos todavía funcionan. He estado husmeando en su progreso desde que me fui. Espera, voy a enviártelos.

Sid soltó una risita.

—Aficionados.

Estaba a punto de preguntar cuánto tiempo llevaría todo aquello cuando sonó mi teléfono. Era Daniel.

—Ahora mismo vuelvo. —Me fui a mi despacho y cerré la puerta en cuanto entré—. Hola, Daniel.

—Recibí tu mensaje —me dijo.

—Gracias por devolverme la llamada.

—Te dije que no llamaras —me contestó con un tono de voz bastante frío.

—Bueno, es que no oigo muy bien.

—Obviamente. En estos momentos hay demasiado jaleo. Las elecciones por un lado y tengo a los federales pegados al culo porque piensan que estoy detrás de todo esto junto con Blake. No querrás meterte en esto más de lo que ya lo estás ¿verdad?

—Han detenido a Blake.

Se aclaró la garganta con brusquedad.

—Ya lo sé.

—Él no lo hizo.

—Más le vale no haberlo hecho, Erica. Ni me voy a molestar en decirte cuánto dinero he metido en esta campaña. No se trata sólo de dinero. Es toda una vida de trabajo, y si él se interpuso entre mi objetivo y...

—Sé quién hizo esto, y necesito tu ayuda para encontrarlo.

A pesar de todo el daño que Daniel había causado, lo único que quería era darle una palmada en la cabeza por lo simplón que estaba siendo. Por fin, *por fin*, estaba haciendo progresos y él todavía seguía obsesionado con la supuesta culpabilidad de Blake.

—Erica, no tengo tiempo para esto.

—No me importa si tienes tiempo para esto o no. Nunca te pediré nada más. Me quedaré fuera de tu vida para siempre si eso es lo que realmente quieres. Sólo te estoy pidiendo una cosa.

Las palabras salieron a toda prisa, antes de que tuviera la oportunidad de darme cuenta de lo que estaba prometiendo. Pero la verdad era que diría cualquier cosa y haría cualquier cosa con tal de sacar a Blake de aquello, y Daniel podía ser mi última esperanza de encontrar a Trevor.

Se quedó callado un momento.

—No deberíamos hablar así. No es seguro.

—De acuerdo. Entonces, quedemos.

Daniel dejó escapar un suspiro.

—¿Dónde?

Pensé durante unos segundos dándole vueltas a las mejores opciones. Daniel probablemente tenía razón al estar paranoico, pero me sentí agradecida de que estuviera de acuerdo en reunirnos. Pero verlo cara a cara requería algo más que una simple privacidad. Necesitaba que me escuchara de verdad. Tenía que decirle cosas que había reprimido durante semanas, y aquella podía ser la última vez que tuviera la oportunidad de hacerlo.

—Nos reuniremos fuera de la ciudad. Te mandaré un mensaje con la dirección.

—Vale.

Una hora más tarde, Marie y yo estábamos de pie en su cocina. Tenía las manos cerradas sobre el borde de la encimera. Me balanceé cambiando el peso de un pie a otro y miré el reloj de nuevo.

—¿Por qué aquí?

La angustia en su voz hizo que me arrepintiera de la decisión de invitar a Daniel a su casa para hablar. Había sido una idea demencial, pero algo me decía que aquél podría ser el lugar perfecto para conseguir llegar realmente a su corazón de una manera que nunca había logrado antes. También tenía la esperanza de que tener a Marie cerca me daría la fuerza necesaria para enfrentarme a él de nuevo.

—En estos momentos piensa que Blake le reventó todas las posibilidades de ser gobernador. Tengo que convencerlo de lo contrario, y necesitábamos un lugar seguro para hablar.

Marie soltó las manos de la encimera y cruzó los brazos sobre el pecho.

—Erica, ya te avisé. Es peligroso y nunca podrás confiar en él.

—Sí, me avisaste. En mi defensa, he de decir que no tenía ni idea de qué esperar al invitarle a formar parte de mi vida. Soltarme un «Te lo dije» en este punto no ayuda. Está aquí y ahora mismo necesito convencerle si quiero tener alguna oportunidad de sacar a Blake de este lío. Me dijiste que debía luchar, y eso es exactamente lo que estoy haciendo.

Marie suspiró.

—Me preocupo por ti. Richard... —Su garganta se movió con fuerza cuando tragó saliva—. Murió por meterse en los asuntos de Daniel.

Era cierto. La antigua pareja de Marie había tenido una muerte prematura por acercarse demasiado a la investigación en torno Daniel y al supuesto suicidio de su hijastro. Todavía recordaba la mirada decidida en sus ojos momentos antes de que su vida terminara y la mía cambiara irrevocablemente por culpa de un arma de fuego.

Tal vez, a su manera, Richard había sido tan testarudo como yo. Era periodista y era su trabajo. Pero él no era la hija de Daniel. Sentí lástima porque hubiera pagado las consecuencias de haber hecho enfadar a Daniel, pero en el fondo estaba convencida de que mi padre se preocupaba por mí, aunque sólo fuera porque una vez amó a mi madre.

Llamaron a la puerta principal de Marie y ella se sobresaltó.

—Es él.

Se quedó mirando fijamente a la puerta y vaciló.

—¿Seguro que quieres hacer esto?

—Necesito hablar con él, Marie, y necesito que confíe en mí.

Marie asintió rápidamente y se dirigió hacia la puerta para abrirla.

Él parpadeó rápidamente mirándola de arriba abajo. Iba vestido de un modo informal con pantalones de color caqui y una camisa azul.

—Hola, Daniel.

Su mirada de asombro se transformó en una mueca de dolor.

—¿Marie?

Una pequeña sonrisa apareció en los labios de Marie.

—Me recuerdas.

—Por supuesto. ¿Cómo podría olvidarte? —Parecía diferente de repente. Incómodo, casi vulnerable. No el Daniel que yo conocía, en ninguna de sus versiones—. Me alegro de verte de nuevo —añadió.

Yo sabía que Marie no estaba contenta de volver a verlo, y odiaba ponerla en aquella situación. Mi madre le había hecho prometer que no me diría la identidad de mi padre y, sin embargo, allí estaba él, llamando a su puerta. Y tenía todo el derecho a ser protectora. Daniel no era un hombre de fiar.

Dio un paso a un lado y le hizo una seña para que entrara.

—Pasa. Te está esperando.

Daniel entró y nuestras miradas se encontraron.

—Erica.

Su tono era serio, pero no tan agresivo como podría haber sido si hubiéramos estado solos.

—Hola. Siéntate, por favor.

Nos sentamos uno frente al otro en la sala de Marie mientras ella subió al piso de arriba para permitirnos algo de privacidad.

—Interesante elección de un lugar de encuentro —comentó una vez que Marie se marchó.

—Digamos que es una muestra de confianza.

Dejarle que supiera que Marie todavía formaba parte de mi vida era un riesgo, pero una pequeña parte de mí creía que también podría ser un recordatorio, uno importante. Aquella debacle electoral sería un punto de inflexión en su vida, sin duda, pero no sería el primero. Había hecho una elección hacía mucho tiempo. Había elegido alejarse de la mujer que amaba y del bebé que llevaba en su seno. Había tomado la decisión, o tal vez la elección la habían tomado por él, todo por aquella oportunidad que tan recientemente se le había escapado entre los dedos. Había hecho una elección que le había llevado hasta ese lugar y ese momento. Sin embargo, a pesar de todos sus sueños y su gran ambición, nada había ido según lo planeado.

—Confío en ti. No me fío de tu marido —me explicó con una sonrisa tensa.

—¿De verdad crees que Blake lo hizo?

Le hice la pregunta sin ira, sin intentar persuadirlo. De verdad quería saber si podía creer lo que yo sabía que era falso.

—No lo descarto. Nunca ha sido un gran admirador de mi persona.

—Y lo mismo se podría decir de ti respecto a él. ¿Por qué iba a provocar tu ira cuando ya sabe lo mucho que desconfías de él? ¿Cómo le beneficiaría eso a él o a mí?

Meneó la cabeza.

—No puedes negar que él me quiere fuera de tu vida.

—Estabas fuera de mi vida.

—Blake es un hombre extremadamente rico. Estoy seguro de que ya lo sabes a estas alturas. Puede que yo no disponga del dinero que él tiene, pero tengo el poder. Lo que ha ocurrido no sólo ha saboteado la posición de poder que me había ganado, también amenaza todo lo que he construido fuera de estas elecciones. Mi reputación al frente de la empresa. Como miembro de la comunidad. Estoy en varias juntas directivas. Tengo un cierto dominio que me ha llevado hasta aquí, y los cimientos de todo eso se han visto sacudidos. —Hizo un gesto y apretó las puntas de los dedos contra la mesa de café que había entre nosotros—. Esa base, Erica, es mi valor, y cada día que pasa me lo están arrebatando más y más. Eso me pone en una situación con cierta gente ante la que nunca he tenido que responder antes para que puedan conseguir lo que quieren de mí, y tu marido sería uno de ellos.

Mi escasa paciencia ya había disminuido peligrosamente así que solté un bufido que detuvo aquella diatriba ridícula.

—Maldita sea, Daniel. Él no lo hizo —insistí, tratando de mantener mi ira bajo control—. Aparte de eso, todo aquel que crea que su valor procede de su poder político necesita claramente unas vacaciones. ¿Así es realmente cómo te ves? ¿Eso es lo que aportas al mundo?

Su mandíbula se tensó y me miró con frialdad.

—Todo lo que puedo decir es que quien está detrás de esto tendrá que pagar por ello. De una u otra forma. No soy el único que estaba interesado en que ganara. Y no soy el único que quiere respuestas.

—Si tanto quieres esas respuestas, ayúdame a encontrarlas. Yo sé quién hizo esto. Lo encontré una vez, y necesito tu ayuda para localizarlo de nuevo para que el FBI lo pueda detener. Mientras crean que Blake hizo esto, pensarán que tú también estuviste involucrado de alguna manera. Ayudándole te ayudas a ti mismo también.

Se quedó callado un momento.

—¿A quién estás buscando?

—Se llama Trevor Cooper. Es alguien del pasado de Blake, un pirata informático que utilizó el código de Blake de un viejo proyecto para manipular las máquinas. Sinceramente, no creo que nada de esto tenga que ver contigo. Todo lo que quería era vengarse de Blake, y, lamentablemente, tú pagaste el pato.

—Si todo eso es cierto, ¿por qué no lo está buscando la policía?

—Porque no saben que existe. Al menos no hasta que lo encuentre. Por eso te necesito.

—Esto suena a un cuento muy elaborado, Erica. ¿Está Blake inventándose todo esto? No pensé que serías tan ingenua, pero tal vez estar enamorada te ha cegado.

Mi ira se encendió de nuevo y me tuve que esforzar para no gritar.

—El amor no me ha cegado. Me ha hecho ver con más claridad que nunca. Y sí, haré lo que tenga que hacer para limpiar su nombre. Y vas a ayudarme.

Murmuró una maldición y se frotó el cuello.

No iba a ganar aquella discusión reprendiéndole. Quería hacerlo. Me sentaría bien hacerlo. Pero necesitaba que se involucrase. Necesitaba que sintiera una fracción de la desesperación que yo sentía en esos momentos. No estaba segura de si sería capaz de lograrlo, pero al menos tenía que intentarlo. Todavía había muchas cosas que no había dicho.

—Daniel. —Esperé hasta que levantó la vista, y le devolví su mirada de ojos azules. Tomé aire con la esperanza de absorber un poco de coraje con él—. Blake va a ser el padre de mi hijo. Una vez dijiste que eso no te importaría… ¿Sigue siendo cierto?

Palideció y se quedó mirando a algún punto invisible en el suelo. Aproveché su silencio para continuar. Luché para mantener la voz firme mientras mi corazón palpitaba de forma irregular.

—Admito que te he traído aquí porque quería que vieras otra vez a Marie. Me asusta un poco traerte a su mundo, aunque sea brevemente, porque nunca sabré lo que eres capaz de hacer. Pero en algún lugar de tu corazón frío y ansioso de poder sé que te importa algo más que no sólo estas puñeteras elecciones. Tenía la esperanza de que, por un momento, abrieras los ojos y vieras que ella ha sido como una madre para mí desde que murió mamá.

—Estoy agradecido de que haya cuidado de ti —me dijo en voz baja, evitando todavía mi mirada.

—Yo también. —Cerré los ojos un momento mientras trataba de hablar por encima del nudo que tenía en la garganta—. Después de los disparos… Estaba muerta de miedo ante la perspectiva de que nunca tendría la oportunidad de ser madre. Lo pensé mucho. Más de lo que nadie sabrá nunca. Lo deseaba, y luego, por algún milagro, se me dio esa oportunidad. Y la parte más increíble es que se me dio la oportunidad de compartir esa experiencia con un hombre al que amo profundamente, con toda mi alma.

La voz se me quebró, pero seguí hablando con un susurro.

—Y quiero hacerlo mejor. Quiero darle a este niño más de lo que yo tuve. Más que esto.

Interpuse la palma abierta hacia arriba de una mano entre nosotros, un pequeño gesto con el que quería englobar el vacío que había existido entre nosotros, durante los años de su distanciamiento y el vacío que todavía existía.

—Vas a hacerlo mejor. De eso tengo pocas dudas.

—Entonces, este niño necesita un padre, porque sé lo que es tener que vivir sin uno. Nunca habrá nadie para llenar ese lugar, sólo Blake. Tuve que crecer en el corazón de otra persona. Le estoy muy agradecida a mi padrastro, pero se suponía que deberías haber sido tú quien cumpliera esa función. Él lo sabía, y yo también.

Noté dolor en el corazón y los ojos se me llenaron de lágrimas. Todo lo que había reprimido durante tanto tiempo, desde antes de que supiera quién era Daniel, amenazaba con derramarse fuera de mí. Que pudiera despreciarle y a la vez todavía quererle tanto era un misterio que nunca había entendido. Sólo podía esperar que el sentimiento resonara en algún lugar dentro de él también. Si esa conexión valía la pena, recé para que significara algo para él en ese momento.

Se puso la cabeza entre las manos. Luego se pasó los dedos por el pelo canoso. Quise verle los ojos. Me imaginé que estaban apagados por el arrepentimiento. Al menos una parte de mí quería que así fuera. ¿Se arrepentía de aquello, de todo eso?

—Lo siento, Erica. Nunca sabrás cuánto lo siento.

Esas palabras tranquilas me golpearon el corazón.

—No puedo hacer esto sola, Daniel. Soy lo suficientemente fuerte… Tal vez podría, no sé. Pero no puedo abarcarlo. Me han dado la oportunidad de tener algo que pensé que me habían quitado. Y ahora también me podrían quitar el amor de mi vida. Necesito tu ayuda, por favor.

Suspiró.

—De acuerdo.

Mi corazón, casi apagado por la pena, volvió a la vida.

—¿Me ayudarás?

—Si puedo. No estoy seguro de lo que esperas que haga. A mí también me tienen vigilado.

Me saqué un pedazo de papel del bolsillo y se lo di.

—Puedes comenzar por Margaret Cooper. Es la madre de Trevor. Gracias a ella lo encontré la última vez, pero están fuera del mapa de nuevo. Esa es su última dirección conocida y un dato que de alguna manera puede ayudar. Si la puedo encontrar, o si puedes tú, tal vez pueda encontrar Trevor o convencerla de que me lleve a él.

Se quedó mirando el papel con el rostro inexpresivo.

—Estás pidiendo información.

—Sí.

Su cara se tensó.

—La información tiene un precio.

Separé los labios mientras imaginaba lo que podría querer.

—Tengo dinero y…

—No quiero tu dinero. Te estoy diciendo que no soy como tú. Las personas que encuentran información para mí no entran en una habitación y la piden educadamente. Alguien podría salir herido.

Pensé en aquello un par de veces. Me acordé de la madre de Trevor, la forma en la que me atacó. Si no hubiera estado tan borracha, tal vez habría conseguido hacerme daño. Había sido una estupidez ir sola a su casa, y tal vez estaba siendo estúpida de nuevo al pedirle algo así a Daniel, pero me estaba quedando sin opciones.

—No me importa lo que hagas, siempre y cuando me consigas el paradero de Trevor. Encuéntralo, y no volverás a saber jamás de mí.

Daniel asintió y volvió a mirar el papel. Lo movió rítmicamente una y otra vez entre el índice y el pulgar.

—¿Eso es lo que quieres?

Me quedé sin respiración un momento.

—¿Qué quieres decir?

Él negó con la cabeza y se dispuso a levantarse.

—No lo sé. Debería irme.

—Daniel...

Se metió el papel en el bolsillo del pantalón y se levantó.

—Voy a ver qué puedo encontrar. Estaré en contacto.

—Acabas de llegar.

Lo seguí hasta la puerta.

—Margo empezó a recoger sus cosas esta mañana. Tengo que volver y tratar de hacerla entrar en razón. El hecho de que viniera a verte no me ayudará en eso.

—Lo siento.

El arrepentimiento le inundó los ojos.

—Yo también.

A primera hora de la mañana siguiente el sonido de una llamada de teléfono me despertó. Lo cogí y me froté los ojos para intentar despegarme el sueño.

—¿Hola?

La señal era entrecortada, y un momento después un operador me preguntó si aceptaba una llamada a cobro revertido de la cárcel del condado, donde sabía que estaba Blake. El corazón me latió con fuerza en el pecho, tanto por la impaciencia de oír su voz como por el desagradable recordatorio de que aún estaba detenido. Acepté la llamada y oí un chasquido.

—¿Erica?

La voz de Blake parecía muy lejana.

—Soy yo. —Cerré los ojos, luchando por encontrar las palabras cuando todo lo que quería era sentirlo a mi lado. Lo que quería era correr hacia donde estaba y llevarlo de vuelta a casa, que era donde debía estar—. ¿Cómo estás?

—Estoy bien.

No había vida alguna en su respuesta, y contuve el impulso repentino de llorar. No quería que oyera cómo me derrumbaba. Tenía que ser fuerte…

—Te echo tanto de menos. ¿Cuándo podré ir a visitarte?

Se quedó callado un largo rato.

—Prefiero que no lo hagas —me dijo por fin.

—¿Qué quieres decir?

—No quiero que vengas aquí, ¿de acuerdo? Te echo de menos. Dios… —Dejó escapar un suspiro tembloroso—. Te echo de menos más de lo que te puedas imaginar, pero no quiero que pongas un pie en este lugar. ¿Me entiendes?

Me senté en la cama mientras una nueva preocupación hacía que me recompusiera.

—¿Va todo bien? Me estás asustando, Blake.

—Estoy bien. No hay nada de lo que preocuparse. Estar aquí… que me veas de esta manera… No es un recuerdo que quiera para ninguno de los dos.

—Pero y si…

—¿Cómo están mamá y papá?

«¿Qué pasa si no te dejan volver a casa?» era la pregunta en la que ninguno de los dos quería ni pensar. Inspiré de forma entrecortada, decidida a respetar su deseo, y piadosamente cambié de tema.

18

BLAKE

—¿*Q*ué cojones es esto? —dije, mientras hojeaba el montón de papeles que Evans había dejado delante de mí.

—Parece un análisis de código muy detallado.

Evans estaba sentado al otro lado de una de las mesitas redondas reservadas para presos y sus visitantes. Aunque albergaba la secreta esperanza de tener una visita distinta, me alegraba de que Erica hubiera respetado mis deseos al no venir. Quería verla, aunque fuera sólo unos minutos. Quería poder consolarla como pudiera, aunque fuera a través de un cristal, pero, al mismo tiempo, no quería que me viera así.

Tenía que dar la razón a Max en una cosa. Nunca había prestado demasiada atención a mi aspecto, al menos no como él lo hacía. Tenía una colección decente de camisetas *vintage*, que fácilmente podría sustituir un armario lleno de trajes de tres piezas para llevar al trabajo cada día, pero no daba la misma importancia que los demás a ir muy arreglado. Nunca lo había hecho. Yo siempre he sabido quién era, y no necesitaba el *glamour* para alardear de la riqueza que había acumulado o el éxito que había conseguido sin toda esa basura superficial.

Aun así, con el dinero, me había acostumbrado a ciertas cosas refinadas. Pasar los días en una caja de cemento, con acceso limitado a las necesidades esenciales, no se correspondía en absoluto con mi vida real. ¿Vida real o mi antigua vida? Maldita sea, había caído demasiado bajo, y no quería que Erica lo supiera.

Tenía un aspecto horrible, y me sentía aún peor. Desde allí no podía proteger a mi familia. No podía ocuparme de todas las cosas que requerían mi atención ni de quienes me necesitaban. Y estaba claro como el día que no iba a ganar ningún concurso de belleza.

Alejé esos pensamientos e intenté concentrarme en los detalles anotados entre las líneas del código, algunas de las cuales reconocí como propias. Otras, claramente no lo eran. En definitiva, se podía hacer una evaluación sólida de que, en realidad, no había escrito todo el código usado para manipular los votos.

Devolví los papeles a Evans.

—Pues sí que han tardado tus expertos en tecnología en hacer eso.

—No han sido ellos.

Levanté una ceja.

—Alguien lo envió de forma «anónima». ¿Alguna idea?

Me encogí de hombros.

—Vosotros sois los expertos. Vosotros diréis.

—Estás en la cárcel, a punto de que te caiga una buena condena. Qué te parece si nos dejamos de chorradas. ¿Quién es Trevor Cooper?

Me quedé mirándolo fijamente. Había dado por supuesto que las notas que había repasado por encima eran suficientes para convencer a la policía de que yo no era culpable, pero resultaba evidente que Evans no iba a rendirse tan fácilmente. Iba a tener que explicárselo con pelos y señales para convencerlo de que yo no era el cerebro de lo que había ocurrido.

Él prosiguió:

—Gove nos ha dicho que es una especie de rival tuyo en el ciberespacio, ¿es así? Desde mi perspectiva, todo parece indicar que coordinaste toda la operación con alguna otra persona, y ahora intentas echarle toda la culpa.

Solté una risa seca, pero no dije ni palabra.

—Maldita sea, Blake, empieza a hablar.

—No puedo decirte nada. ¿Y por qué me iba a molestar cuando tú ya lo tienes todo resuelto? Odiaría romper la burbuja en la que vives, llenándola de datos, o, dicho de otro modo, con la verdad.

Se apoyó en el respaldo de la silla y apretó la mandíbula.

—No me gustas, Landon.

—El sentimiento es mutuo.

—Ahora bien, valoro tu inteligencia.

—No puedo decir lo mismo.

Esbozó una sonrisa forzada, y supe entonces que se le agotaba la paciencia.

Ese era el momento. No me iba a aferrar a la remota esperanza de que Evans entrara en razón, pero al menos estaba dispuesto a hacer preguntas. Dean le había hablado de Trevor, y ante mí tenía suficientes pruebas que permitían distinguir su código del mío como para que ahora se plantease seguir pistas nuevas si pretendía entender todo lo que había ocurrido.

Aparte de eso, las cosas no podían empeorar. Cada día que pasaba en la cárcel era un día sin Erica, y no estaba listo para inmolarme por el hermano pequeño de Brian, por duro que hubiera sido su pasado.

Respiré hondo y solté el aire lentamente, mientras me preparaba para contarle la historia entera.

—Muy bien. ¿Qué quieres saber?

—Empecemos por Trevor. ¿De qué lo conoces?

—Imagino que estás al corriente de los detalles que rodean al M89, ¿correcto?

Evans se relajó y la sonrisa impostada volvió a aparecer en su cara.

—De acuerdo, para poder seguir con la conversación, digamos que es así.

—Bien. Cuando Brian Cooper se suicidó, lo sobrevivieron su madre y un hermano, Trevor.

La sonrisa de Evan pareció desaparecer.

—Continúa.

—No hace falta que te cuente mi historia. Desarrollé Banksoft, y he invertido en varios proyectos propios desde entonces. Hace unos años, me di cuenta de que algunos de mis sitios web estaban siendo atacados por un *hacker*, o por un grupo de ellos. Nada serio. Nada que mi equipo no pudiera manejar. Era básicamente una molestia.

—Y crees que Trevor estaba detrás.

—Sé que fue así. Se atribuía el mérito de esta nueva generación de M89 cada vez que podía. Nunca dediqué mucho tiempo a seguirle los pasos. No pensé que el esfuerzo valiera la pena, pero Erica lo encontró a través de su madre y se lo echó todo en cara. Prácticamente lo admitió, pero de inmediato volvió a desaparecer del mapa. Es un programador mediocre, pero se le da bien esconderse de los radares.

—De acuerdo. Pongamos que todo eso es cierto. ¿Por qué iba a involucrarse en un fraude electoral? ¿Qué vínculo tiene con Fitzgerald?

—Su única conexión con Fitzgerald es a través de Erica y de mí. A él le dan igual el dinero o el prestigio. Lo único que persigue en su vida es vengar a Brian. ¿Y qué mejor modo de vengar a su hermano muerto que ver a su antiguo secuaz en la cárcel por el mismo motivo que llevó a Brian a ahorcarse? La elección de Fitzgerald era sólo la forma de implicarme.

Pasaron varios minutos en los que me tuve que esforzar por no pensar en la vida que tanto Evans como Trevor habían deseado para mí. Una vida entre rejas, quizá no para siempre, pero sí el tiempo suficiente para perderme momentos preciosos que nunca recuperaría. Momentos con Erica y nuestro hijo, la familia que tan cerca estábamos de tener. Pensar que Trevor pudiera llevar a buen puerto su plan me ponía enfermo.

Cerré las manos en sendos puños, y me apreté la parte superior de los muslos. La voz de Evans rompió el silencio.

—¿Cómo sé que no me estás contando un montón de gilipolleces?

Me incliné hacia delante con una mirada de enojo, más enfadado de lo que había estado nunca, después de haber estado aguantándome tanto tiempo, pero su respuesta inmediata fue el escepticismo.

—Dejemos algo claro, Evans. Si yo hubiera participado en este fraude electoral, cosa que no he hecho, nunca lo habrías sabido. Y, además, si tu equipo de genios llegara a encontrar una forma milagrosa de vincularme al fraude, lo aceptaría.

Soltó una risa irónica.

—Tienes orgullo, eso te lo concedo.

—Llámalo como quieras, pero que mi nombre se asocie en modo alguno con toda esta mierda es insultante. A los trece años, conseguí que una docena de la escoria más poderosa de Wall Street se pusiera de rodillas ante mí. ¿Crees que no puedo amañar una máquina electoral sin que me pillen? Dame un puto respiro.

Evans se puso colorado y se ajustó el cuello de la camisa.

—Bien, pongamos que me estás diciendo la verdad y que Trevor está detrás de todo esto, ¿dónde podría encontrarlo?

Yo me limité a encogerme de hombros.

—Tendrás que averiguarlo.

—¿Quieres salir de aquí, Landon? ¿O quieres que tu crío tenga que venir a visitarte a la cárcel?

Me mordí la lengua para no decir a Evans todo lo que se me pasaba por la cabeza:

—No estaría en la cárcel si no fuera por ti. Ahora intentas obligarme a que te haga el puto trabajo, ¿no?

Se le abrieron las fosas nasales.

—Piensa en ello. Te aconsejo que pienses en ello muy detenidamente.

Entonces, su teléfono sonó, con un tono molesto y estridente. Respondió y se llevó el aparato al oído.

—Evans. —Dejó de mirarme—. ¿Ah, sí? ¿Dónde? —Un segundo después se levantó y arrastró la silla ruidosamente sobre el suelo de cemento—. Estaré allí en diez minutos.

Me lanzó una mirada indescifrable y se marchó.

ERICA

*H*abía pasado las siguientes dos noches en casa de Marie, y había sido un alivio. Aunque seguía consternada por la ausencia de Blake y preocupada por nuestro futuro, apreciaba tener a Marie cerca. El mismo tipo de espíritu libre y corazón tierno que la hacía amar rápidamente y herir fácilmente la convertía en una persona con la que era cómodo y agradable estar. Cariñosa y modesta, nunca me juzgaba, y jamás permitía que sus preocupaciones empañaran las mías.

Estaba muy lejos de reponerme, pero los progresos que había hecho con Sid me habían dado esperanzas. Habíamos enviado de forma anónima a Evans el análisis recopilado gracias al contacto de Geoff. Mientras esperaba que me dijeran algo al respecto, también aguardaba que Daniel se pusiera en contacto conmigo.

Había repasado mentalmente nuestra breve conversación una y otra vez. Me había parecido sincero. Se notaba que le fastidiaba su situación y que de verdad lamentaba haberme fallado tan miserablemente. Con un poco de suerte, también sería sincero a la hora de querer encontrar a Trevor, porque él era la clave. Él era la sombra que había acechado nuestras vidas durante demasiado tiempo. A veces, no podía creer que yo hubiera sido capaz de conseguir encontrarlo en una ocasión. Me maldije una y otra vez por haber dejado que se escapara. Había sido imprudente al ir tras él por mi cuenta. Tal vez debería haber esperado la ayuda de Blake. Tal vez así vez no habríamos llegado a esta situación en la que nos enfrentábamos a un futuro separados.

Por las mañanas iba a la oficina. Tener una rutina sencilla y la compañía de la gente del trabajo era agradable. Me pasaba la mayor parte del día intentando averiguar más sobre casos de fraude informático, y comparando nuestra situación con otras. La mayoría de las veces, eso sólo me ponía más nerviosa.

Alli llamó a mi puerta en mitad de uno de esos momentos.

—Eh, ¿estás bien?

Giré la silla para mirarla de frente, mientras ella se acomodaba en la que había delante de mí.

—Claro. Sólo estaba revisando unos correos.

—¿Qué tal te encuentras?

Deslicé el dedo por el borde del escritorio.

—Esa es una pregunta complicada, Alli.

—Lo siento. Quiero decir, físicamente.

Me encogí de hombros.

—Voy tirando.

Asintió y dejó de hablar durante un rato.

—¿Has ido a ver a Blake?

Negué con la cabeza sin abrir la boca.

—¿Por algún motivo en particular?

No podía pasar ni una hora sin pensar en él. Habíamos pasado un mes juntos, veinticuatro horas al día, siete días a la semana, y con eso no me había bastado. Ansiaba su presencia más que la de cualquier otra persona, pero no me veía capaz de pedir a Clay que me llevara a verlo, cuando me había pedido específicamente que no fuera.

—Él no quiere que vaya.

—¿Cuándo te ha detenido eso?

Se me había pasado por la cabeza ignorar sus deseos. A veces, Blake no sabía qué era lo mejor para él, pero a una parte de mí también le asustaba verlo tan vulnerable.

—Creo que estoy esperando —admití finalmente.

—¿A qué?

—Es como si esperara a que él regresara a casa. Y cuando me doy cuenta de que no lo va a hacer, siento que espero poder arreglar todo esto de algún modo.

—Entiendo por qué te sientes así, pero no tenemos ni idea de cuánto puede durar este proceso. Da igual lo que ocurra con su caso, tú sigues casada y enamorada. Él te necesita.

—Lo sé, y créeme, esto me está matando. El día de la vista, parecía tan desesperado. Sólo había visto esa mirada en sus ojos una vez, cuando me hirieron de bala. Siempre es tan duro, tan increíblemente decidido. Pero no podía ocultar el hecho de que creía que iba a morir ahí mismo, delante de él, ese día. Si se siente así y ha perdido toda esperanza, no quiero ir a verlo hasta que pueda devolverle algo de esa esperanza. Y no creo que pueda hacerlo todavía.

La tristeza se hizo evidente en su rostro.

—¿Se sabe algo de la policía?

Negué con la cabeza.

—Gove me llamó y me dijo que «lo estaban revisando», pero no tengo noticias todavía.

Soltó un suspiro cansado.

—Déjame que te acompañe a comer.

—La verdad es que no tengo hambre.

—Oye, me gustaría poder salir a tomar unas copas contigo, pero estás fuera de juego por un tiempo. Así que, como mínimo, deberías poder darte algún vicio culinario de vez en cuando. Conozco un sitio de comida india a unas manzanas de aquí. Su *naan* está para chuparse los dedos.

Mi estómago respondió con un ruido de aceptación.

—De acuerdo.

Una hora después, gracias a un suculento almuerzo rico en hidratos de carbono, parecía doblemente embarazada. Me di unas palmaditas en el estómago, en un gesto que resultaba tonto y natural a la vez. Por el momento, nadie habría adivinado que estaba embarazada, pero ansiaba que llegara el día en que eso dejara de ser así.

Volvíamos caminando a la oficina cuando me encontré con Risa, que salía de un bar con otra cara familiar, mi vieja amiga Liz. Liz y yo habíamos sido compañeras de habitación en Harvard, pero después de que yo me mudara, nos habíamos distanciado. Ella había sido quien me había dado el nombre de Risa cuando necesité contratar a alguien para Clozpin, pero desde entonces habíamos perdido el contacto.

Ahora las dos mujeres estaban de pie delante de nosotras, con sendos conjuntos de pantalones de vestir oscuros y camisa formal. Llevaban unas bolsas que, sin duda, contenían sus almuerzos. Liz habló primero.

—Erica, ¿cómo estás? —Se acercó y me dio un abrazo incómodo.

—Bien, ¿y tú?

—Genial. Sigo llevando la contabilidad de la compañía de inversiones, pero bueno, al menos ahora tengo compañía. —Sonrió y señaló a Risa, que permanecía a su lado, con una expresión tensa.

No estaba segura de cuánto le habría contado Risa sobre nuestro desencuentro, pero al parecer no lo suficiente. Risa había traicionado mi confianza y había puesto en peligro mi empresa, dos ofensas que eran prácticamente imperdonables según mis parámetros. Había intentado hacer las paces el mes anterior, y una pequeña parte de mí la compadecía por tomar unas decisiones tan terribles como invitar a Max a entrar en su vida, pero ella se lo había buscado. Nunca podría volver a confiar en ella.

Parecía capaz de leerme el pensamiento cuando me dijo:

—He oído lo de Blake. ¿Cómo lo llevas?

Me encogí de hombros, sin saber cómo responder a eso. No era asunto suyo cómo lo llevaba o dejaba de llevar. Además, estaba llevándolo tan bien como quería, especialmente cuando los ojos se me llenaban de lágrimas ante la simple mención de su nombre.

—Bueno, ha sido genial veros. Pero llegamos tarde a una reunión.

Alli echó un vistazo a su enorme reloj y me agarró del brazo, alejándome de allí.

—Bueno, Erica. Esperaba que pudiéramos ponernos al día en algún momento. —Risa dejó la bolsa en el suelo y revisó su bolso. Sacó su tarjeta, lo que me confirmó que ahora trabajaba en la misma empresa que había contratado a Liz nada más acabar los estudios.

Dado que Liz estaba presente, no sabía qué decir. La buena educación me dictaba que respondiera que sí, que nos viéramos algún día, pero no tenía ningún deseo de hablar con Risa. Estaba muy lejos de mi círculo de confianza, y era imposible que alguna vez volviera a dejarla entrar.

Alli le cogió la tarjeta de la mano.

—Genial. Pues, entonces, ya nos veremos, pareja. ¡Tenemos prisa!

Apretamos el paso calle abajo para llegar a nuestra falsa reunión.

—Perdona, me he quedado bloqueada por un minuto. Gracias por echarme un cable —dije mientras nos acercábamos a la oficina.

—No hay problema. Estaba rescatándonos a las dos. No tengo nada que discutir con esa mujer después de lo que te hizo. E imagino que tú tampoco.

—Nada bueno, en cualquier caso.

Me guardé la tarjeta en los pantalones vaqueros y me esforcé por ignorar el hecho de que ahora trabajaba a unas pocas manzanas de distancia, así que era sólo cuestión de tiempo que nuestros caminos volvieran a cruzarse.

19
ERICA

Clay me llevó a casa de Marie de nuevo esa noche. Cuando entré por la puerta principal, mi mirada cayó inmediatamente en la figura que estaba sentada en el sillón delante de mi querida amiga. Daniel se levantó y caminó lentamente hacia mí.

—¿Va todo bien? —pregunté.

—Toma —dijo, después de sacar un trozo de papel del bolsillo y dármelo.

—¿Qué es esto? —pregunté, mientras lo desdoblaba.

—Ahí lo encontrarás.

—¿A Trevor?

Me invadió un sentimiento de alivio, junto con un potente subidón de adrenalina. ¿De verdad Daniel había sido capaz de encontrarlo?

—Está enclaustrado en un apartamento de Roxbury sobre un colmado. Es un barrio difícil, así que ve con cuidado.

—¿Cómo lo has encontrado?

—Igual que tú. A través de su madre.

—¿Te lo dijo sin más?

Sus labios se curvaron en una fina línea.

—No. No exactamente.

Sentí que se me helaba la sangre. Oh Dios. ¿Qué había hecho?

—Todos tenemos un precio... Y el de ella era mucho más bajo de lo que habría esperado.

—¿Me interesa saber a qué te refieres exactamente con eso?

Sonrió.

—Si ese capullo no me hubiera costado el cargo de gobernador, tal vez pudiera apiadarme de él. Pero no he necesitado más que unos cuantos miles de dólares y un par de botes de Vicodina. Al parecer, necesitaba satisfacer sus hábitos, así que no se sentía demasiado maternal cuando mis amigos fueron a hablar con ella.

—Oh.

Por desgracia, ese escenario no me causó sorpresa alguna. La mujer parecía un desastre desde el primer momento que la había visto. Al igual que Daniel, si Trevor no hubiera amenazado con destrozar por su propia mano todo lo que yo quería, podría haber sentido lástima por él al saber que esa era la mujer que lo había criado.

—¿Cómo sabes que está de verdad allí?

—Me he asegurado de vigilar su apartamento para comprobar que lo ocupaba. ¿Un chico bajito, de pelo negro?

—Sí, es él.

—Estuvimos allí el tiempo suficiente para asegurarnos de que la dirección era buena, pero no quería asustarlo y que desapareciera de nuevo. Pensé que sería mejor que tú siguieras a partir de ahí.

—Gracias.

No conseguía mantener recto el papel de lo mucho que me temblaban las manos. Antes de poder pensarlo mejor, me lancé a abrazar a Daniel y enterré la cara en su hombro, ahogando las lágrimas que se empeñaban en salir, lágrimas de un alivio abrumador. Él me estrechó entre sus brazos. Respiró hondo, su pecho se expandió y me abrazó un poco más fuerte.

—Muchas gracias —susurré.

Nos separamos y evitó mirarme a los ojos.

—Será mejor que me vaya —dijo en voz baja.

Se volvió a mirar a Marie y le hizo un gesto de despedida.

—Adiós, Daniel —repuso ella.

—Adiós.

Entonces se marchó calle abajo, donde Connor lo esperaba junto al Lincoln negro que me atemorizaba tanto.

«Ya nos veremos», pensé para mis adentros. Pero no estaba segura de que fuera a ser así. Le había prometido que no volvería a verme. Pero ¿era eso lo que quería él? ¿O lo que quería yo?

Sabía la respuesta, pero no tenía tiempo para darle vueltas. No ahora, cuando estábamos tan cerca de acabar aquello.

En cuanto el coche de Daniel desapareció por la calle, conseguí controlar mis emociones. Marqué el número que me había mandando un mensaje anónimamente días antes, con la esperanza de oír la voz del detective Carmody al otro lado.

—Carmody —respondió abruptamente.

—Hola, soy Erica Landon.

Él titubeó.

—¿Qué puedo hacer por usted?

—He encontrado a Trevor. Está en la ciudad. Quiero que vaya a arrestarlo.

—¿Dónde está?

Tragué saliva y bajé la mirada al papel que tenía en las manos. Lo sujeté con fuerza, como si fuera algo precioso. Si Trevor estaba de verdad allí, y si la policía podía detenerlo, entonces realmente lo era.

—Erica, ¿sigue ahí?

—Sí. Tengo la dirección aquí delante. Sólo necesito que antes me prometa algo.

—¿El qué?

Había tanto en juego que no podíamos fastidiarlo. Si Trevor volvía a desaparecer, tal vez no volvería a encontrarlo. No hasta que fuera demasiado tarde...

—Necesito saber que va a hacer esto de la forma correcta, Carmody. Tengo miedo de que logre escabullirse, y no volvamos a dar con él.

—Si está en la dirección que me dé, lo detendré.

Quería confiar en él. Tenía la autoridad para apresar a Trevor, y era mi mejor y, posiblemente, única oportunidad para conseguirlo. El hecho de que se hubiera esforzado tanto por ayudarme a encontrarlo me hacía confiar en él más que en cualquier otra persona, pero también levantaba mis sospechas sobre sus motivos para hacerlo.

—¿Por qué me ha ayudado?

Guardó silencio durante bastante rato.

—A ver, no hay por qué ponerse sentimental. Yo sólo estoy de parte de la verdad. Evans no iba a llegar a ninguna conclusión con su forma de llevar este asunto; sabía que no estábamos ni mucho menos cerca de conseguir algún resultado. Obviamente, guarda rencor a la agencia, y tenía la impresión de que usted podía ser de mayor ayuda.

Cerré los ojos, agradecida por lo que había hecho. Si no lo hubiera hecho... Ni siquiera podría pensar en ello.

—Sólo prométamelo.

Soltó un ruidoso suspiro.

—Erica, si Trevor está donde usted dice que está, y encontramos pruebas de que él se halla detrás de esta operación, no lo perderé de vista. Tiene mi palabra.

—De acuerdo —cedí finalmente.

Le dicté la dirección, deseando que mi corazón se calmara. Oí unos susurros al otro lado de la línea, y después, silencio.

—¿Irá hoy? —pregunté.

—Estoy entrando en el coche ahora mismo.

—Gracias.

La llamada se cortó, y quedé a la espera.

BLAKE

—*H*oy es tu día de suerte.

Me senté enfrente de mi abogado y deseé borrarle el optimismo de la cara de un tortazo. En mi situación actual, no cabía la suerte.

—Lo dudo mucho.

—Han encontrado a Trevor.

Me quedé inmóvil.

—¿Cómo narices han conseguido hacerlo?

Dean me dedicó una media sonrisa.

—Otro chivatazo anónimo. Entre eso y el código, creo que hemos conseguido intrigar a Evans. No obstante, Carmody fue quien recibió el soplo, y quien lo detuvo. No fue fácil. Creo que intentó huir y recibió algún golpe cuando lo atrapó.

—Vaya. No puedo creer que de verdad lo hayan atrapado.

Habían conseguido coger a un fantasma. Una sombra. Pero no podía concederles todo el mérito, ni siquiera la mayoría de él. Erica tenía que haberles dado la información.

Maldita sea, ¿cómo lo había hecho? Primero el código, y ahora esto. No se me ocurría nadie más que hubiera podido hacer todo eso tan rápidamente. Cualquiera que subestimara a mi mujer era un tonto de remate.

Entonces sonreí de oreja a oreja.

—Por supuesto, no está colaborando —continuó Dean—, pero la verdad es que no importa, porque hallaron una montaña de pruebas incriminatorias en sus máquinas. Código fuente a montones. Para las cabinas de votación, para un montón de tus sitios y de Erica. Está todo ahí, y mucho más. Aún no han acabado de revisarlo.

—Supongo que, entonces, estoy fuera de sospecha.

—Por el fraude electoral, sí. Pero no quieren retirar los cargos de estafa con Parker, a menos que llegues a un trato.

—¿Un trato?

—Quieren tu cooperación para que les ayudes a procesar a Cooper. Quieren una declaración completa y cualquier prueba que les puedas dar sobre sus actividades en tu negocio. Y es posible que quieran que testifiques.

—Joder —murmuré. Podía aceptar tener que declarar y proporcionar pruebas, pero no quería tener que encararme con ese imbécil en un juicio. No me parecía digno de mí.

—Hemos llegado hasta aquí, Blake. Deberías aprovechar esta repentina racha de suerte que tenemos, y que no hemos conseguido sin riesgo. Dios sabe lo que ha tenido que hacer Erica para rastrear el código, y a Trevor. Si no aceptas hacer esto…

Soltó el bolígrafo y se pellizcó el puente de la nariz. No tenía que decirlo. Si no cooperaba, me estaría comportando como un idiota autodestructivo y egoísta.

—¿Qué ofrecen?

Me lanzó una mirada cansada.

—Una reducción de la pena.

Cualquier alivio que pudiera haber sentido dio paso a un nuevo temor.

—Quieres decir que aún tendré que cumplir pena de cárcel. Eso sí que no, joder. No hay trato.

—La condicional, Blake. Puedo sacarte de aquí mañana. No te metas en líos durante unos meses, y aparte de tu historial, será como si nada hubiera pasado. —Se pasó la mano por el pelo, para colocárselo cuidadosamente—. ¿Creías que iba a permitir que te quedaras en la cárcel? Confía un poco más en mí, hombre.

Solté un suspiro de frustración y dije:

—De acuerdo.

Se tranquilizó.

—¿Lo harás?

—Sí, lo haré. ¿Dónde tengo que firmar?

*P*or mucho que quisiera aparentar que no me afectaba, el corazón me daba saltos de alegría cuando pude ponerme mi propia ropa después del registro final. Examiné mi imagen en un espejito que colgaba de la pared en la habitación donde me cambié. Aunque sabía que no lo era, parecía, al menos, el mismo hombre al que Erica había visto.

Me coloqué bien las gafas. Me arreglé el pelo con la mano, y pensé que ya le tocaba otro corte. No había visto a Erica en toda la semana, y aunque quería correr con ella tan rápido como fuera humanamente posible, también sentía cierta inseguridad por lo que podría pensar ella cuando yo volviera a entrar por la puerta de casa.

Ella había sido quien me había liberado. Pero aunque fuera la misma Erica cariñosa que me recibiera con los brazos abiertos, yo sabía que no era el mismo hombre al que ella había visto la última vez. Ese último encontronazo con la ley me había abierto los ojos de forma dolorosa. A veces podía ser orgulloso, pero saber que el mío no era el único futuro que estaba en juego me había hecho más humilde.

Crucé la última puerta de seguridad y entré en una sala estéril de la cárcel. Ante mí apareció Michael Pope, que había estado en la sala de espera. Iba vestido con un caro traje de rayas. Lucía un bonito bronceado, y llevaba el pelo canoso cortado con cuidado. Por primera vez en mi vida me sentí un poco inferior en mi condición actual.

Caminé hacia él.

—¿Qué haces aquí?

—Se me ocurrió que podía llevarte.

—No te esperaba. —Dean había aceptado venir a recogerme y llevarme a casa, pero no había ni rastro de él.

—Lo sé. He hablado con tu abogado. Le dije que te llevaría a casa. —Michael señaló las puertas—. ¿Listo?

—Más que nunca.

Sentí el aire frío del exterior y respiré hondo, más agradecido que nunca por ser libre.

Entonces recordé que Max también estaba allí, encerrado, respirando el aire estancado que yo había estado respirando los últimos días.

—¿Has visto a Max?

—No ha querido verme. —La cara de Michael transmitía calma, carecía de emoción—. Quizá la próxima vez.

Nos subimos al asiento trasero del único coche negro del aparcamiento. Di mi dirección a su conductor, y nos alejamos del infierno que juré solemnemente no volver a pisar.

Me recosté en el asiento. Cuero, una copa de whisky, y la sutil colonia de Michael, un aroma que había asociado con él desde que lo conocía, impregnaban el aire frío del coche. Para mí eran los olores de una forma de vida, de un lujo que quería recuperar. No obstante, como Michael representaba naturalmente todas esas cosas, guardaba un silencio ominoso.

—Te agradezco que estés aquí, Michael, pero no consigo imaginar por qué motivo has volado desde Texas para llevarme a casa en coche. ¿Qué ocurre?

—No, en realidad he venido a la ciudad a hablar con Trevor.

Fruncí el ceño.

—¿Por qué narices ibas a malgastar tu tiempo con él?

Cruzó las manos sobre el regazo y me sostuvo la mirada.

—Cuando la policía lo detuvo, pensé que tal vez necesitaría intervenir.

Escudriñé su rostro en busca de pruebas. Algo no iba bien. Me lo decía mi instinto. Él no debía estar allí, y no tenía por qué gastar ni un solo minuto de su día en alguien como Trevor.

—¿Por qué ibas a necesitar intervenir?

—Cuando las cosas con Max se torcieron, contraté a Trevor. —Se aclaró la garganta—. Primero eliminé su rastro y cerré las operaciones de Max. Después lo puse a trabajar.

¿Qué cojones me estaba diciendo?

—¿Lo contrataste?

Se le iluminaron un poco los ojos.

—Vi algo prometedor en él, una oportunidad de convertirlo en algo más. Había una cosa en él que me recordaba a ti, y me arriesgué. Igual que me arriesgué contigo en otra ocasión.

—No tengo nada que ver con Trevor.

Ladeó la cabeza y soltó un ruidito para hacerme saber que disentía.

—Tal vez se parezca a una versión más joven de ti. Cooper y tú tenéis más en común de lo que podrías imaginar… Está enfadado, confundido, y centrado en una misión que no tenía ni pies ni cabeza. Podría haber intentado conseguir algún tipo de compensación después de saber las molestias que te ha causado. Pero ¿cómo disciplinas a un solitario como él? La respuesta es simple. No lo haces. No puedes. Así que intenté cambiarlo. Intenté convertirlo en ti. Le di un proyecto. Algo nuevo en lo que centrarse.

Mi pensamiento iba a un millón de kilómetros por hora. El primer instinto de Erica de acudir a Michael había sido correcto. Pero ella no lo sabía. De todos modos, no conseguía creer que Michael llegara a hacer el esfuerzo de contratar a Trevor. Había sido un gran mentor, pero no tenía ni idea de que buscara nuevos pupilos.

—Todo lo que hiciste por el M89 hace una década fue fantástico —continuó, entrelazando las manos en el regazo—. Fuera de su tiempo, de verdad. Si no te hubieran pillado, el *software* bancario no sería lo que es hoy. Identificaste los fallos de lo que estaba en el mercado. Puede que no te dieras cuenta en su momento, porque eras muy joven, desde luego no eras el capitalista que eres hoy, pero gracias a lo que hiciste, todo el que tuviera dinero que proteger se interesó por resolver el problema. Los teléfonos de los banqueros no dejaban de sonar. La gente quería saber cómo se iba a salvaguardar su dinero. Creaste miedo. Y la gente responde al miedo.

—Banksoft fue una venta fácil para ti.

—Absolutamente. En cierto modo, era inestimable. Banksoft fue la compra de *software* más cara de la historia hasta ese momento. No fue casualidad. Porque, ¿cuánto estarías dispuesto a pagar para proteger tu riqueza?

Me miró, pero yo permanecí en silencio, sin moverme, pues tenía la impresión de que había más cosas que no me decía.

—Déjame que te haga otra pregunta. ¿Puedes poner precio a la integridad del voto que decidirá qué hombres y mujeres gobernarán nuestro país, en todos los niveles de gobierno?

Y entonces caí en la cuenta. No pude contener una sonrisa amarga.

—Según tu razonamiento, el precio sube considerablemente después de que alguien comprometa un sistema con fallos. ¿Ese es tu modelo de negocio?

Asintió lentamente.

—Lo era. Imaginé que el mismo principio podría aplicarse al *software* electoral que Trevor construiría para mí. Y cuando llegara el momento, tendría la solución lista para vender al mejor postor. Pero en lugar de esperar la demanda, la creé. Quería escándalo. Noticias.

—Me alegro de haberte ayudado. —Apreté los dientes, furioso por lo que Michael acababa de revelar. La forma en que veía a Trevor me llevaba a cuestionarme todo lo que me hacía respetarlo. ¿Cómo podía considerar prometedora a una persona que sólo se había dedicado a echar por tierra mis esfuerzos?

Suspiró.

—Blake, no quería enviarte a prisión.

Solté una carcajada cáustica y me pasé una mano por el pelo ya revuelto.

—Utilizó mi puñetero código. ¿Eso no te preocupó?

—No sabía nada sobre rutinas de encriptación hasta que el FBI intervino. Había concedido a Trevor acceso a todo lo que necesitara. Ya fuera código o dinero. Lo acogí en la familia igual que hice contigo. La gente como tú responde a la confianza cuando nadie más cree que la merece.

Apreté la mandíbula.

—¿La gente como yo?

—No seas tan quisquilloso, Blake. Así logré que te quedaras a mi lado hace años. Confié en ti… implícitamente.

—Yo también confié en ti.

Sentí una breve chispa de emoción.

—Lo sé, y quizás en eso te fallé. Pero necesitaba contar con tu confianza para enseñarte primero todo lo demás.

—¿Por qué las elecciones a gobernador? ¿Por qué Fitzgerald?

—Eso fue una decisión fácil. Los abogados dieron la espalda a Max cuando acudimos en busca de representación. ¿Tienes la más mínima idea de cuántos centenares de miles de dólares he malgastado en el bufete de Fitzgerald?

—Entonces, todo esto era una venganza.

—No, en absoluto. Pretendía crear una oportunidad. La venganza fue un beneficio inesperado. Un añadido, si quieres verlo así.

—Y cuando me implicaron y el FBI acudió a ti, ¿seguías convencido de no delatarlo?

—Si sólo se hubiera tratado de protegerte, lo habría hecho. Pero me preocupaba que Trevor se volviera contra mí e implicara a Max para vengarse. Lo último que quería era que mi único hijo tuviera que pasar más tiempo en la cárcel. Es un maldito imbécil, pero es mi hijo. Era más fácil mantener a Trevor en las sombras que exponerlo por lo que había hecho.

Sacudí la cabeza y miré lánguidamente por la ventana.

—Increíble.

—Sabes tan bien como yo que, cuando dejas que las emociones se interpongan en tu camino, pierdes el control de la situación. Es una debilidad y una vulnerabilidad que te pasará factura, antes o después.

Michael me había enseñado eso mismo y, en aquel momento, era un principio que tenía sentido. Cuando él me había conocido, yo era pura emoción. Él lo había simplificado todo con las leyes de los negocios, y me había enseñado cómo usar mis talentos en un marco de trabajo que era a la vez legal y lucrativo. Solía decirme que no me enfrentara a un problema desde abajo, pues es una pérdida de tiempo, por no decir peligroso. Debía encontrar sus debilidades y hallar la solución desde dentro.

Y eso es lo que había hecho con el dinero de Banksoft. En lugar de castigar a las personas responsables de las injusticias que veía a mi alrededor, construí empresas que respondían a los problemas con soluciones que no existían todavía.

Irónicamente, mientras tanto, mi mentor se dedicaba a pagar a un *hacker* que había hecho todo lo posible para que mis esfuerzos fueran en vano. Apreté los puños con fuerza y empecé a descontar los segundos que faltaban para llegar a casa y poder dar por terminada esa perturbadora conversación.

—Veo que te estás tomando esto de forma personal, Blake. Pero debes comprender que superado un punto, todo se trató de control de daños. Algo que tuve que hacer muy a menudo cuando Max estaba involucrado. Me asquea lo que le hizo a Erica. Te lo aseguro. Pero no iba a permitir que esta investigación condujera hasta él.

—Pensaba que no dejabas que las emociones se interpusieran en tu camino.

—Y no lo hacen. Max y yo somos diferentes en eso. Toda decisión de Max fue siempre emocional, ya fuera por venganza u orgullo. Intentaba captar mi atención o acabar contigo porque siempre te había hecho demasiado caso. Max nunca comprendió por qué te admití en el círculo… por qué no lo elegí a él. Él era demasiado joven, por supuesto, pero nunca fue una cuestión de tener fe en sus capacidades. No tenía forma de cambiar el hecho de que era mi hijo, así que debía dejarlo al margen.

—Te odia. Lo sabes, ¿no?

Recordé nuestra breve interacción en la cafetería. Antes de querer cortarle la garganta a Max, había sentido una mínima simpatía por él. Sin la protección de Michael parecía absolutamente perdido. Nunca le perdonaría lo que le había hecho a Erica, pero tenía un sentimiento de traición compartida. Max me había traicionado un centenar de veces. Lo esperaba, y la mitad de las veces, lo vi venir. Pero Michael siempre había tenido mi respeto y mi confianza. Su traición me había causado una herida profunda. Muy profunda.

—En cualquier caso, heredará el imperio que he construido, y me lo agradecerá. Tal vez no ahora, pero acabará por comprender que para llegar tan lejos, no podía permitir que mis emociones afectaran a mis decisiones empresariales. No hay mayor vinculación que la de un padre con su hijo.

Michael parecía más viejo en ese momento. Ya no era el joven y ambicioso mentor que siempre había conocido, sino alguien que había cambiado ante mis ojos. Y, de repente, yo no era el joven al que había salvado de un período problemático. Había crecido, había vivido. Y, sobre todo, había aprendido. En ese mismo momento, seguía aprendiendo.

Me presioné las sienes, sentía que empezaba a tener dolor de cabeza.

—Pareces sorprendido, pero si ignoras toda la emoción que estás sintiendo ahora mismo, no esperarías ni harías otra cosa.

—No, yo jamás haría algo parecido.

—Esto no es una traición. Son negocios. Si examinas tu vida, verás que has hecho lo mismo. Piensa en cómo actuaste con Heath, por ejemplo. Lo apartaste de tus negocios. Siempre has ejercido un nivel de control sobre tu mundo que me ha impresionado. —Hizo una pausa—. Pero Erica… es buena para ti, creo, pero es una debilidad. Estás cambiando por ella.

Me indigné ante la simple mención de su nombre. ¿Cómo se atrevía a imaginar que sabía lo que ella suponía para mí?

—Vale la pena cambiar por ella.

Él asintió.

—Es normal sentirse así. El amor y la pasión son capaces de eso y más. Claramente sientes ambas cosas por ella, y me alegro por ti. No obstante, eso pasará. Ahora estás casado. Está embarazada. Ella se centrará en vuestra familia, y la obsesión que sentís el uno por el otro se calmará. Dentro de un tiempo encontrarás la manera de volver a tu auténtico yo.

No. Nada podría rebajar lo que sentía por ella. Y que estuviera embarazada de nuestro hijo sólo añadía más fuego a la llama.

—Lo último que quiero hacer es volver a ser la persona que era, después de haber encontrado a la mejor versión de mí mismo con ella.

—Tengo fe en que será así. He invertido en ti más que en ninguna otra persona en mi vida. Tengo un historial bastante bueno de inversiones sensatas. —Su sonrisa de satisfacción se enturbió un poco—. Excepto por toda la situación con Cooper... Demasiado orgullo, creo.

—¿Él o tú?

—Quizás ambos. Quería hacer trampa y saltarme unos cuantos pasos. Aunque, por supuesto, todo eso ya lo sabías.

—¿Eso crees?

—¿Con un pluriempleo como pirata informático? ¿Y crees que eso no es engañar?

—No hago daño a nadie.

—¿Acaso nunca has buscado información para cerrar un negocio de forma más ventajosa para ti? ¿Nunca has usado esa información para desacreditar o eliminar a la competencia? Puedes enmascararlo con los términos de finanzas que quieras, pero tú y yo sabemos que eso es hacer trampas. Y está bien, porque si no haces trampa, por mínima que sea, no llegarás muy lejos.

—Pues tú no has llegado muy lejos con tu última treta.

Desvió la mirada a la ventana.

—No. Por desgracia, Trevor era más parecido a Max que tú. Todo emoción y nada de control.

—¿Y qué te hace pensar que tu nuevo prodigio no te delatará al FBI?

—No le dirá nada a nadie. —Volvió a mirarme—. Por desgracia lo han encontrado ahorcado en su celda esta mañana.

Se me heló la sangre en las venas. Las confesiones de Michael me habían afectado profundamente. Pero la visión de Trevor, un chico al que no conocía, ahorcado en una celda, semejante a la que yo acababa de dejar, era increíblemente vívida en mi mente. Sentí retortijones en el estómago y no pude librarme del sentimiento de angustia, por mucho que lo intenté. Estábamos a menos de un kilómetro de mi casa, y no podía aguantar más.

—Déjeme salir —dije al conductor. Aparcó a un lado de la carretera, y me bajé. Una suave lluvia había empezado a caer, pero me daba igual. Seguí adelante.

Michael salió y rodeó el vehículo.

—Blake, espera.

—¡Ya basta! —grité, y me volví para encararme a él—. Puedes llamarlo negocios. Sigue diciendo que lo tienes todo bajo control. No me importa cómo quieras llamarlo, para que sea coherente con tu retorcida versión de la realidad. Esto no es más que un maldito juego. Y te engañas si crees que dominas el tablero y puedes mover las piezas como te plazca.

Sonrió sarcásticamente.

—Por supuesto que domino el tablero, Blake.

Me quité las gafas manchadas de agua y me quedé mirándolo. Sentía resentimiento y piedad por el hombre que tenía delante de mí, y ambas cosas unidas con la rabia que me crecía dentro constituían una mezcla explosiva.

—Tal vez sí, Michael. Y si es así, considera este mi acto final. Hemos acabado. No pienso seguir jugando.

—¿Estás dispuesto a tirar a la basura toda nuestra relación por esto? ¿Te he entendido bien?

Su voz sonó desafiante, y no me gustó.

—Eso es lo que te estoy diciendo.

Su expresión se endureció. El espejismo de cercanía y bondad había desaparecido.

—No te interpongas en mi camino, Blake. Si algo te he enseñado ha sido eso.

Su voz se había vuelto ronca y tensa, amenazante.

Tal vez en un momento distinto de mi vida, le habría hecho caso, pero no ahora. No cuando había estado tan cerca de perderlo todo. Mi concepción de la vida había cambiado. Tenía que cuestionar todo lo que creía que era cierto, todo principio de sabiduría que Michael me había inculcado.

—No voy a interferir, Michael. Pero me marcho. Si piensas que por haberme acogido bajo tu ala hace diez años voy a venerarte durante el resto de mi puta vida, te equivocas. No voy a hacerte la pelota como hace todo el mundo. Me he ganado mi propio dinero, y voy a usarlo para trabajar en cosas en las que creo. Voy a construir una vida con la mujer a la que amo. Y no necesito reencontrarme. Tengo todo lo que quiero aquí. Este es quien soy yo, y no necesito jugar a ser Dios con las vidas de la gente, mientras me paso el día contando el dinero para sentir que mi vida vale algo. Así que métete en tu puñetero coche y vete a casa.

Sin añadir nada más, me di la vuelta y caminé decidido hacia casa. Al cabo de un momento, el Lincoln negro me dejó atrás. Caminé más rápido, impulsado por el alivio de que Michael se hubiera marchado y por un poderoso deseo de llegar a casa, con Erica.

Empezó a llover con fuerza. Una lluvia gélida que empapaba mi ropa y me mojaba la piel. No podía detener el caos que había dentro de mí. Y no podía limpiarme la sangre que me manchaba las manos.

20
ERICA

*C*aminé arriba y abajo por la sala de estar. ¿Por qué tardaban tanto? La lluvia repiqueteaba contra la ventana, oscureciendo la visión clara del océano. Gove me había llamado esa mañana para hacerme saber que Blake no tardaría en llegar. Hubiera querido recogerle yo misma cuando lo soltaran, pero había insistido en que le esperara. Quería ser él quien le diera la noticia sobre Trevor.

Que Trevor había tomado la última decisión en todo aquel asunto.

El corazón se me partió por Blake cuando pensé en lo que debía estar sintiendo. El alivio de ser libre, pero también que la culpa que había sentido ante Brian se duplicaría si se dejaba llevar. Lo quería en casa para poder hablarle y evitar que se dejara arrastrar por esa manera de pensar. Pero no sería fácil. Me enfrentaba a los recuerdos más oscuros de mi marido, y la historia se había repetido.

No estaba segura de que hubiéramos podido hacerlo de otra manera. Carmody había dicho que no perdería de vista a Trevor, pero no podía tomarme esa frase de forma literal. Ninguno de nosotros podía saber que había pensado seriamente en el suicidio como una salida. La policía apenas tuvo la oportunidad de interrogarlo antes de que se quitara la vida.

Era casi como si Blake lo hubiera visto venir desde kilómetros de distancia, y procurar evitar cualquier camino que condujera al encarcelamiento de Trevor había sido su manera de evitar lo inevitable. Sin embargo, no podía haberlo sabido. Y, sin embargo, así había sucedido…

Había querido la verdad y había querido la justicia, pero la muerte de Trevor seguía siendo algo trágico. Al igual que la de Mark, su vida no era menos que la de cualquier otra persona, a pesar de sus delitos.

El sonido de la lluvia al caer llenó la habitación cuando Blake entró por la puerta. Estaba chorreando. Me puse de pie, pero me quedé inmovilizada en el sitio. Cerró la puerta y se apoyó en ella, con el pecho agitado por los jadeos.

—Erica.

La súplica en su voz me hizo correr hacia él en ese mismo instante. Nuestros cuerpos chocaron y le envolví con los brazos. Deslicé las manos por el cabello húmedo, las pasé por la curva de su nuca, bajé por el cuello hasta el pecho, donde la camisa se le pegaba al cuerpo. Mi corazón se aceleró y se hinchó. Susurré su nombre, como en un sueño. Estaba en casa. Gracias a Dios, ya estaba en casa.

Me abrazó con tanta fuerza a la altura de las costillas que casi me dolió, pero no me importó. Le devolví el abrazo. Cuando por fin me separé, noté un pinchazo en el corazón ante la visión de aquellos increíbles ojos verdes clavados en mí, cargados de emoción. Le pasé suavemente los dedos por los labios, por el pelo espinoso a lo largo de su mandíbula. Mi amor…

Verlo me había provocado una descarga de adrenalina por todo el cuerpo, lo que me había calentado, pero Blake todavía estaba frío. La humedad de la ropa había comenzado a filtrarse en la mía.

—Estás empapado.

Le empujé un poco hacia atrás para separarnos lo suficiente y poder desabrocharle la camisa. Luego le pasé las palmas de las manos por la piel del pecho y la espalda empujando la prenda mojada sobre sus hombros. Él se la quitó de golpe y después me atrajo de nuevo hacia sí con rudeza antes de atrapar mi boca con un beso salvaje. Era todo gusto y necesidad, y quedé envuelta en eso, incapaz de sentir o ver nada más que su impaciencia, su presencia que todo lo consumía. El pulso me martilleaba en las venas, pero él seguía temblando contra mi cuerpo.

Rompí el contacto, sin aliento, pero preocupada.

—Estás temblando.

—No importa —murmuró mientras movía las manos por todo mi cuerpo.

Puse las mías sobre las suyas, tratando de reducir su ansia.

—Te vas a poner enfermo, Blake. Vamos a hacer que entres en calor y te seques.

Se quedó quieto y el fuego en sus ojos ardió con fuerza.

—Te necesito… Por favor.

La desesperación en su voz me destruyó, y me pregunté si era el frío lo que le hacía temblar contra mi cuerpo. Fuera lo que fuera, quería quitarle esa mirada de los ojos y cualquier dolor que la hubiera causado.

Asentí rápidamente y, un instante después, tenía su boca pegada a mi cuello, chupándome y mordiéndome. Sentí la intensidad en cada contacto al mismo tiempo que un deseo líquido se deslizaba por mi cuerpo. Tiró de mi camisa hacia arriba y me la sacó por los hombros. Luego tiró de mis pantalones vaqueros y me los bajó más allá de la cadera antes de que lo detuviera.

—Vamos arriba —le dije.

Lo conduje hacia las escaleras. Me quedé sin respiración cuando se lanzó de nuevo sobre mí. Enredados en los brazos del otro, casi lo logramos.

—Aquí —me dijo con voz áspera.

Avanzamos tropezando hasta el primer peldaño y, al llegar allí, hizo que nos tumbáramos en el suelo. Sus manos estaban por todas partes.

—Ahora.

Terminó de quitarme de un tirón los pantalones vaqueros y las bragas y me arrastró hacia él para que me colocara a horcajadas sobre sus caderas.

Me atrajo hacia abajo contra su pecho, me ancló a su boca y me azotó con un beso sin aliento tras otro. Un nudo de calor creció dentro de mí, comenzó en mi bajo vientre para extenderse serpenteando por mis extremidades y acabar palpitando entre mis piernas. El deseo me llenaba las venas.

—Dime lo que necesitas, Blake.

Mi cuerpo estaba encendido bajo su tacto y yo me sentía ansiosa por más.

Una emoción primitiva brilló en sus ojos.

—Tú. Tú eres la única persona que necesito. Tú eres lo único que necesito en todo este puñetero mundo.

Se abrió de golpe la cremallera del pantalón y se lo bajó sólo hasta media pierna. Se agarró su firme miembro y me deslizó hacia abajo, sobre él. Eché la cabeza hacia atrás por el dulce placer. Luego levantó las caderas y entró profundamente uniéndonos por completo.

Un grito ronco surgió de su boca. Uno que me trajo lágrimas a las esquinas de los ojos. Podía sentir su dolor, su lucha.

Con los ojos cerrados, con la mandíbula apretada, me empezó a mover sobre su polla. Me apreté contra su penetración, tensa y excitada. Sentí dolor en las rodillas con cada empuje, pero no me importó. Sólo pensaba en que estábamos conectados, amándonos el uno al otro, dándonos lo que necesitábamos.

Me movió sobre él con deslizamientos impacientes. Me acoplé a su ritmo agitando las caderas para sentirlo por todas partes. Subió y bajó la cintura con firmeza uniéndonos con empujones enloquecidos y vigorosos. Cada uno de ellos me hirió en el corazón y me hizo gritar. El sonido resonó en las paredes y se fundió con el siguiente grito desesperado que surgió de mis labios cuando me reclamó una y otra vez.

Temblé, y perdí el sentido en aquel éxtasis.

—Erica… —me dijo, y se humedeció los labios.

Sus manos dejaron mis caderas y bajaron por mis brazos. Nuestros dedos se enroscaron con vehemencia y me incliné hacia abajo, con lo que acabamos unidos por el pecho. Una clase abrasadora de energía irradiaba de allí y de todas las partes de nuestros cuerpos que se tocaban.

Nunca había experimentado algo tan intenso como aquello en toda mi vida. Y yo estaba perdida en esa sensación, totalmente sumergida en ella.

Nuestras miradas se encontraron y la intensidad de sus ojos se apoderó de mi corazón.

—Te quiero, Blake —gemí contra sus labios mientras una lágrima me bajaba por la mejilla.

Pensé que podría vivir para siempre en ese momento. Por doloroso que fuera, Blake me estaba mostrando una parte de sí mismo que nunca había visto. Aquella vulnerabilidad pura. Y yo estaba tan agradecida por ello como lo estaba de tenerlo allí conmigo, tomando su placer y dándome mucho más que eso.

Su expresión era tensa, casi dolorosa. Apretó sus manos y sus bíceps se tensaron junto con el resto de su poderoso cuerpo. El calor me recorrió la columna y grité a la vez que él. Nos desplomamos juntos.

*P*oco a poco la vida volvió a la normalidad. En los meses siguientes, Blake y yo nos lanzamos de cabeza al trabajo. Me dejó participar en sus proyectos y yo le dejé entrar en los míos. Él concentró la mayor parte de su atención en uno para un programa informático de votación que, sin duda, llenaría una necesidad no satisfecha. Pude apreciar también que cada línea de código era una victoria tácita sobre el plan frustrado de Michael.

No había oído nada de él desde su largo viaje de regreso a casa, y a pesar de que Blake no había dicho mucho al respecto, la traición de Michael le pesaba. Se había roto algo dentro de él, tal vez algo que necesitaba estar roto para que se pudiera curar de la manera correcta.

A pesar de todo el daño que todavía estábamos superando, teníamos un futuro brillante al que aspirar. Yo engordaba y tenía un aspecto magnífico, y cada día era un paso más hacia el día que tendríamos nuestra familia completa.

Me encontré enamorándome por completo de él de nuevo. Me enamoré de las piezas rotas y de las partes que se habían curado y habían cambiado para mejor.

El nuestro era un amor difícil. Nos habíamos enamorado con cierta dificultad, y habíamos luchado largo y tendido para mantenerlo. Nuestra clase de amor no se basaba en la amabilidad. Tomaba lo que quería. Arrasaba. Consumía la totalidad del corazón y luego hacía las preguntas. Las recompensas llegaban a lo más profundo del alma y eran devoradoras, barriéndolo todo como un reguero de pólvora.

Estaba sentada a solas en un pequeño restaurante que había cerca de la oficina. La luz bailaba en las piedras de mis anillos mientras meditaba sobre el viaje que la vida nos había hecho pasar a lo largo de los meses anteriores. Nos habían herido, amenazado y traicionado. Habíamos encontrado el amor, el perdón y la esperanza. Habíamos recorrido toda una gama de emociones y experiencias, y todavía nos manteníamos fuertes, listos para la siguiente aventura.

Risa deslizó una silla de la mesa y se instaló en ella frente a mí.

—Hola —dijo con una sonrisa tentativa.

Llevaba puestos unos pantalones negros ajustados y una chaqueta a juego con una sencilla blusa blanca. Siempre había sido la imagen de estilo cuando trabajaba para Clozpin, pero había adoptado un aspecto decididamente más corporativo las dos últimas veces que la había visto.

Mis pensamientos volvieron a por qué finalmente había aceptado su invitación para reunirnos.

—¿Cómo estás?

—Bien, supongo.

—¿Cómo va el trabajo?

Se encogió de hombros.

—Bueno, va bien. Creo que nunca pensé que acabaría trabajando en una empresa de inversiones. Pero la vida está llena de sorpresas.

—Puedo dar fe de ello.

La mirada de sus profundos ojos azules se suavizó un poco.

—Tú has pasado por muchas cosas. Estoy segura de que ha sido difícil, pero te admiro todavía más por ello.

Parecía sincera, sólo que era ella quien había causado una cantidad importante del drama que había sufrido.

—Entonces, ¿por qué quieres verme? —le pregunté antes de tomar un sorbo del vaso de agua.

Ella vaciló antes de responder.

—Lo siento, nunca pensé que realmente quisieras reunirte conmigo de nuevo. Estoy un poco desconcertada, supongo.

No había querido verla durante mucho tiempo, pero después de tropezar un día con su tarjeta, se me ocurrió una idea que no había sido capaz de quitarme de la cabeza desde entonces.

—Bueno, aquí estamos. Compláceme.

Ella inspiró profundamente para tranquilizarse.

—Bueno. Quiero algo que probablemente nunca me vas a dar, ya lo sé. Quiero otra oportunidad de trabajar para ti.

—Clozpin ya no existe. Si confiara en ti lo suficiente como para trabajar contigo otra vez, tu amor por la moda se desperdiciaría en cualquiera de los proyectos en los que estoy trabajando ahora mismo.

Ella se mordió el labio inferior un segundo antes de soltarlo.

—Escucha, cometí un tremendo error. Sé que he perdido tu confianza, y que puede que nunca la recupere. Puedo soltarte excusas todo el día. Podría tratar de explicarte que, al final, me di cuenta de lo mucho que Max me había manipulado. Podría tratar de explicar las cosas que me obligó a hacer… para demostrarle mi lealtad. —Bajó la mirada a la mesa, evitando la mía—. Pero creo que todo esto lo único que hará será convencerte de mi falta de fuerza mental frente a alguien como él, y eso no es precisamente una buena calificación para cualquier trabajo. Pero lo que quiero decirte, más que todo eso, es que me sentía muy feliz de trabajar para ti. Chocamos muchas veces, lo sé, pero me sentí viva por primera vez en mucho tiempo mientras estaba allí, y no me he sentido así desde entonces. Todos los días me despierto y me arrastro hasta un trabajo que no odio, pero que tampoco amo precisamente. Lamento todo lo que hice para complicarte las cosas.

Me quedé en silencio durante un largo rato mientras pensaba en todo lo que me había dicho.

—¿Me dices todo eso de verdad?

—No tengo nada que ganar mintiendo. Sé que eres demasiado inteligente como para incluirme en cualquiera de tus otras empresas. Supongo que simplemente me lo estoy sacando de dentro. Es algo que me ha pesado mucho. Aunque sólo fuera por eso, quería aclarar las cosas y decirte cómo me sentía. No puedo cambiar lo que sientes, pero me duele pensar que siempre me odiarás por los errores que cometí.

—Estoy de acuerdo en que has tomado algunas decisiones muy malas. Y algunas de ellas porque te dejaste llevar, pero no te odio, Risa.

Levantó la mirada parpadeante para mirarme a los ojos.

—Tienes buen aspecto —le dije.

—Oh... gracias.

Ella parecía confundida, y se metió con nerviosismo un mechón de su pelo liso detrás de la oreja.

—Cuando nos encontramos, después de que Max me atacara, no parecías tú misma. Parecía que te había hecho pasar por un aro.

La expresión de su cara se volvió sombría.

—No te haces una idea.

—¿Qué te hizo?

Risa se echó hacia atrás y jugueteó con la servilleta.

—No sé si puedo hablar de ello —murmuró.

—¿No puedes, o no quieres?

Negó con la cabeza.

—Supongo que quiero creer que ya no me puede hacer daño, pero dos años pasan enseguida y todo eso podría cambiar.

—¿Le tienes miedo?

—Incluso aunque no se lo tuviera, no estoy segura de que me gustara hablar de lo que pasó entre nosotros. Es... incómodo... vergonzoso.

—¿Fue violento contigo?

Las mejillas se le tiñeron de color rosa y sus ojos parecieron brillar contra el rubor que le cubría la piel.

—A veces. Nunca lo hizo de una manera en que alguien se pudiera dar cuenta. Era… cuidadoso. Nunca me dejó marcas en ningún lugar donde la gente las pudiera ver.

—¿Por qué no se lo dijiste a nadie?

—No… no lo sé. Pensé que nadie me creería, supongo. Es rico, de buen aspecto. Encantador. ¿Quién quiere creer que un hombre como él golpea a su novia?

Cerré los ojos y no me gustó la visión que tuve. Nadie, ni siquiera Risa, merecía ser tratado de esa manera. Yo sabía de primera mano lo que era caer presa de una de sus rachas violentas. No creí que le pudiera despreciar más de lo que ya lo despreciaba, pero la confesión de Risa lo había logrado. No quería preguntar, pero tenía que saber más.

—Pareciste desconcertada cuando te expliqué lo que me hizo —le comenté, sonsacándola para que me dijera más.

Apretó los labios delgados y trazó unos pequeños círculos en el mantel.

—Lo estaba, supongo. Suena extraño decirlo, pero una pequeña parte de mí estaba celosa. A pesar de que nuestra relación se desmoronaba, que te buscara sexualmente fue muy hiriente. Me había enamorado de él. Lo amaba. ¿Cómo si no iba a estar tanto tiempo a su lado? Sabía que la cosa estaba jodida, pero todavía estaba bajo su hechizo en muchos sentidos.

—¿Te sorprendió que quisiera violarme?

Sus ojos mostraron una expresión seria antes de que su mirada cayera de nuevo sobre su regazo.

—No —dijo con apenas un susurro.

Me tragué una nueva oleada de emoción.

—¿Qué te hizo?

Risa apretó los ojos con fuerza.

—No puedo hablar de eso, Erica.

—¿Por qué no?

Yo sabía por qué, pero tenía que presionarla.

—No entiendes que…

—Lo entiendo perfectamente.

Abrió los ojos y el miedo que vi en ellos me inspiró a verbalizar las palabras que ella se esforzaba por decir. No estaba sola, y así era como me había sentido durante mucho tiempo. No importaba lo que me hubiera hecho, nunca dejaría de pensar que Max había puesto en práctica con ella los planes que tenía para mí, posiblemente más de una vez, disfrazando el delito bajo la promesa del amor.

—Cuando Max me atacó en la fiesta de compromiso, no era la primera vez que había pasado por algo así. Su amigo Mark MacLeod me violó en mi primer año en la universidad. Tomó mi virginidad en el suelo sucio detrás de una residencia de estudiantes, mientras que mis amigos seguían de fiesta sin mí. Liz estaba allí. Se lo puedes preguntar a ella.

Sus ojos se llenaron de lágrimas.

—No tenía ni idea.

El recuerdo se abrió camino a través de mí, como un pequeño terremoto que finalmente se desvanecía en la distancia. Con cada día que pasaba, tenía un poco menos de poder sobre mí.

—No la tenías porque es algo difícil de contar. Me sentí como tú te sientes. Desconcertada. Avergonzada. Me pasé el resto de la carrera universitaria mirando por encima del hombro, esperando el día en que lo vería de nuevo. Nunca supe quién era hasta que lo reconocí una noche en un bar. Y Blake fue el primer amante al que le conté toda la experiencia. Cuando Max me atacó, todo volvió. Los años de fingir que me había curado y que había seguido adelante se vinieron abajo. El único consuelo vino cuando por fin declaré en la comisaría. Esa fue una de las cosas más difíciles que jamás he hecho.

—No me lo puedo imaginar.

Se secó los ojos, y yo inspiré profundamente recordando lo difícil que esa decisión había sido para mí. Pero gracias a que lo había hecho, Risa y el resto del mundo estaban a salvo de él. Al menos durante un tiempo.

—¿De verdad quieres trabajar conmigo otra vez?

Los ojos se le iluminaron.

—Sí.

Dijo la palabra con énfasis, con la esperanza iluminándole el rostro.

—Vale.

—¿Vale?

—Sí.

Se quedó con la boca abierta.

—Espera. ¿En serio?

—He pensado mucho en ello. Veo que cometiste un error. Quiero protegerme de la gente que haría lo que tú me hiciste, pero también quiero creer que la gente puede cambiar y ser mejor.

—Lo haré, y lo soy. Te lo prometo.

—Espero que sea verdad y que mi instinto sobre esto no esté completamente equivocado. Te quiero volver a contratar con el sueldo inicial. Sólo tengo una condición.

—Por supuesto. Lo que quieras.

Tamborileé con los dedos sobre la mesa un par de veces, preguntándome si realmente querría hacerlo. Si tenía la fuerza necesaria para ello, yo sabría que estaba tomando la decisión correcta.

—Risa, quiero que vayas a la policía y les cuentes lo que Max te hizo.

El rubor anterior abandonó sus mejillas.

—No… no puedo hacer eso.

Me incliné hacia ella sosteniéndole la mirada.

—Puedes.

Le temblaron los labios.

—Risa… Puedes hacerlo. Y voy a estar allí para ayudarte.

—Está bien —dijo con un susurro.

EPÍLOGO

El agua fría y vigorizante me cubrió los pies. Examiné la arena que tenía debajo en busca de algo que me llamara la atención. Cualquier pequeño tesoro que le pudiera gustar. El arrastre de la marea hizo un surco alrededor de una concha. Me incliné y la recogí. Vi que no estaba rota, así que la limpié con la siguiente ola.

—¡Mamá! ¡Mira lo que he encontrado!

Tricia corrió hacia mí, pero rompiendo la carrera con pequeños saltos juguetones y emocionados. Su bañador era un conjunto chocante de colores de neón entre los tonos apagados de la playa. El cabello rubio le caía a lo largo de la espalda, brillante contra su piel bronceada.

—¿Qué has encontrado, cariño?

Se detuvo bruscamente frente a mí, sosteniendo en la mano una pluma larga, ligeramente rota, sin duda de una gaviota.

—Vaya, qué bonito. ¿Te la puedo limpiar?

Dudó un momento antes de entregármela.

—Bueno.

La limpié en el agua y le alisé la pelusa gris y blanca hasta que se pareció más a su forma original. En cuanto terminé, Tricia alargó la mano con entusiasmo para cogerla y corrió de vuelta hasta donde estaba Blake, sentado a unos pocos metros en la arena. La seguí echándole un vistazo a los avances del castillo de arena que estaba construyendo.

—Papi, esto puede ser nuestra bandera.

La emoción en su voz era contagiosa. Me asaltó un recuerdo lejano en la playa del lago con mi madre y con Elliot, cuando esos pequeños triunfos podían llenar mi pequeño corazón. Ser testigo de su asombro era un regalo, uno que agradecía todos los días.

El ceño fruncido de Blake abandonó su rostro cuando miró a nuestra hija y a su nuevo tesoro.

—Perfecto —respondió, y alargó una mano hacia la pequeña pluma.

Ella echó la mano hacia atrás.

—No, quiero hacerlo yo.

Él suspiró.

—Muy bien. ¿Dónde lo quieres?

Tricia se acuclilló y se arrastró un poco para acercarse más, lo que provocó una avalancha de arena en el cuidadosamente construido foso de Blake.

—Aquí —dijo, y plantó la pluma en la arena blanda de la parte superior del castillo que él llevaba más de una hora construyendo.

Luego se echó hacia atrás con los ojos brillantes. En la boca de Blake apareció una leve sonrisa, con la admiración y el amor claramente dibujados.

—Perfecto.

La rodeó con un brazo y tiró de ella para acercársela. Admiraban la obra conjunta cuando el sonido de la puerta de un coche al cerrarse los interrumpió. A lo lejos, un hombre se acercó a nosotros.

Tricia abrió los ojos de par en par y se puso de pie para soltarse de los brazos de Blake.

—¡Abuelito! —chilló.

Corrió hacia Daniel con los mismos pasos y saltos de antes. Él atrapó su pequeño cuerpo y la arrojó en el aire antes de cogerla y sostenerla apoyada en su cadera. En mis labios apareció una sonrisa, pero todos los signos de amor en los ojos de Blake se habían desvanecido.

Me levanté cuando se acercaron.

—Hola —saludó Daniel en voz baja, pero jovial. Se inclinó y me besó en la mejilla.

—¿Qué tal el viaje? —le pregunté.

Sonrió con cariño y miró a Tricia.

—Ah, no ha sido tan malo. Bien vale la pena con tal de ver a mi princesa.

—Abuelo, quiero enseñarte algo.

Tricia abrió mucho sus ojos de color verde pálido por el entusiasmo y se liberó de su abrazo.

—¿Qué quieres enseñarme, cariño?

Ella le cogió de la mano con su manita y tiró de él hacia abajo para que se sentara en la arena. Daniel se echó a reír, y ella comenzó a catalogar el montón de conchas y restos que había acumulado a lo largo de la tarde.

Blake se quedó mirando hacia el horizonte y busqué una manera de romper la tensión que siempre se interponía entre ellos.

—¿Tienes hambre, papá?

La comida era la panacea para todo, sin duda.

—Claro, me vendría bien tomar un bocado. Pero no hay prisa.

—Voy a preparar algo —le dije rápidamente.

Blake se puso de pie y se sacudió la arena de los pantalones cortos.

—Te ayudo. —Le lanzó a Daniel una mirada interrogadora, con los ojos fríos y la mandíbula apretada—. ¿Te quedas con ella?

—Sin problemas —respondió tranquilamente Daniel sin establecer contacto visual—. ¿Verdad que sí, cariño?

Su voz se suavizó cuando habló con Tricia. Con cuidado, le apartó un mechón de pelo de su cara morena.

Tricia comenzó a enterrar los pies descalzos de Daniel en la arena y a decorarlos con conchas. Contento al parecer de dejarla al cuidado de su abuelo, Blake me tomó de la mano y nos dirigimos de nuevo a la casa de la playa.

—Debes tratar de ser más amable con él, Blake —le regañé suavemente.

—Estoy siendo más que bastante amable —murmuró con una expresión impasible en el rostro que me comunicó lo que le costaba.

Habíamos forjado muchos recuerdos allí, en Vineyard. Yo sabía que Blake nunca perdonaría a Daniel las cosas que había hecho, pero dejarme a mí misma perdonarlo, por fin, me había permitido apreciar los recuerdos que Tricia compartía con él. Ella siempre tendría la familia de Blake, que con tanta frecuencia la mimaban amorosamente a ella y a sus primos. Alli y Heath tenían dos niños pequeños de su misma edad, y no podía pedir nada más que el amor que trajeron a nuestra pequeña familia.

Marie, que llevaba ya un año con su nuevo y prometedor romance, nunca se encontraba lejos y siempre estaba dispuesta a mimar también a Tricia. Pero egoístamente, con mi madre muerta y Elliot tan lejos, ver a Tricia experimentar una pequeña parte de mi familia significaba más para mí de lo que Blake podía entender.

Daniel no era el padre que siempre había imaginado. Era profundamente defectuoso, pero había cambiado mucho desde el momento en el que nos conocimos por primera vez. Muchos afirmarían a puerta cerrada que había caído en desgracia, pero yo sabía la verdad. Estaba mejor de lo que nunca había estado.

No mucho tiempo después de perder el puesto de gobernador, también había perdido a Margo. La muerte de su hijo junto a la humillación de la derrota de Daniel resultaron ser demasiado para que ella lo superara. Se divorciaron en menos de un año. A continuación, la controversia en torno a la supuesta participación de Daniel en las elecciones manipuladas había provocado mucha tensión en el bufete de abogados donde trabajaba. De mala gana, lo dejó todo y optó por una jubilación anticipada.

Todas sus nobles aspiraciones, su gran plan, se vieron reducidas a una vida sencilla en un tranquilo pueblo costero de Maine, donde había empezado a pasar la mayor parte de su tiempo. La maquinaria política de su vida se había detenido en seco, y gracias a ese supuesto fracaso, fue capaz de vivir de una manera que nunca había podido vivir antes. Por fin se liberó de una vida en la que habían tomado todas las decisiones por él, desde que había tenido mi edad. El éxito era sólo una palabra, algo que significaba poco comparado con la promesa de un poco de felicidad sencilla. Ahora, al menos, tenía la oportunidad de conseguirla.

Tricia parecía hacerlo feliz, más feliz de lo que jamás lo había visto. Sus ojos se iluminaban al verla, o brillaban de emoción cuando se acurrucaba a su lado siempre que se le agotaba aquella aparente energía sin límites.

Miré hacia atrás. Sus siluetas eran pequeñas en la lejanía. Tal vez no se la merecía, o a nosotros. Tal vez sus pecados eran demasiado grandes, pero yo no podía dejar de creer que podía ser digno de perdón, digno de una segunda oportunidad.

Blake y yo doblamos la esquina del porche. Se metió en la ducha al aire libre, que dejó caer una cascada de agua fría sobre él. Me quedé mirándole, apreciando los chorros de agua que se deslizaban sobre su precioso cuerpo. El paso de cinco años no le habían cambiado en absoluto. Todavía lograba que se me hiciera la boca agua, y era impresionante en todos los sentidos.

Se detuvo y vio que le estaba mirando. Me tendió la mano. La tomé, y tiró de mí para ponerme bajo el agua con él. Inspiré rápidamente por el choque del agua fría. Pero un momento después, los labios de Blake estuvieron sobre los míos, mezclando nuestras bocas en un beso lento y apasionado. Me puse de puntillas para entregarme por completo a ese momento.

Él gimió, y la vibración me hormigueó en los labios.

—Vamos dentro.

No pude dejar de notar la sugerencia en su tono de voz, ni su erección, que apretaba contra mí. Me puse tensa y reconocí la vacilación a la que nunca me había tenido que enfrentar antes de convertirme en madre.

—¿Qué hay de Tricia?

—Ella lo va a mantener ocupado durante un buen rato.

—¿Un buen rato?

Miré hacia la playa, aunque estaban fuera de la vista desde donde nos encontrábamos.

Un leve contacto hizo que me centrara de nuevo en él; en sus ojos centelleaban la travesura y el deseo.

—El tiempo suficiente para que yo te devore a fondo.

Luché por contener una sonrisa.

—Es tentador.

Levantó las cejas con una sorpresa fingida.

—¿Tentador? ¿Eso es todo?

—Déjalo ya.

Me reí y le empujé en el pecho.

No se movió ni un centímetro, ni el brazo que me agarraba firmemente alrededor de la cintura.

—Tonterías. Tenemos por lo menos veinte minutos, y nada va a impedirme que te haga mía.

—Eso no es mucho tiempo —bromeé.

Se pasó la lengua por el labio inferior.

—Puedo trabajar con rapidez.

La respiración se me aceleró cuando cogió el borde de mi ya empapado blusón de lino blanco. Lo levantó por encima de mi cabeza y dejó a la vista el poco recatado bikini que llevaba debajo. Arrojó la prenda al suelo, y el tejido mojado chocó contra la cubierta de madera con un ruido sordo. Me recorrió la piel húmeda con las manos por los costados hacia las caderas.

—Dios, eres hermosa. ¿Para qué llevas puesto eso?

—No lo sé —le mentí.

Bajé la mirada y pasé los dedos por las columnas rígidas de sus abdominales.

Entre la cicatriz y el embarazo, a diferencia de Blake, mi cuerpo no era lo que había sido hacía años. Para cualquier persona, bajo la prenda fina, yo era la misma chica con el mismo cuerpo. En privado, las cicatrices se habían convertido en recordatorios de lo que había pasado, el trauma que había amenazado con arrebatarme mis sueños, y luego, en última instancia, en el regalo que nos habían dado con nuestra hija. Debería llevar esas cicatrices con orgullo, pero no me atrevía a hacerlo.

Ser capaz de tener un niño había sido un regalo que sólo habíamos recibido una vez. Lo habíamos intentado de nuevo, pero sin ningún resultado. Ella era nuestro milagro. La luz del sol que iluminaba cualquier día oscuro. Un reflejo hermoso, perfecto, del amor por el que tanto habíamos luchado.

Pasó suavemente el dorso de los dedos por mi mejilla y me levantó la barbilla.

—No te cubras, cielo. Amo tu cuerpo. No quiero ver que lo ocultas.

—Lo intentaré —le prometí.

Subió y bajó las manos por mis brazos, luego por el torso, deteniéndose en los bordes de la tela que me cubría los pechos.

—Por otra parte, no estoy seguro de si sería capaz de controlarme al verte de esta manera todo el verano. No tengo casi ninguna fuerza de voluntad ahora mismo.

Un segundo más tarde, ya me había empujado a un lado uno de los triángulos de la parte superior de mi bikini. Mi pecho cayó pesado y denso dentro de su mano.

—Blake.

Su nombre salió de mis labios como una doble advertencia, con la ansiedad mezclada con el cosquilleo del deseo que me estremecía bajo la piel.

Me hizo callar borrando mi objeción con otro beso profundo. Le rodeé el cuello con los brazos mientras salíamos del agua y me apoyaba contra la pared de la casa. Quedé inmovilizada por su duro cuerpo y con el muslo enganchado por encima de su cadera para quedar abierta a él. Su caricia tentadora me recorrió todo el cuerpo, el vientre, y más abajo. Se me escapó un grito ahogado cuando se deslizó por la parte delantera de mi bikini, donde me agarró con firmeza. Su boca abandonó la mía y bajó hasta mi pecho. Chupó y lamió para provocar a la pequeña cima tensa mientras sus dedos me proporcionaban más excitación entre los muslos.

Me mordí el labio conteniendo un gemido.

—Quiero oírte —me susurró entre jadeos y chupándome con más fuerza, mordisqueándome los tiernos pezones hasta que no pude aguantar más.

Me arqueé con un gemido y le pasé las manos a través de los mechones de su cabello mojado. Lo pegué a mi cuerpo mientras las oleadas de placer se apoderaban de mí, creciendo en intensidad a cada segundo, al igual que la marea creciente. Poco a poco perdí la noción del tiempo. Los sonidos de la playa se apagaron, y Blake se hizo cargo de mis sentidos, tocándome como una canción que conociera bien, una que nunca había olvidado.

—Oh, Dios.

El grito, casi un tartamudeo, me salió de los labios al mismo tiempo que me estremecía violentamente bajo sus atenciones.

—Ah, ahí estás —murmuró.

Eché la cabeza hacia atrás cuando me quedé sin aliento, con el corazón palpitándome a toda velocidad en el pecho. Solté un poco las manos sobre sus hombros. Mis uñas le habían dejado unas marcas blancas y luego rojas en su piel bronceada.

—Ufff… —exclamé entre jadeos irregulares.

El aire salado y caliente me llenó los pulmones y se me pegó a la piel húmeda. Todas las sensaciones palpitaban a través de mí. El roce de sus piernas contra las mías, sus palmas curvadas rodeándome la espalda, acercándonos. Nuestras caderas meciéndose juntas, sus labios suaves contra mi cuello. Cuando se echó hacia atrás, la mirada de sus ojos verdes estaba llena de ganas y de algo más, algo más profundo que nunca dejaba de quitarme el aliento. Una especie de amor arrasador que era capaz de compartir solamente conmigo.

—Blake… Te quiero tanto.

Las palabras brotaron de mí en una proclamación fácil y automática, pero que nunca había perdido su significado a lo largo del tiempo que llevábamos juntos. Las palabras no significaban menos que cuando las había pronunciado por primera vez. Sólo significaban más con cada día que pasaba.

—Yo también te quiero. —Su mirada me recorrió el rostro—. Y nunca me canso de hacer que tengas esa mirada en la cara. Me encanta verte de esa manera, toda rosa y enrojecida, con la mirada iluminada cuando te suelto. Me hace sentir como si fuera el centro de tu mundo, aunque sólo sea durante un minuto.

Con una mano temblorosa le pasé los dedos por el ala oscura de la ceja, por su hermosa nariz y por sus labios carnosos. Era una obra de arte con la que compartía mi vida… una de la que nunca me cansaría, una que me negaba a dar por sentada.

—No estoy segura de si existe algo así, pero si existe, el centro de mi mundo es nuestro amor, Blake. Cada alegría… todo lo hermoso que tengo en mi vida es gracias a nuestro amor.

Cerró los ojos y me acercó hasta que nuestras frentes se tocaron. Poco a poco levantó la suya y me atrapó con una mirada profunda, conmovedora.

—Siempre tendrás el mío.

ESCENA DE BONIFICACIÓN

De vuelta a donde todo comenzó…
Ahora tenemos
una oportunidad especial de ver exactamente
lo que Blake pensó cuando Erica entró por primera vez
en la sala de juntas de Angelcom.

BLAKE

*M*e apoyé en la pared del ascensor y observé cómo los números cambiaban a medida que me acercaba a la última planta de las oficinas de Angelcom. Cerré los ojos, deseando tener un par de horas adicionales para mantenerlos cerrados.

Las puertas se abrieron con un tintineo y, unos pasos más allá, Greta estaba sentada detrás del mostrador de recepción grande que llevaba el nombre y el logotipo Angelcom. Un hogar lejos del hogar, esta oficina fue donde empezaron algunas de mis mejores empresas.

Greta me sonrió con calidez mientras me acercaba.

—Buenos días, señor Landon. Los otros inversores se han reunido en la sala de conferencias B esta mañana.

Asentí y consulté el reloj. Ya llegaba con cinco minutos de retraso. Disfruté de la pequeña satisfacción que suponía saber que íbamos a tener hoy una reunión con uno de los reclutas de Max, y mi tardanza sin duda le estaba cabreando en ese momento.

—Parece cansado. ¿Quiere que le traiga algo? —me dijo Greta con el ceño fruncido.

—Gracias, estoy bien.

Me pasé una mano por el pelo. Había pasado la mitad de la noche frustrando un ataque cibernético contra una plataforma que habíamos puesto en marcha hacía sólo unos días. El que la había tomado como objetivo fue persistente hasta el cansancio, pero al final no logró dejarnos fuera de línea. Tomé otro sorbo del café helado gigante y me dirigí hacia la sala de conferencias al otro lado del pasillo.

Los otros inversores ya estaban allí, sentados alrededor de una gran mesa de conferencias que daba al horizonte urbano de Boston. Me dejé caer en el asiento vacío junto a Max y me fijé en la hermosa rubia que estaba sentada frente a mí.

—Te presento a Blake Landon —le dijo Max—. Blake, Erica Hathaway. Ella está aquí para presentarnos su red social sobre moda, Clozpin.

—Un nombre inteligente. ¿La has traído tú? —le pregunté sin apartar la mirada de ella.

—Sí, tenemos un amigo en común en Harvard —respondió.

Asentí con la cabeza lentamente. Antes de esa reunión, había tenido el placer de asistir a una presentación mucho más física de la chica, que parecía toda una mujer en ese momento con su traje y esa blusa de color verdeazulado, que hacía juego con sus ojos azules hipnóticos. Eran unos ojos de los que no pude apartar la mirada a partir de ese momento. Algo en ese instante de reconocimiento hizo que la larga noche y la difícil mañana se perdieran en el fondo de todo.

Erica Hathaway.

Me pasé la lengua por los labios y la vi seguir el movimiento con los ojos. Un pequeño rubor se abrió camino a través de su pecho y hasta sus mejillas. Fue la segunda vez consecutiva que disfruté de una respuesta física visible a mis actos.

La chispa cruzó en ambos sentidos, y casi me maldije por no haber hecho caso de la atracción que sentí por ella. Por el aspecto nebuloso de su mirada cuando tropezó y la atrapé para pegarla a mí en el restaurante la noche anterior, podría haberle pedido que se tomara una copa conmigo, lo que podría haberse convertido en algo más. Pero Michael estaba en la ciudad, y no podía anular la cena con él para echar un polvo rápido.

Al menos, tendría una segunda oportunidad.

Ella jugueteó con su chaqueta, evitando mi mirada, y tartamudeó en su presentación.

Mientras tanto, me dejé llevar por la idea de todas las formas en las que podría haber terminado la noche. Luego concentré mis pensamientos errantes en el presente y pensé en todas las formas en las que podría aprovechar esas oportunidades perdidas abriéndola de piernas sobre la robusta mesa que nos separaba en ese momento. Me pasé la lengua por el labio inferior, preguntándome a qué podría saber. El recuerdo de su cuerpo, caliente bajo mis manos, apretado con fuerza contra mí, se volvió un poco más fuerte.

No pude evitar sonreír cada vez que establecíamos contacto visual y ella titubeaba con las palabras. Parecía incómoda, sin duda nerviosa. No era algo inusual para un primer lanzamiento, o cualquier propuesta en ese sentido. Debería haber querido hacerla sentirse más a gusto, pero en lo único que podía pensar era en cómo respondería bajo presión. La interrumpí en mitad de una frase y la acribillé con preguntas rápidas acerca de su modelo de negocio, a lo que ella respondió con más elegancia de la que esperaba.

Así que Erica no era sólo una chica bonita. Era inteligente, y el hecho de que hubiera llegado hasta mi sala de juntas significaba que también era decidida.

Satisfecho, le hice un gesto con la mano para que continuara.

Mientras Erica hablaba, me debatí para decidir qué quería más, una parte de su negocio o el recuerdo de ella debajo de mí gritando mi nombre.

Lástima que yo prefiriera las cosas sencillas. Sin complicaciones. De lo contrario, podría haberlo tenido todo. No estaba en el mercado para romper corazones, y mezclar los negocios con el placer era una vía rápida para ese fin.

Mi teléfono se iluminó con un texto, lo que interrumpió mi mirada láser sobre Erica y su presentación. Mi antigua novia, Sophia, venía a la ciudad a pasar unos días. Los emoticonos añadidos al texto dejaron claro que quería hacer algo más que verme. Sonreí interiormente ante su persistencia. Debería haber querido todo lo que me ofrecía, pero no me apetecía llevármela a la cama de nuevo. Después de todo lo que habíamos pasado, estábamos mejor como amigos.

Y menos cuando tenía un bocado tan apetitoso como Erica Hathaway justo delante de mí.

Le mandé un texto a Sophia haciéndole saber que estaría en Las Vegas y que me perdería su visita. Dejé el teléfono de nuevo en la mesa mientras Erica terminaba la presentación. No se me escapó la mezcla de alivio y miedo que apareció detrás de sus ojos. Vulnerabilidad, con un pequeño destello de fuego.

Cuando ella llegó a la conclusión, se lo pregunté.

—¿Estás saliendo con alguien?

Supe que iba a ir directo al infierno en cuanto pronuncié las palabras. El color rosa que le inundó las mejillas me lo confirmó.

—¿Disculpe? —me contestó con voz titubeante.

—Las relaciones pueden ser una distracción. Si vas a obtener los fondos que necesitas de este grupo, podría ser un factor que afectara a su capacidad para crecer.

Podría haber sacado la máxima nota en la especialización de trolas si hubiera encontrado una universidad que mereciera el esfuerzo. Excepto que ella no se lo creyó. Toda su vulnerabilidad desapareció. En ese momento era todo fuego, una realidad que envió un torrente de sangre al sur. Por desgracia para ella, o quizás afortunadamente, la promesa de llevarla a la cama estaba ganando finalmente en mi batalla interna.

—Le puedo asegurar, señor Landon, que estoy comprometida al cien por cien con este proyecto. —Sus ojos se estrecharon mientras me miraba fijamente. Inclinó la cabeza un poco hacia un lado—. ¿Tiene más preguntas relacionadas con mi vida personal que puedan influir en su decisión de hoy?

Tenía todo tipo de preguntas relacionadas con su vida personal a las que tenía la intención de llegar al fondo tan pronto como terminara la reunión.

—No, no lo creo. ¿Max?

Me volví hacia Max, que rápidamente hizo que el resto de los inversores expresara su interés de un modo u otro. Erica inspiró de forma entrecortada y unió las manos delante de ella con tanta fuerza que sus nudillos se quedaron sin sangre.

Luego, uno por uno, los otros pasaron.

Erica tragó saliva, y sentí que se preparaba para la posibilidad muy real de salir de aquella sala rechazada por todos. Pero lo que no sabía era que Max había llenado la sala de individuos que rara vez invertían en nuevas empresas basadas en internet. Eso por sí solo me indicó que la quería sólo para él.

A continuación, todos los ojos se volvieron hacia mí y la sala quedó en silencio. Mantuve la mirada fija en ella.

En ese momento decidí que yo también la quería para mí.

—Voy a pasar —le dije.

Agradecimientos

*E*ste libro es para mis pequeñas ratas de alfombra, S., A., y E., quienes, aunque me niegue a aceptarlo, no serán tan pequeñas para siempre. Aunque ahora mismo no os parezca obvio, os prometo que todos y cada uno de los días de nuestra enloquecida y ajetreada vida me siento abrumada por el orgullo, el asombro y por más amor del que realmente soy capaz de expresar con palabras. Gracias por compartir a mamá con sus personajes y lectores y por aceptar los sacrificios que hemos tenido que hacer. Gracias por sentiros emocionados por cada pequeño paso de nuestro viaje, por ser los primeros en abrazarme cuando más lo necesitaba y por recordarme todos los días lo que realmente es importante.

¡Me gustaría darles las gracias a mis lectores, al equipo de calle y a los lectores beta por su increíble apoyo! Vuestro amor por esta historia ha inspirado el viaje de Blake y Erica más de lo que os imagináis. Siempre estaré en deuda con vosotros por ser una parte enorme en la consecución de este sueño, en lograr que se haga realidad.

Estoy emocionada por la posibilidad de poder por fin y de un modo formal darle las gracias a mi agente literario, Kimberly Brower, y por el apoyo de la agencia literaria Rebecca Friedman. Kimberly, gracias por encontrarme, por leer mis libros y que te gustaran, y por aceptar subirte conmigo a esta enloquecida montaña rusa que es la vida de un escritor.

Mi gratitud se extiende al personal del Hachette Book Group, de Grand Central Publishing y de Forever Romance, que me ayudaron a llevar la serie de esta pareja a mis lectores, gracias a su dedicación y eficacia. Gracias, Leah Hultenschmidt y Jamie Raab, por ver el potencial de la serie y por aportar nueva energía al esfuerzo que supone la edición y la distribución. Gracias también a los numerosos editores extranjeros y a las señoras de la agencia literaria Bookcase por compartir ese entusiasmo al llevar la historia de Blake y Erica al resto del mundo.

Como siempre, un gran aplauso para mi talentosa editora, Helen Hardt. Es una locura pensar que han pasado dos años desde que te envié el primer borrador de *Hardwired*, y aquí estamos, ¡seis libros después! Sé que siempre prometo que cada fecha de entrega enloquecida será la última, pero creo que ya me conoces bien a estas alturas. Gracias otra vez por tu flexibilidad y por tu siempre razonado lápiz rojo.

No podría haber navegado con tranquilidad por el sistema judicial de mi mundo ficticio sin la sabiduría legal de Anthony Canata y mi consejero empresarial después de tanto tiempo, Michael Gove. Michael, me siento agradecida de haberte tenido a mi lado en algunos de los momentos más complicados de mi vida. Gracias por tu amistad y por tus consejos, siempre buenos.

Buena parte del genio natural y de los conocimientos técnicos de Blake se inspiraron en Luc Vachon, mi Sid de la vida real, un gran amigo y antiguo compañero de trabajo, que sólo usa sus poderes para el bien. Gracias, Luc, por tu impresionante cerebro, que siempre inspira a la gente que te rodea para que se imaginen lo que es posible. Y después de muchos años de insistirte, por favor, acepta este agradecimiento como mi aceptación final de tu incapacidad para llegar al trabajo antes de las doce.

Gracias a mi equipo de Waterhouse Press por ocuparse de mis asuntos mientras desaparecía durante semanas enteras para ser escritora en vez de propietaria de un negocio. David Grishman, gracias por tomar el mando y dejar que me retirara de la tarea de ser «la jefa». Kurt Vachon, me resulta difícil imaginarme que fuera capaz de terminar cualquiera de mis grandes proyectos sin el flujo habitual de preciosos vídeos de cachorros que me mandas, además del interminable apoyo técnico que permite que todo funcione de maravilla entre bambalinas. Shayla Fereshetian, de alguna manera logras poner orden en mi caótico mundo, y lo haces con pasión y positivismo. ¡Mil veces gracias! Aviso para navegantes: si alguien intenta robarte de mi lado, le cortaré en pedazos.

¡Mia Michelle, mi amor! Gracias por ser la doula de mis novelas una vez más, por tu apoyo inquebrantable, por ser un alma tan hermosa a la que tengo la inmensa suerte de llamar amiga. Chelle Bliss, tu ética de trabajo me acompleja y ha sido una auténtica inspiración para la gandula profesional que hay en mí. Gracias por las comprobaciones regulares, por mandarme grandes parrafadas escritas, por ser tan increíblemente auténtica.

Gracias a Remi Ibraheem por tu amistad y tu asombrosa guía. Gracias a los numerosos amigos que he hecho en el camino y a los que han viajado conmigo a lo largo de esta loca experiencia con positivismo y ánimos.

Como siempre, gracias mamá por escucharme y por ayudarme a creer que las cosas que a veces parecen imposibles siempre están al alcance de la mano. No podría haber sobrevivido a este viaje sin tu apoyo constante y tu amor incondicional.

Por encima de todo, me gustaría darle las gracias a mi marido, Jonathan, excepto que la palabra «gracias» nunca será suficiente. No creo que jamás hubiera sido capaz de escribir una novela sobre dos personajes tan increíblemente enamorados sin conocer esa clase de amor apasionado en mi propia vida. Gracias por ser mi paladín, mi mejor amigo y el amor de mi vida.

ECOSISTEMA DIGITAL